海边的西西弗

梁宝星 著

时代出版传媒股份有限公司
安 徽 文 艺 出 版 社

图书在版编目（CIP）数据

海边的西西弗 / 梁宝星著 . -- 合肥 : 安徽文艺出版社 , 2022.5
（鲸群书系）
ISBN 978-7-5396-7449-0

Ⅰ . ①海… Ⅱ . ①梁… Ⅲ . ①中篇小说—小说集—中国—当代②短篇小说—小说集—中国—当代 Ⅳ . ① I247.7

中国版本图书馆 CIP 数据核字 (2022) 第 061138 号

出 版 人：姚 巍　　策　　划：李昌鹏
责任编辑：宋潇婧　胡　莉　　特约编辑：罗路晗
封面设计：鸿儒文轩 · 末末美书

出版发行：安徽文艺出版社　www. awpub. com
地　　址：合肥市翡翠路 1118 号　邮政编码 : 230071
营 销 部：（0551）63533889
印　　制：阳谷毕升印务有限公司　（0635）6173567

开本：880 × 1230　1/32　印张：7.25　字数：163 千字
版次：2023 年 2 月第 1 版
印次：2023 年 2 月第 1 次印刷
定价：48.00 元

总 序

我将中国当代文坛创作体量巨大、深具创作动能的作家群体命名为“鲸群”。入选这套“鲸群书系”的作家在2021年度中短篇小说的发表量皆有15万字以上，入选小说皆为2021年发表的作品。

“鲸群书系”以最快的速度集结丰富多元的创作成果，以年度发表体量为标准来甄别中短篇小说创作的“鲸群”，展示作家创作生涯中的高光年份——当一个作家抵达极佳的状态才能进入“鲸群”。如果我们喜欢一位作家，一定会着迷于他高光年代的作品。

我想，“鲸群书系”问世后，一定会有更多的人关注被我称为“鲸群”的作家群体，因为这个群体标示了中国当代小说创作的年度峰值——它带着一种令人心醉的澎湃活力。

如果“鲸群书系”在2022年后不再启动，多年后它可能会成为中国当代小说研究者珍视的一套典藏；如果“鲸群书系”此后每年出版一套，它或许会为中短篇小说集的出版带来新格局。

这套书的作者中或许有一部分是读者尚不熟悉的小说家，我诚恳地告诉您，他就是您忽视了的一头巨鲸。正因为如此，“鲸群书系”的问世，显得别具价值。

李昌鹏

2022 年 10 月 30 日

目录

海边的西西弗

一

1

假如时间不是直线的，那么，只要寿命足够长，我们是可以回到过去的。

那些过于庞大的事物往往无法控制，比如海水、宇宙，抑或是思维、梦境，抑或是空间、时间。因此，太平洋北岸的小城里没有人能够管控海水的起起落落，也没有人能抑制思维或者逃离时间。那片萧条的海，肆无忌惮地侵蚀着岸边的岩石，过不了多久，石头就会被海水吞没，海岸线将消失于烈阳下。

现在地面温度为58摄氏度，过一段时间可能还会更高一些，夜晚在变短，太阳越来越近。为了打发漫长的夏日，我躺在睡椅上胡思乱想。空气中的灰尘落在脸上，我满手是柴油，温度再高一些，我就会和汽车一起自燃、爆炸。

阳光能够穿透皮肤炙烤身体里面的脏腑，我舒展开身体，利用海风来散热，胸膛冒出了红斑，背后的皮肤已经被炙热的木板灼伤。我喜欢在修车铺门口睡觉，一个人的生活里，只要填饱肚子，其他时间都是自由的。

冰箱嗡嗡作响，那是蓝猫最喜欢待的地方。冰箱刚买回来的时候里头的电线已经严重老化，制冷效果很差，我把冰箱拆开，花了一个下午的时间清除里面的灰尘，换掉老化电线，改良了装置后冰箱才运作得稍为流畅。蓝猫趴在冰箱上面，肚皮紧贴着玻璃。修车铺里原本还有一只花猫，花猫消失了一段时间后，有一天傍晚，我看见它死在公路上了，被汽车压扁，被太阳晒干。我将花猫埋在路边，自那以后蓝猫一到晚上就叫个不停。

小卡车还没修好。一个月里，车坏了两次。这是一辆“大众”牌小卡车，四年前我从别人手里买过来。它奔跑过许多地方，最后被它的主人抛弃，只能和我在这座小城里兜兜转转。天气太热，没跑多远小卡车就出了故障，它的内部零件已经不能支撑它在烈阳下走太远的路。

高温天气是从西伯利亚大火灾发生后第二年开始的。2032年秋天，西伯利亚地区突然发生大摇晃，远在泰国的曼谷都感受到了震撼，白光照亮了东北半球，大火迅速蔓延，烧了近七个月。那段时间北亚以及北美地区的天是灰色的，高温使得直升机无法靠近，如果不是下了一场雪，大火可能会烧到中国东北大小兴安岭地区。雪融化后，从人造卫星上拍到的西伯利亚是黑色的，雾霾笼罩了整个春天。

无数红色的光在空气中流动，它们从左边飘到右边。那就是时间吧，我想，时间的形态就是红色流动的光，它静悄悄流逝，无法阻拦。时间无法倒流，可去了远方的人可以回到起点。

秦双是在午后两点左右出现的，她背对着太阳慢慢靠近，在铁棚下收起遮阳伞，摘下墨镜，十分自然地说了一句，我回来了。相比三年前，秦双变了许多，脸上的皮肤变得粗糙，手臂和脖子晒得通红。她在修车铺里转了一圈，问道，我是第二个回来的吗？我说，你是第一个，我没有离开过。

她走到冰箱前，本想摸一下蓝猫的脑袋，猫躲开她慵懒地走向二楼。秦双站在楼梯口，看着蓝猫慢吞吞往楼上去，问我怎么养起了猫。我说，猫是有灵性的，不像那些冒着锈腥味的汽车零件。我告诉她这里原本还有一只花猫，前几天被车撞死了。花猫被车撞死前我常抱着它和蓝猫说话，花猫死后我就不想跟蓝猫说话了。

秦双在我身旁坐下，望着公路上流动的热量感慨三年前没现在热。灰色的海在前方澎湃汹涌，白色的鸟在海面上盘旋，礁石泛着银光，几棵椰树仅剩下黄白色的树干。我掏出香烟点着，才吸了一口就被秦双接了过去。我问她这三年去了哪里。

去了很多地方，她说，挪威、芬兰、瑞士、格陵兰、西伯利亚，整个北极圈都走遍了。秦双长长地吐了一口气，拨弄散落到额前的头发，左手放在眉头上轻轻揉着。她说她想找张床躺一会儿，一路过来，太阳蒸发了她的灵魂，她胸口闷闷的，想吐。

秦双显然不打算在这个乏味的下午把她这三年来的遭遇诉说出来。我带她到楼上去，把床收拾干净，打开落地扇。秦双说，这房间三年前是这样，三年后还是这样。躺下以后，她问我，林度和苏粒什么时候才到？我说，我也不清楚。她又问，西央呢？我说，高温天气破坏了无线电波，手机通信瘫痪了。她吐出一口气表示无可奈何。

太阳光镀金一般涂在地上，屋里昏暗的光线下汽车零件发出一股凉气，楼上静悄悄的，不知秦双能否睡着，是否因为房间闷热而做噩梦。太阳比前几天更猛烈了一些，皮肤能感受到这种变化，我在慢慢适应，我吃了很多清火解毒降血压的食物，还去医院捐过几次血，减轻心脏和血管的压力。

在这个世界生存，要懂得控制自己的情绪，不能过于激动和愤怒，否则血液会伤脑。我蹲在门口抽烟，等待其他三个尚未到来的人，脑海中又不自觉地想起三年前我们在这里分别时的画面，这些画面几个月前就在我眼前晃来晃去了，直到今天。

三年前，大摇晃发生后每个人都感到恐慌，我们知道，世界将因为那阵大摇晃以及天空长久不散的白光发生改变。西央站在门口看着北方的天空，白光的余晖在漆黑的夜晚隐约可见。就是那时候，西央跟我们说，时间一直在打转，只要奔跑的速度足够快，就能跑出时间，去到任何想去的时空。

大摇晃带来的恶果随着时间的推移逐渐暴露出来，由于目睹了那道白光，我们身上长出了红斑。西央说，未来是无法预测的。他想回到过去。从医院买了碘水涂满全身，西央收拾行李跟我们告别。我们对眼前的困境感到沮丧，林度便建议我们到外面去看看到底发生了什么，三年后在此地重聚。

于是，西央往西，林度往南，苏粒往东，秦双往北，我失去了选择，当他们纷纷离开，我留在了原地。

秦双醒来的时候已经是下午六点，太阳还在屋顶上，灰尘随着气流飞扬。明净的天空下几棵被晒干了的亚热带香蕉树静静地站在路边，除了偶尔有大卡车从公路上疾驰而过发出轰鸣，世界是寂静的。

太阳掉进海里后，天上仅剩下蓝白色的光。秦双来到门口，问车底下的我，这辆古董还开得动吗？我说，开得动，快弄好了，马上就可以带你出去走走。

秦双在门口的睡椅上躺下，望着渐渐暗下去的天空。从车底钻出来，我拍拍身上的灰尘走到秦双面前，拿起桌边的啤酒猛吞一口。修好了，我说，虽然是废铁一块，在我手中还能找到利用价值。秦双问，你为什么舍不得丢掉它？我说，有感情了，就像这个地方，待久了就不想离开。

海在前方咆哮，黑色的影子在海边的礁石林上空盘旋。我看见过那些怪物，它们不是一般的海鸟，它们没有羽毛，翅膀是白色的油纸般的膜。它们曾飞到修车铺门前的电线杆上，虎视眈眈地盯着正在门口喝水的蓝猫。我挥着竹竿把它们赶走，它们展开翅膀的时候，我听见了蝙蝠的叫声。

马路上空无一人，夜幕落下以后，城区泛起微弱的灯光。直至天完全黑下来，气温才有所下降，海上吹来的风带着盐分，被晒坏的皮肤丝丝作痛。秦双叼着烟，手指在沙尘上比画，红色裙摆粘了泥土。她说，他们是不是忘记回来了？

一到夜晚，路上就没有车了，四周静悄悄的，我们还是一个劲地抽烟。蹲久了，小腿开始麻痹，另外三个人还没到，我们没有回到房里去，也没有开车到外面去找。秦双哼着歌，看看远方又看看脚下。蓝猫在楼上窗台叫得凄惨。

它怎么叫个不停？秦双终于忍不住，她说，它叫得让人心烦，像小孩在哭，它怎么就不换一种叫法呢，叽叽或者嘎嘎都不会这么叫人心烦。我说，花猫死后它就叫个不停。秦双低下脑袋，很久才说，我有过一个小孩，那年我离开这里去了厦门，跟一个环保组织去了北欧，住在格陵兰岛。

秦双在格陵兰岛跟一个男人相爱了，他叫吴岩，是N市人，比秦双大十二岁，一年后她怀了吴岩的小孩。秦双说，我们在冰岛结了婚，小孩是在挪威出生的，是个女孩，我给她取名珍妮，三个月后我们把珍妮交给一位朋友带回N市给吴岩的父母照顾，然后回到格陵兰岛工作。

蓝猫还在楼上叫，声音尖锐，它和在四周觅食的蝙蝠一样，跟夜色融为一体。秦双轻揉太阳穴，讲述对她而言是一件异常痛苦的事情。她说，我们开船到海里去清理漂流瓶，世界各地的漂流瓶都被洋流带到了北极，有些被冰川冻住，大部分都飘在海面，珍妮回N市后的第四个月，我从海里上来，刚回到营地，通讯员就哭着跑到我面前，说N市爆发流感，珍妮在流感中突发高烧，没能救过来，当天就去世了。

秦双又点了一支烟，此时蓝猫已经到屋后的荒地里去了，叫声隐隐约约。秦双说，现在说起过去那些事已经没那么艰难，这三年我目睹了夏威夷大海啸，格陵兰岛冰川融化暴发瘟疫时我几天几夜没有睡觉，我在俄罗斯北海岸遇到了大批鲸鱼搁浅，最后我还亲眼看着冰山崩塌，房子一般大的冰石砸在吴岩的汽艇上。

我搂住秦双，让她靠在我的肩膀上，问她要不要紧。秦双用夹着香烟的手撩开额前的头发，她摇了摇头说，我听到猫叫就想起了珍妮，我终于明白鲸鱼为什么要搁浅了，有些事情身体是承受不了的，无论身体多么庞大。

2

蓝猫的叫声已经完全消失在屋后的荒地里。我和秦双依偎在一起睡觉，身体热乎乎的，睡得非常艰难，蚊虫叮咬着赤裸的手臂和大腿。我做了一个梦，迷迷糊糊的，梦见西央一个人在沙漠里行走。他一直低着头，鞋子已经烂掉，太阳烤着他的后背，他机械地往前走，沙漠无边无际。

林度和苏粒回到修车铺时已经是下半夜，月光照在灰白色的公路上。秦双还在熟睡，我迷迷糊糊地醒来，听见脚步声由远及近。我把秦双叫醒，走到公路上，看见林度高大的身体摇摇晃晃地走来，他旁边是又高又瘦的苏粒。秦双眼泪汪汪，对着不断靠近的两人挥手，她奔跑过去，扑到林度身上，三个人倒在公路上狂笑不止。

林度胖墩墩的身体在地上翻滚，沙子磕破了皮肤，他让我也躺在地上跟他一起翻滚，我没有这样做。地上热乎乎的，积着一层尘埃。我站在路边，将他们一个个拉起来。回到修车铺，在昏暗的灯光下我盯着他们看了很久，他们都是一副穷困潦倒的模样。

喝了两杯啤酒，苏粒站了起来，哼着迈克尔·杰克逊的《比莉·简》跳起了机械舞。她又高又瘦，跳舞的时候像一根被风吹得直摇晃的玉米秆。林度捧着肚子笑苏粒那滑稽的动作，不捧着肚子，肚子就会掉到地上去。

秦双拉着我跟着苏粒跳舞，林度依旧捧着肚子大笑，我在跳舞的过程中不时扭过头去看他一眼，担心他像装满水的气球那样爆炸。林度笑着笑着就哭了起来，苏粒和秦双指着痛哭流涕的林度大笑，我倚靠在门口抽烟，想着三年前自己是不是也应该跟他们一样离开这个地方，有些事情只有离开了才能看清楚其真正面目。

四个人背着灯光坐在门口，月亮已经消失，在黑暗中咆哮的海水渐渐露出了狰狞的面孔，白鸟在海上盘旋，灰白色的公路寂静萧条。苏粒说，天亮了，西央是不是不回来了？

我们讨厌这个问题，因为我们都回答不了。我脑海中不断浮现西央过去的模样。他很瘦，长发齐肩，黑色礼帽只有睡觉时候才会摘下，穿着白色衬衫和黑色西裤。三年前他二十七岁，出过一本诗集，书名为《海边的西西弗》。

光透过薄薄的窗帘照进房间，燥热同时钻了进来。秦双爬起床打开窗往外看，太阳如一面圆镜。太阳都晒了多少天了？她抱怨道，即便不下雨，吹吹风，飘几朵云来都好。我说，天气预报说今天可能有雨。她不以为然，说，天气预报每天都这么说，可能嘛，谁也说不准。

窗外飘进几朵芦花，在落地扇前飘浮。飘浮着的，还有烟尘、紫外线以及红色的光。秦双从行李袋拿出干净的内裤和乳罩走进冲凉房洗澡去了。我也想进去，只是冲凉房空间太小，只能站一个人。我只好躺在床上听着水声发呆。

林度的鼾声穿墙过壁来到我耳边，此时林度和苏粒还在熟睡，林度的身体随着打鼾而震动，苏粒的身体随着床的震动而震动。苏粒喜欢跟林度待在一块儿，我一直以为他们是分不开的，三年前当林度选择往南的时候苏粒毫不犹豫地选择了往东。我不清楚中间的三年他们是否有过联系。

秦双从冲凉房里走出来，只穿着黑色乳罩和花边三角内裤。她说，发什么呆？我摇摇头。她在落地扇前坐下，把风完全挡住了，身上的香味在房间里弥漫开来。她埋怨说，水是咸的，不会是海水吧？我说，淡水不够用，好几个月前就开始用过滤海水了，海水过滤得不是很彻底。她说，人又不是海鱼，皮肤会烂掉的。

她走到阳台上，望着不远处那片海抽起了烟，头发上的水滴在她后背。苏粒从隔壁房间走过来，伸一把懒腰，从秦双手里将香烟接过去吸了起来，她也只穿着内裤和乳罩。乳罩的背扣没有扣好，松垮垮的，腰间的文身已经褪去一层颜色。真热，苏粒说，西边会不会更热？

秦双没有说话，拿起栏杆上的香烟和火柴往楼下去。修车铺的铁门被拉开了，西央依旧没有出现。秦双捧着冰啤酒看吵闹的综艺节目，蓝猫十分乖巧地被她抱在大腿上，身体很快就被风吹干了，头发蓬松地盖在脑壳上。我拿一件白色背心给她套上。她摸着蓝猫，许久才抬起头问我，天这么热，它的毛又密又长，肯定很不舒服，拿剪刀过来，我把它的毛剪短一些。我说，没有剪刀，拿剃须刀帮它刮掉吧。秦双说，会不会伤到它？还是先用剪刀帮它剪短，直接刮会很痛，就像给人剃头一样，得先把头发剪掉。我说，那得到城里去买一把剪刀。秦双把蓝猫从大腿上抱开，大概是热得难受。

林度从楼上下来的时候铁梯抖得厉害。他披着一件衬衫，露出胸膛，走到门口骂了一句天气。西央的迟到让大伙儿失望，苏粒穿着牛仔短裤下来时又提了一次西央的名字。林度有些气恼，叫苏粒闭嘴，他看着门外的骄阳，知道西央不可能在白天回来，烈日会把他烧坏。

56 摄氏度的天气，谁在烈日下都待不住。林度张着嘴巴吐气，体内的脂肪在剧烈燃烧。他问我要烟，我掏出一支递给他。他吐了两口烟，告诉我们，要慢慢适应没有西央的日子。秦双斥责他过于沮丧，虽然西央从来不是失信的人，但他是个健忘的人，那是大多数诗人的特质。

冒着烈日，我奔跑着穿越公路来到海边，站在岩石上张望了片刻，茫茫大海只有澎湃的海水。我又奔跑着穿过公路钻进修车铺，对躲在阴凉里的三个人说，那根标杆已经找不到了。昨天还能看见吗？苏粒问。我说，昨天还能看见，现在已经完全看不见了。看来海水又涨了不少，苏粒说，三年前还能看见沙滩，现在那片沙滩已经不见踪影了。

海水吞没了那么大一片地方依旧平静如初。如果气温一直这么高，海水一直上涨该怎么办？我问。其实这个问题我们三年前就面对过，那时候他们还没有离开这个地方，不了解外面的情况。

隔壁旧书店里的老人看着我们的一举一动。林度指着他骂道，臭老头，看够了吗？再看就把你扔到海里喂鲨鱼。老人扭过身把门关上，他在这个地方生活的时间比我们要长得多，他房子里面都是旧书，我曾到那里去借过书。现在已经没人看书了，谈论文学是会被人笑话的，当前最重要的事情是生存。

这片地方曾经有好几家旧书店，画廊也不少，半山腰面海的那一排楼房住着不少艺术家，至少是一群有艺术理想的人。这房子原本是个沙龙空间，大摇晃发生后，我便把这里改造成了修车铺，依靠我那点技术维持生计。

那位老人是为数不多的文学的信徒，为此，我们对林度斥骂老人感到愧疚。假如西央在，他不会允许林度指责老人。远处飞来一只白鹭，白鹭落在礁石的阴影里，它飞不了多久，它饥肠辘辘，长嘴在浑浊的海水里寻觅着。

海水浑浊的时候通常是在涨潮，这时候，海水会漫上更高处。退潮一般发生在凌晨两点到黎明之前，那时候海水会吐出一大片岩石和沙滩，太阳出来以后海水又把这些岩石和沙滩重新吞没。那些地方只出现短暂的四个小时，而且，越来越多的地方即便在退潮时也难以找回了。

修车铺里的木桌和汽车零件都在散发热量，我们心情沉重地坐在一起，思考将来的日子该如何度过。已经没地方可去了，林度说，我们应该留在这里等西央。林度讨厌这里炎热的气候，他十分用力地呼吸着，说话有些艰难，不停地喝水。

蓝猫在我们脚边绕来绕去，林度一脚把它踢开了。秦双拍一下他的手臂，骂他粗鲁。别那么灰心丧气，世界末日还没到，世界上不只有你一个受害者。秦双转过来问我，到底有没有剪刀？我摆摆手。你在这里待了三年，海水就这样一点点漫上来？苏粒问我。我反问道，你们去的那些地方不也这样吗？沉默的时间里，海风吹着门前的铁棚哗哗响。林度站起来说要到楼上去睡一会儿，赶路的疲惫尚未得到缓解，苏粒也随着他走到楼上去了。我问秦双要不要跟我到城里去买些东西回来，秦双看看门外的太阳，迟疑了好一阵子才答应。

小卡车被晒得发热，秦双到楼上去取了一条裙子下来，她坐在副驾驶座上往身上套裙子，纤瘦的身体像鳗鱼。小卡车发动后车身剧烈震动起来，车头冒出一股热雾，我往车头泼一桶水，水即刻蒸发了。

三年前气温还没到 40 摄氏度，现在已经快要到 60 摄氏度了。秦双看着车窗外的海说，有些变化很难察觉，情侣往海里扔一个漂流瓶，他们永远想不到扔出去的漂流瓶会把北极毁了。

北极这个时候气温怎样？我问。秦双说，我回来的时候春天刚过去，那时是 23 到 25 摄氏度。我说，那北极熊怎么办？她说，已经没有野生北极熊了，少部分活过来的被关在室内。我说，地球上所有冰箱加起来就是一个北极。

秦双说我太乐观。她看着右侧起起伏伏的海水。海水又上涨了，她说，昨天还能看见那块牛头形状的礁石，现在已经看不见了。我说，海水不会漫上来的，这个时候南极正要入冬，地球是圆的，南北两极平衡。秦双说我在自我安慰。她说，到今天了，你还没看清这个世界。

路边的九重葛垂头丧气地吸收着灰尘，海边的红树林已经枯萎，只有白色的枯枝浮在水面。小卡车进入城区，城市广场的开拓者雕塑布满斑迹。屋檐下的人不敢往外踏出一步，像极了美国电影里的吸血鬼，一碰到阳光就会灰飞烟灭。

小卡车在路边没停放多久就铺了一层尘埃，地板上没有多余的水分，石头在爆裂，泥土在粉碎，这些事情都是太阳在遥远的地方操控着发生的。我牵着秦双沿街道的阴影走了一段路，买了些生活用品，终究承受不了空气中的炙热，汗水不停地流。秦双出现了中暑的症状，口渴难耐，头昏脑涨，手臂上的皮肤几乎要裂开。

午后，太阳在前方楼房的后方，太阳光越过房屋厚厚的墙壁照在高处的建筑上。小卡车暴露在阳光下，秦双急不可耐想上车回去，手指被车门烫了一下，小卡车像一块被烧红的铁皮。我在闷热的车里鼓捣了很久，小卡车发动不了。我有些气愤，从车里下来，让秦双坐到驾驶位上抓稳方向盘，我在车后推车。把小卡车推到斜坡，我又跑到前面打开车门让秦双回到副驾驶座，趁着下坡路，车启动了。秦双看着我狼狈的样子大笑起来。

3

其实我们根本不了解时间，我们被困在时间里头了。

有些事情，无法获得解释。远走他乡的秦双、林度、苏粒以及杳无音讯的西央探索了三年一无所获，留在原地的我同样如此。我们只能通过触摸来感知，我们的感知能力太过具体，导致了视野的有限。

此刻，我和秦双紧抱在一起躺在床上，在摩擦产生的热度中胡思乱想。汗水如河水一般把身体包围。秦双轻轻喘息着，她在融化，融化成一摊水。她搂住我的脖子，在我耳边轻声说，不行了，太热了，我要着火了。

猛烈冲撞几下，我放开了秦双。秦双推开我的手臂，光着身走到窗边去喘气，吸进肺里的气是热的，喉咙要喷出火来，她又把杯子里不知什么时候喝剩的水吞下去。

月亮从云后冒出来，月光打在秦双赤裸的身体上，显得她白皙无瑕。她晃了晃脑袋，示意自己没事。蓝猫在前方的空地上叫个不停。秦双回到我身旁，说，我想珍妮了。

蓝猫还在外面叫。忘记买剪刀了，它肯定特别难受，秦双说，怎么就忘记买剪刀了呢？秦双听着猫叫声，心里不舒服，她把手放在我腰间，脑袋靠在我肩上。她说，我不知道自己还能撑多久，我特别难受。我没有听明白秦双的意思，秦双也没有继续讲下去，她对着天花板轻声问了一句，今天气温有 60 摄氏度吧？我侧过身看一眼温度仪，温度显示为 62 摄氏度。

夜半时分，秦双突然发出一声尖叫。我从床上爬起来，看见她捂着脸痛哭。因为天热，脑壳疼痛，我看着她赤裸的后背，问她出了什么事。她一直在哭，晃着脑袋，蓝猫坐在阳台围栏上警惕地看着幽暗的房间。我把风扇拧到她身上，轻抚她的后脑勺。

林度和苏粒不知什么时候出现在房间门口。蓝猫受到惊吓，从栏杆上跳下，跑到楼下去了。林度问我发生了什么。我晃晃手，表示自己也不清楚。我给秦双披上衬衫，遮住她瘦骨嶙峋的身体。苏粒走过来，抬起秦双的脑袋，问她是不是做噩梦了。

天特别黑，因为都没有穿衣服，我没有开灯，房间里只能看见身体的轮廓。林度在门口点了一支烟，短促的光将我们赤裸的身体照亮，秦双和苏粒两个纤瘦的身体挨在一块儿。苏粒的两条腿细又长，像两根竹竿。秦双用被单遮住胸口和大腿，叫林度把烟递过来。她哽咽着抽了两口烟，她说，我梦到珍妮了，我的女儿珍妮。

烟在黑暗中飘着，苏粒和林度都不清楚秦双经历过什么，他们站在一旁皱着眉头。今天晚上怎么这么安静？苏粒问，好久没有过这么安静的夜晚了。我说，你们离开太久了，夜里海水退潮。苏粒感慨了一句，确实有点久了，被海水淹没的地方又重新露出来了吧，像浮岛一样。

好不容易，秦双停止了哭泣，我给她套上白色背心，带她到阳台上去吹风。苏粒和林度已经回房间穿上内衣裤，他们拿着手电筒，说要到海边去看看，找回白天消失在大海里的地方。

晴朗的夜晚，月光朦胧，我们穿得单薄，大海吐出来的地方冒着湿气。我们在路边脱下鞋子，赤脚走在软绵绵的海泥上，像寻找过去那样搜索着。那一刻我想，假如时间也往后退，把已经发生的重新吐出来，那时候我们就可以像造访各个房间一样回到过去的不同时刻。

海浪的声音十分遥远，脚下的海泥冒出一股腥味。手电筒的光在前方引路，曾经的图书馆以及沿海而立的建筑保持着原貌，黑黢黢地矗立在海泥之上。我们走上滑溜溜的水泥地面，那里曾是艺术走廊，只是木雕和壁画都被海水卷走了，留下荒芜的石墙。

灯光照到那条黑色的爬满海藻的标杆，标杆上面的刻度已经模糊。林度问我此刻是什么时间。三点半，我说，还有半小时海水就上来了。海水上涨的时候汹涌澎湃，像滚滚而来的沙尘暴。

四周依旧寂静。我听见了海鸥的叫声，它们还没灭绝，白天它们躲起来了，直到太阳消失才出来觅食。那片橡胶树只留下黑色的已经枯死的横七竖八的枝条。沿海生长的旅人蕉已经消失，它们最早是从根部开始腐烂的，然后被海浪卷到海里去。岩石上爬满了海螺和珊瑚虫，海星的尸体挂在上面散发着臭味。

从海里上来，我们满身泥巴，海风吹过来，泥巴在身上凝固、碎裂、掉落。我们坐在公路边抽烟，一根烟轮着抽，没吸两口就烧完了。我们开始想念西央，猜测他在西边的遭遇，猜测他最远去到了什么地方。

海水从远处奔腾而来，四周被喧嚣包围，那些暴露出来的地方被海水重新淹没。

二

1

那么，你去过最远的地方是哪里？

日本，林度说，日本正在沉没。他手拿烟头在公路上摩擦，火星没飞多远就消失了，化为灰烬飘走。林度说，海岸线不断往岛屿内部退缩，海边居民都成了难民，有的往中部山地挤，有的往外逃，陆地面积还在不断缩小。

林度从厦门出发，登上邮轮往东走，船开到大海中央的时候，天上的白色光亮尚未散去，那时，距离大摇晃已经过去一个多月。林度在海上漂了好几天，那几天他和船上其他人一样，关注着天上的白光。直至他抵达福岛，在广野碰上了一场雨，白光才消失了。

白光并非散去，而是化成雨水落下来了，林度对此深信不疑。他知道，事情远非新闻报道那样乐观。他之所以选择去福岛，就是想到世界上最危险的地方去看看是否真的末日将至。他离开长野，越过阿武隈高地，广袤的田野和森林分外安静，核电站、火电站、水电站都正常运转。

真正的灾难是那年夏天开始爆发的，第二场雨过后，田里的水稻全枯萎了，太阳暴晒，气温骤然上升 13 摄氏度。在烈日下行走的人终于看到了不一样的东西，空中流动着一团有色气体，这种气体相互摩擦，产生了巨大的热量。海水不断入侵沿海城市，三年时间里，从南到北，磐城、广野、富冈、浪江、南相马、相马统统被海水包围，假如不是阿武隈高地挡住了不断上涨的海水，岛屿内部也可能成为一片汪洋。阿武隈高地把海水挡到仙台去了。

在行走的过程中，林度丢失了他的证件，到最后，行李中仅剩下一套衣服和当年西央送给他的那本名为《海边的西西弗》的诗集。迫不得已，他拖着笨重的身体，继续在日本流浪。他在日本的上空再一次看到了那些白色的光，他清楚，这一次，白光并非从西北方向飘来，而是从那些白色的建筑物里冒出来的。

林度随着人流往高地上去，西央的诗集陪他度过了许许多多个夜晚。他在那段时间反复翻阅《海边的西西弗》，发现西央确实是个天才，他深深为那些诗句折服，他常把一首诗挂在嘴边：

徒劳的人低着头 / 虚无的人在飞 / 生是生的奴隶 / 死是死的方式 / 海边的西西弗 / 在波浪前游弋 / 海边的西西弗 / 在波浪前哭泣……

拖着笨拙的脏兮兮的身体，林度四处寻找出版社，企图把西央的诗集翻译成日文出版。在寻找出版社的过程中他结识了一位刚从名古屋逃到阿武隈高地的大学教授。教授在北海道旅行半年，回到名古屋的时候他的家和学校都被海水包围了，他与家人和学生失散。于是，他像林度一样，踏上了流浪的旅程。

教授和林度在路上相遇，林度哼着西央的那句诗：徒劳的人低着头 / 虚无的人在飞 / 生是生的奴隶 / 死是死的方式 / 海边的西西弗 / 在波浪前游弋 / 海边的西西弗 / 在波浪前哭泣……教授听得懂中文，他走到林度面前，问他念的是谁的诗。林度便向教授介绍西央。教授看完《海边的西西弗》，认为这些诗确实有了不起的地方。他告诉林度，日本的出版社全倒闭了，这个时代不需要出版社，不需要文学。

那个炎热的夏天，在林度百折不挠的恳求下，教授答应翻译西央的诗，作为条件，在他找到安身之处前，林度需要替他背行李，并解决他的食宿问题。林度接受了条件，他们从南往北，穿过无人的小镇，远离大海，林度背着沉重的背包，教授戴着眼镜手拿纸笔走在前面。离开福岛，走到青森县，教授终于把《海边的西西弗》翻译出来，他建议林度把诗集打印出来，逃亡的人需要这些诗歌。

林度像个传教士，把西央的诗一首首打印出来，逢人就分发。西央的诗第一次漂洋过海，在东方的岛国传播。林度做这些工作时，心里头想的是回去见到西央得告诉西央自己为他所做的事，西央肯定会感激涕零。林度的作为受到不少人的嘲讽，包括一路同行的教授。教授烦透了林度嘴上念的诗，走到北海道，他告诉林度，他们到此为止，各走各路。

山上挤满了人，簇拥着各种颜色的帐篷，林度在这些帐篷间彷徨、游荡。后来，林度感觉自己被利用了，他手里拿着的根本不是西央的诗，是那位教授为了奴役自己编造出来的。他愤怒不已，把印刷纸连同西央送给他的那本书扔到了海里。

如果川端康成或者太宰治还活着，他们绝不会对西央的诗熟视无睹，林度说，但是文学的时代已经过去了，村上春树也不知是不是已经离开日本。林度离开北海道南下，他清楚日本正在沉没。日本被海水分割成无数个岛屿，天空和大海已不是原来的模样，炙热的光使他在行走的过程中痛苦不堪。

林度记录着自己所目睹的各种遭遇，企图从日本的沉没中获取生存的方式。

实际上，只有两种方式，林度说，逃亡或者驱逐。远处的天空已经隐约发亮，林度敞开衣服，尽可能让风扇吹到身体的每一寸皮肤。我和苏粒分别坐在他左右，能够感觉到他的身体像蒸笼一样冒着热气。他忍不住又点了一支烟，揉揉眉间，说他不应该扔掉西央送他的那本书。

两种生存方式，林度注定只能选择第一种，因为他是被驱逐的对象。无法往外逃的人只能往高处走，在那些陡峭的、狭窄的山巅，生存空间是必争之地。对于林度这样的外来人，被驱逐不可避免，缠着不走的将被毁灭。林度从北到南，一路被排斥，来到秋山的时候，一对双胞胎兄弟给了他一个死亡威胁，不离开日本他将会被杀死。

然而回去对他来说比死亡更困难，他在海水与陆地的交界处逗留了好些时日。在那些废弃的楼房里度日，有时候不小心睡到天亮，所在的楼房被海水包围，林度不得不跳入海里往岸边靠。有一次他快要游到岸边的时候，几个中年人站在岸上用竹竿捅他，不让他上岸。他在水里挣扎着，不得不回到那些被海水包围的楼房，等待天黑再伺机上岸。

在海边游荡的日子，林度身上积满了海盐，皮肤被晒黑，对所有事情都失去了兴趣，身体的触觉感知力越来越强，他明白那是生命的本能。他得以离开日本，同样是因为西央的诗。那天他坐在码头望着海水发呆，情不自禁就念起了西央的诗。站在不远处的一位中国老太太转过身问他的身份，问他在念谁的诗。老太太同情他的遭遇，并想办法把他带上船离开了日本。

林度忘不了他站在甲板上往西走时的情景，海面上波光粼粼，天上没有一丝白云。尽管风平浪静，但船走得特别慢，特别吃力，仿佛陆地已经消失，无论游轮航行多久都不会再看见彼岸。

就是这样，林度说，时间不知要把我们推向哪里，世界上最危险的地方已经被海水淹没，哪里都变得不再安全。苏粒伸手去抓他的头发，轻轻揉着他的脑后。林度双手抱头，不停摇晃，那段回忆使他痛苦不堪。

困倦开始向我们袭来，苍蝇一般在头上缠绕。林度和苏粒靠在一起睡着了，秦双也在打瞌睡。我满脑子都是林度当年往东去的画面。他是四人当中最后一个离开这里的，笨重的身体挤不上公交车，只好等我修好小卡车的车门再出发。他背着个行李包坐在门前，叼着烟，身穿一件白色T恤，T恤上面是卡夫卡的头像。

那天吹东南风，公路上灰尘飞扬，空气中流动着锋利的光。我们先后送别了西央、秦双和苏粒，林度说他有些恐慌，他不清楚自己能去什么地方，他说他过于笨拙，一无是处。直到傍晚来临，他还是出发了，他挤进车厢坐在后面，像一头熊。小卡车喷着黑色的烟把他拖到码头，他手拿船票拍着大腿，来来回回走了几圈，然后跟我挥挥手，登上了游轮。

2

太阳光从海的那边照过来，阴影收缩到屋檐下。林度突然一阵抽搐，醒了过来，苏粒被他弄醒了又重新趴下。林度擦擦口水，搓搓脸，问我要了一支烟。我问他是不是做噩梦，他吐着烟圈不说话。这时，对面旧书店的门开了，老头叼着个烟斗拄着拐杖从东到西把窗户一个个打开。

旧书店里的书需要湿度，尽管海风中的盐分会加快纸的腐烂，旧书店里的书已经十分脆弱，轻轻一碰就会碎裂。我们仿佛听到了风吹纸张发出的哗哗声，林度吃力地喘着气，他的肺被挤压得难受。我无法体会一个身体肥胖的人在这个世界上是怎样一种存在，不清楚他们是否会觉得地心引力是一种困扰，不清楚一般人的生活空间对他们而言是不是一种约束。

香烟烧完，林度从冰箱里掏了一杯水，一饮而尽。这是他一直以来的作风，他的身体像个空袋子，能够塞进许许多多的东西。林度看了我一眼，问我是不是有话要说。我说，没有。他回到桌前，又点了一支烟，问我，你还写小说吗？我说，已经不写了，我已经失去了所有的才华，就像汽车失去一颗螺丝钉一样，在路上走着走着就丢失了。

我说，我还保存着西央的那本书，在楼上柜子里，如果你想要就拿去吧。我以前弄不明白诗到底是怎么一回事，现在也没有弄明白。林度呆呆地看着对面的老房子，那些老头经历过文学的黄金时代，现在他们正一个个死去，和文学以及整个世界一起死去。林度说，我看没必要了，只有那些老头那么傻，守着一堆书到死。

林度说，都是这些人自作自受，什么人工智能写诗，什么人工智能写小说，那都是自我毁灭的做法，难道不是吗？林度转过身来问我，我点点头。我说，事情都已经发生了，就没有办法改变了，事实证明，谁都没有能力回到过去。林度表示同意，他说，时间是可以跳跃的，只是我们没有这个能力。林度说，所有的科学都应该先解决时间的问题，只有实现了时间上的自由，做了错事才有不断推倒重来的机会。

两只三趾鸥飞到公路上，偶尔有车疾驰而过，那时三趾鸥就飞到海上去寻找能立足的岩石。总有生物能够适应恶劣的环境，我想，也会有生物能够在强辐射下生存，甚至以辐射为食料。苏粒和秦双趴在桌上双手麻痹，昏昏沉沉地醒来，空气燥热，没有停歇过的落地扇和冰箱像奄奄一息的老人呻吟着。

怎么成天昏昏沉沉的，秦双说。她走到窗边，对着那烈日皱眉头。她说，我看后面的日子也这样昏昏沉沉度过了。苏粒走到秦双身边，接过秦双嘴上的香烟吸了一口。苏粒说，可能没那么简单。秦双问，还能怎样？苏粒说，肯定不会平静。那也好，秦双说，昏沉的日子容易犯迷糊，成天胡思乱想的都不清楚自己在做什么。

秦双靠在我身上，身体流着汗。她说，我还是想珍妮。我有些不知所措，她生命里出现过的两个已经死去的人，我脑海中连一点关于他们的印象都没有。三年时间并不长久，世界上每个地方同时发生着各种各样的事情。这里，我又被该死的时间概念给框住了，如今是北京时间 2035 年 6 月 12 日上午 9 时 43 分，远在西边的纽约正生活在 6 月 11 日，纽约人是否可以算作活在过去？他们的所作所为是否会改变生活在 6 月 12 日的我们？我安慰秦双说，有些人属于过去，他们在一个时间段里停下了，我们继续被时间推着往前。

柜台上粘着黑色汽油的汽车零件被我清理到箱子里，我把柜台和桌子收拾干净，修车铺看起来干净宽敞了一些。大概是四年前，我和西央还有林度在这所我父亲留给我的房子里搞文学创作，大摇晃发生后我就把沙龙空间改造成了修车铺，那段时间，无数辆汽车在前面的公路上奔波，从南往北去看热闹，修车成了我一段时间里的工作方式。

现在已经很少有车在路上奔波，高温天气会让奔波中的汽车爆炸或者着火，总之，暴露在阳光下的一切都将面临毁灭。秦双蹲在门口抽烟，尖尖的屁股几乎碰到地面，此时的地表温度很高，她不敢让皮肤直接跟地表接触。她总说生活昏沉，这是一种病态。她提起了西央的那本书，她说，西央可能不回来了，他比我们更早知道世界的未来。

西央还没到西边去的时候，就在楼上一边抽烟一边写诗。到了晚上，他就站在沙龙桌子上，朗诵他刚写的诗，每次朗诵完，他都把礼帽摘下向在座各位致敬，凌乱的头发从脑后落到胸前。那是他的高光岁月，诗集出版以后，他在海边的艺术街上有了一个诗人的称号。这些我都无法体会，我坐在桌子的一边，抽着烟，观察着西央朗诵诗歌时的喜怒哀乐。我喜欢西央这个人，他是真实的。

把柜台和桌子清理出来，我的用意是找回我们流失的激情。你想要重办沙龙吗？秦双问，你可不是西央。我明白秦双的话，我没有西央的激情，也没有他的魅力。我说，我把地方腾出来，接下来是表演者的事情。

午后是一天当中最热的时间，所有的睡眠都变得痛苦不堪。林度慢吞吞从楼上下来。两条手臂垂下，他大概感受到了地心引力的束缚，他的身体像一粒刚煮熟的汤圆。他注意到了修车铺的变化，他有些生气。他已经不想再去提文学了，更不想去搞什么沙龙。他只想在这个地方睡个天昏地暗，睡到海水涌上来把他赶走。他问我此刻气温是多少度。我看一眼温度仪，告诉他已经 63 摄氏度。他骂了一句脏话就去找水，可是冰箱里的水已经喝完，自来水跟海水没有区别。他想到外面去找水喝，走到门口看一眼涂在路上的阳光又退缩了。

直到太阳从天上消失，我们四个一直待在房子里头，张着嘴巴散热。太阳刚从西边的海面消失，我们就迫不及待离开修车铺到外面去找水。小卡车冒着热气，无法靠近。我和林度跑到海边去提两桶海水泼到车上，降低了车身的温度才钻到车里去。

小卡车震动着，嘶叫着启动了，蓝色的烟从车底下冒起，小卡车的烟囱已经开裂，只是尚未找到合适的配件。小卡车缓缓地往西边去，西边有一口山泉，这个时候泉水可能已经干涸，那边还有一口井，有一个水池，总之，我们得往西边去。林度把他那颗硕大的脑袋伸到车窗外，让风带走身上的热量。路上没有其他车辆，因此他无须担心有什么东西削断他的脖子。我担心的是小卡车的车门承受不住他的身体，还担心另一边干柴一样轻盈的苏粒无法让小卡车保持平衡从而导致翻车。

在路边停下，我们举着手电筒提着水桶往山里走。这些低矮的山丘静悄悄的，迎海的一面露出白色的岩石。路边长满了沙藤和马尼拉草，马尼拉草已经枯萎，沙藤倒是能够活下去。过不了多久，这些山头都会长满仙人掌，只有仙人掌才能忍耐高温。山上的一棵松树上站着一只鸟，是红喉潜鸟，我能够识别各种鸟儿的叫声。树林里可能还有其他鸟类，多数岛屿已经被海水淹没，它们能歇脚的地方十分有限，它们跟我们一样，都在往内陆迁移。

杂草丛里冒出沉闷的空气，我走在最前面，然后是秦双、苏粒，最后才是林度。我们哼哧哼哧往山上走，这个地方尚未被人发现，但我想，很快这里就会消失，要么被人破坏，要么被高温蒸发，要么被海水包围。所幸的是，我们走到山里去的时候，还能听见流水的声音。

秦双把手电筒往流水方向照过去，灯光中看见一群海雀在溪边睁着圆溜溜的眼睛。林度已经饥渴难耐，他从后面匆匆赶来，推开我们，蹲在地上就要喝水。秦双警告他说，这些水不能喝，白天太阳晒了那么久，有辐射。林度没有顾虑太多，他像一头大象吸着流淌的水。

林度喝够了水，顺势躺下，像海绵吸了足够多的水而变得饱满。他把背心翻起来，露出红红的被晒伤的皮肤。手电筒的光从他那块手掌大的溃烂的皮肤上挪开，苏粒也蹲在溪边喝水，我们都伸长了脖子像黄牛一般吸着水。把水桶都装满了，秦双还不愿意走，她把衣服脱了个精光，要到溪水中去洗澡。她不是为了图一时的凉快，是厌透了身上那股海水的腥味。

往回走的路上，月亮出现在海面。路边的岩石上站满了海雀，小卡车经过的时候海雀惊叫着飞走了。小卡车走得很慢，我们吸收了大量的水，我们身上开始冒汗，像被戳穿的气球，刚喝下去的水从四面八方流失。水通过座位流到车底下，在灰白色的公路上留下黑点，又迅速蒸发。

苏粒摇着脑袋哼着歌，她建议我放一点音乐。我说小卡车的音响已经坏掉，其实我是担心林度听到音乐也跟着摇摆，那时小卡车很有可能会拦腰折断。

3

海浪的声音越来越弱，时间已经进入后半夜，大海开始退潮。我们来到海边，但已经没心思到海里去，海泥的腥臭让人难受，而且，我们刚用清水洗过身，不能再碰海水。林度在公路上坐下，水泥路面温度很高，他一会儿把重心放在左边，一会儿把重心放在右边。

白天躲起来的海鸟纷纷来到海上，在海泥里寻找食物。苏粒又哼起了歌，我不记得她什么时候变得这样活泼，以前她可不是个爱唱歌的人。以前，大概多少年前？我们几个刚走到一起，成天讨论卡夫卡和博尔赫斯。那时我们还在读大学。我们是一个奇怪的组合，走在校园里总会招来学生的目光。我们办了各种文学活动，还做过一场行为艺术。

那是西央的主意，在学校中心广场举办一场探索个体生命的行为艺术表演。西央是个矮个子，无论什么活动，都需要给他提供一张桌子，他需要站在桌子上讲话。他拿着喇叭对围拢过来的学生说，这是一场关于生命的探讨。他号召学生参与到这场行为艺术表演中来，表演的形式是脱掉衣服关在笼子里被人观看、喂食、调戏、殴打。

只有放下人的身份才能认清楚人是什么，西央说。围观的人越来越多，但没有人志愿参与，几个铁笼冷清地摆放在广场上。最后，西央指着我们四个说，你们先来做个示范。我们被西央推着钻进铁笼，林度身体太大，把铁笼都挤满了。苏粒太高，一直弓着腰。秦双很瘦，她完全可以从铁柱之间钻出去。

只有我觉得这个笼子是那么适合我，仿佛是为我量身定做的一样。

西央拿着扩音器，指挥我们脱衣服。我们就这样赤裸裸站在众多的人面前，虽然那场行为艺术表演很快就被学校制止了，但在那短暂的二十分钟里，我仿佛真正得到了西央想要我们获得的体会。我站在铁笼子里，被无数双眼睛看着，对自身进行了拷问，这种拷问直到今天仍没有结束。我想，秦双、林度和苏粒跟我一样，我们没有因为西央强迫我们去做这件事而恨他，他是个哲学家。

行为艺术过后，我们被学校开除了。无所谓，林度说，我真的觉得无所谓，你们呢？我们也表示无所谓。但是，有无所谓并不能改变结局，我们背着行李离开学校，都以为从此将告别彼此，各自为生。

还是西央提出的主意，他曾在一个暑假跟我回过一次家，见识过海边艺术街的魅力。被学校开除的时候我的父母已经去世，西央要跟我回家，他要在艺术街搞出名堂。就这样，我们五个人从学校门口乘大巴往海边去，直至大摇晃发生，我们才迎来了真正的告别。我记得那时西央说，关在笼子里能够看清自己，但是不能看清这个世界，想要看清世界，就到世界中去。

日本的海太过波澜壮阔，林度说，那是因为陆地的面积太小，无论走到哪里，抬头一看准是海，那片海荡漾着死亡。至于死亡是什么样子的，林度耸耸肩。

那时福岛核电站已经被海水淹没，至于后果怎样，没有人给出分析。海底浮起大批海洋生物的尸体，然后那片海陷入沉寂，没有人敢潜入海里去看看那几个反应堆是什么情况。海水中浮动的紫色物质在黑夜发出亮光，海鸟从那里经过会掉进水里，船从那里经过会沉没。

林度对那片海进行了思考，得出一个结论，任何事物在死亡面前都是没有价值的。他最绝望的时候曾想靠近那片海水，让海水毁灭自己。他坐在海边张望，知道即便自己愿意活下去也不会活太长时间，要么死于高温天气，要么死于海里，要么死于饥饿，要么死于癌症。

日本青年穿着动漫服装在海边游走，以为打扮成动漫人物就具有超能力。林度说，他们戴上草帽，敞开衣服，像个海贼，他们乘船离开了日本，做海贼去了。

前方传来一阵奇怪的叫声，苏粒问我是什么鸟在叫。我说，是信天翁，没有猜错的话，是一只雄性黑脚信天翁。它可能就在不远处的岩石堆里，它在召唤雌性信天翁。它的叫声会使雌性信天翁失去理智，雌鸟迷失在嘹亮的叫声中，尽管天气炎热，体内的某种因素驱使着它往雄性信天翁靠近。

背后亮起昏黄的光，旧书店按时点亮了灯。林度感觉到了背后的光，他低着头，把烟头扔在地上踩灭，他肯定又想起了被他扔到海里去的那本书。所有的事物都有消失的一天，图书馆以及艺术长廊被海水淹没之前很多东西都没有来得及带走，包括书架上的书、墙上的画、陶瓷艺术品，陶瓷在水底可以保存，那些书画已经被海水泡烂，上面爬满了珊瑚虫。

事实上，林度并没有像他说的那样对文学感到厌恶，他还是会情不自禁地吟唱西央的诗，后来他还去拜访了旧书店的老头，从老头那里借来许多书，难以入睡的夜晚悄悄爬起来翻阅。有天晚上，我和秦双正在做爱，林度突然出现在门口。

他抽着烟愁眉苦脸地说，如果海水上来了，老头和那些书该怎么办？

我一边喘气一边帮他想办法，被我压在身下的秦双张着嘴巴发出嗯嗯的声音。为了把他打发走，我绞尽脑汁，我告诉他，可以把书店的门拆下来，跟书捆在一起，海水上来的时候可以拖着书到岸上去。林度听后没有说话，依旧靠在门口抽烟。我把注意力放在秦双身上，没再搭理他。他觉得我的办法不可靠，等海水上来再去救书就太晚了，只要一碰海水，那些书就会融化。

蓝猫不知何时出现在门口，林度把它捉起来捧在胸前。蓝猫因为忍受不了他那热乎乎的身体，惊叫一声从他手上逃脱了。林度觉得没趣，也走开了。背后的月光变得清晰，我看着秦双，汗水一滴滴落在她身上。她双手摊开，表情有些痛苦，嘴唇抖个不停。

完事后我走到阳台上去吹风，苏粒正靠在围栏上抽烟。我问她，林度去了哪里？她把香烟从唇间取出来，指了指前方，林度正坐在公路边对着不断后退的海水神思。我从苏粒手中把香烟接过来，刚放到嘴里吸了一口。苏粒突然调侃我说，这么热的天还有心思干这个？我举起双手说，我得把秦双从过去揪出来，不能让她活在阴影里，无论用什么样的方式。

苏粒把香烟夺过去，一口就吸到了尽头。她望着天上硕大的月亮说，我真希望当年跟你留在这里。

三

1

这么说，澳洲已经不是一块大陆，而是一个岛屿了？

准确地说，世界就是由无数个岛屿组成的，苏粒把杯子里的啤酒一饮而尽。那是我和林度从城里抬回来的啤酒，为了这三箱啤酒我们开着小卡车在街上奔波了三个小时。我从一个在啤酒厂上班的朋友手里把啤酒买过来，当下干净水已经非常有限，啤酒算是一种奢侈品。

苏粒不是能喝酒的人，一杯啤酒下肚她的脸就红了，本想着用啤酒来降温，没想到那点大麦酒精让她的身体烧了起来。她吐着热乎乎的气，想说话又哽住了。她说，时间是能够被看见的，旋转的时候就能看见时间。苏粒站起来，张开双手转圈圈。她说，站着的时候人的视野非常有限，在地上旋转看到的也很有限，只有悬在空中旋转，才能看见时间，时间就是一种混沌。

苏粒第一次看见时间，是在前往墨尔本的飞机上。在漫长的飞行中，飞机拐弯的时候机身发生倾斜，大海出现在头顶，苏粒吃了一惊差点发出尖叫。她感觉自己到了另一个空间，混沌的没有方向的没有水平线的空间，流水可以在头顶流过，人可以倒立生活，陆地是一堵墙……

那个决定去流浪的清晨，苏粒依依不舍地跟我们告别，她久久地搂抱着林度，说她出去一趟就回来，还要求林度也不要在外逗留太久。机场在厦门的南边，距离我们所在的地方有点远，苏粒需要在大巴上待两个小时才能到机场。那是她第一次乘飞机，她内心是恐惧的。她身材太高，进入机舱的时候不得不低着头。这是苏粒的常态，很多时候她都得低着头走路，她的背总是弯曲的，像一把镰刀。

飞机离开地面，穿入云间，来到太平洋上空，视野中只有蓝天和白云。她一度怀疑飞机并没有移动，飞机固定在天上，发动机在欺骗她。她拉住从身旁经过的空姐，问她飞机是不是没有动。空姐给她解释说，因为云太大了，飞机看起来像是静止的。苏粒不这么认为，她觉得自己进入了一条时光通道，周围的事物都是静止的，自己在前往未来或者退往过去。

那时的飞机正以 600 公里每小时的速度在距离海平面 5400 米高的空中飞行，来到赤道附近，天上没有云，苏粒看见蔚蓝色的海就在脚底下。直至一个个岛屿从脚下经过，她才相信自己正在疾速移动。看着窗外的云和大海，苏粒悄然感到悲伤。她不像西央、林度、秦双那样抱着一探世界究竟的决心，她是出于一时的冲动才选择了往南。她觉得这个时代的年轻人，都该去证明些什么。她做出了选择才知道，原来可以像我一样，耸耸肩留在原地。

经过漫长的飞行、滑翔，苏粒行走在路上，还有些晕眩，那时她身处的南半球正值寒冬，她穿着短袖，紧缩着身体。苏粒说，那是我经历过的最后一个冬天。比较幸运的是，苏粒去到南半球时清楚那将是她最后一个冬天，而身处北半球的我们，还没来得及体会，最后一个冬天就过去了。

苏粒说，我现在还记得冬天的感觉，那是我第一次真正去感知冬天，我每天跑到室外去，也不管风有多冷，只知道要珍惜每一秒钟，让皮肤真正去接触冬天。苏粒说着说着打了个冷战，在炎炎夏日里幻想冬天是矛盾的，体内的激素在相互排斥，她颤抖、抽搐，说话也变得吞吐。

抵达墨尔本，苏粒首先要做的就是去找一家旅馆。她的英语水平尚能应付日常交流，只是她太高了，无论跟谁讲话，都不得不弯下腰。找到旅馆后，她并没有像林度那样四处游走，她定居下来了，直到一年后海水涌进墨尔本城。

苏粒在墨尔本找到了一份在马戏团表演的工作，不如说是这份工作找上了她。她佝偻着背穿着寒碜的衣服在墨尔本街头感受冬天的时候，马戏团老板发现了她，并邀请她到马戏团去工作。后来，苏粒回想过去的时候还想不明白自己为何飞那么远的路到墨尔本去扮演一个怪物。

选择往南走是因为林度不会带我去东边，苏粒说，假如林度、西央、秦双走在墨尔本的街上，他们也会被捉去扮演怪物。我们捂着肚子大声笑了起来，确实如此，他们几位的长相都与众不同，把高矮肥瘦表现得淋漓尽致。这就是为什么我这个身材较为匀称的人在他们中间常感觉格格不入。

剥光衣服像动物一样被关在笼子里，苏粒想起了西央，想起大学时候我们在广场上做的人体艺术表演。或者说根本就没有表演的成分，只是在展示形态各异的人体标本。那是一份不用任何劳动只需要每天待在笼子里被人观看就能完成的工作，收入还不低，完全可以应付她在墨尔本的生活。马戏团老板像保护珍贵财产一样保护着苏粒，她能够吸引更多的观众。

苏粒隔壁的笼子关着一个侏儒，每次和他一起表演，侏儒不管围观者怎么取笑都无动于衷。久而久之，苏粒对别人的眼光也变得不在乎，她在笼子里想自己的事情，想得最多的还是大学时做的人体艺术表演。她和狮子、大象、鹦鹉被关在大大小小的笼子里，之所以能体会到自身的动物本能，原因在于她长相怪异。

做回动物没有什么不好，苏粒说，人的原始本能就是动物本能。我们围在一起抽烟，喝过两瓶啤酒便不能再喝下去了。我们低着头听苏粒说话，她说起过去显得很轻松，那段经历确实并不艰难。展示时间结束她就离开马戏团，在幽暗的街道上行走，待在逼仄的房间里。老板要求她穿着严密，不能让太多人看见她的模样，否则没有人愿意花钱买票到马戏团里去看表演。

回到旅馆，坐在飘窗上看城里的夜景抽烟发呆，有时候一坐就坐到了深夜。旅馆和马戏团里的笼子没有太大区别，或者说旅馆只是她藏身的洞穴。她不太清楚外面发生了什么，她已经懒得去想这些事情，关于自身就已经有足够多的问题值得她去思考。

有一回，她问隔壁笼子长了三条手臂的老头，像动物一样被人盯着看有什么感受？老人很不屑地挥挥手，这个问题他已经回答过好多遍了。他说，跟电视里唱歌和演戏的一样，我们都是表演者。苏粒不这么认为，她觉得自己没有表演的成分，关在笼子里的就是她本身。老人让她不要这样去想问题，他说，你要觉得自己是在表演，真实的你并不在笼子里，被关在笼子里只是活着的一种方式，行走也是一种方式，躺着也是一种方式，你只不过是选择了其中之一。

假如被关在笼子里的自己是虚假的自己，那么就不存在真实的自己了，苏粒说。随着被关在笼子里的时间越长，想的东西就越多，苏粒说，假如我去的地方是日本，在那逼仄的岛屿上实行人口消除计划，我准会是第一批被消灭的人。

蓝猫从外面进来，躲在昏暗的角落，只有两只眼睛在发亮。隔壁房间被林度和苏粒占用后它便无处可去，夜晚它常在门前公路以及后面的荒草地里哀叫。对它而言，我们就是四个火炉，它总是离我们很远，无论秦双怎么召唤都无动于衷。

天气闷热，我们清楚，这是台风登陆的征兆。天气预报并没有说台风要来，每天的天气预报信息基本相似：天气晴朗，可能会有阵雨。然而，雨，一直没有来。我们心里是矛盾的，既希望下雨降温，又恐惧海水上涨。

苏粒钻进冲凉房洗澡去了，对她而言，无论什么地方，都要低头钻才能进去，对林度而言只能挤进去。秦双追着蓝猫，想要看看它身上有没有长癣，她一直懊悔没能找到剪刀给它把毛剪掉。我和林度拿着杯子，叼着烟，蹲在门口看夜景。杯子里的啤酒变暖后，失去了降温的效果，抽烟成了我们度日的方式，当香烟烧到一定程度，我们的生命也就到了头。

我问林度，对面的老头还能过下去吗？林度说，他的脚已经废了，脚背到小腿都是血痂，长满了脓。我跟那位老人有过交往，不过那是很久以前的事了。那时蓝猫和花猫几天没有回来，我便四处去找。我去到旧书店，问老人有没有看见两只猫，一只花白色的，一只蓝色的。老人指了指书架前玻璃板上两团柔软的东西说，是不是那两只？天气热，它们趴在玻璃板上不愿走。

他的脚几个月前被钉子割破了，没有好好处理，发炎溃烂，从脚背烂到小腿，要截肢。林度说，就算那条腿没有坏掉他也走不了远路。我问，要不要送他去医院？林度说，老头说不需要，他打算就让它这样坏掉算了，没有截掉的必要，人跟机器一样，哪个零件不行了整个部件就坏了。我说，他会死的。林度说，他知道。我问，那他的书店怎么办？林度说，反正海水上来他也带不走，他跟我说了，看上什么书随时可以带走，可没有人会带着一本书去逃亡。

秦双从外面走来，她没能追上蓝猫。她在我和林度之间蹲下，问我有没有烟。我摇摇头，她又扭过头去问林度。林度也摇摇头。秦双摆摆手，只能作罢。她嘟着嘴，那是她的习惯性动作。我们就这样陷入了沉默，没有烟，手上的啤酒已经不想再喝，海浪的声音比昨天这个时候又清晰了一些。

2

徒劳的人低着头 / 虚无的人在飞 / 生是生的奴隶 / 死是死的方式 / 海边的西西弗 / 在波浪前游弋 / 海边的西西弗 / 在波浪前哭泣……

猝不及防，林度念起了西央的《海边的西西弗》。我和秦双也跟着念了起来：海边的西西弗 / 在波浪前游弋 / 海边的西西弗 / 在波浪前哭泣……

苏粒从楼上下来，叼着一支烟，我们夺过来，轮着吸了起来。苏粒在我身边蹲下，等着香烟传回去。当香烟回到她手上，只剩下不到一截手指那么长了。她吸了一口，把烟灰弹出去。烟头在地上溅起火花，升起袅袅白烟。苏粒身上散发出海水的气息，她又说起了她在南半球的动物生涯。

习惯了被关在笼子里，回到旅馆，她也要搭个笼子睡在里头。这样的习惯，直到被旅店老板发现才被迫结束。旅店老板原本不清楚苏粒的工作，他每天坐在柜台后面接待来客，送走来客，直至朋友带着小孩来玩，他找人来帮忙看守旅店生意，自己带着朋友的小孩去看马戏，并在马戏团里看见了被关在笼子里的苏粒。

晚上，回到旅店，苏粒看见自己的房间被捣乱，她辛辛苦苦搭起来的笼子也被拆毁。老板来到她面前，要她立刻搬出房间。老板觉得苏粒玷污了那房间，她应该回到马戏团的笼子里。自那时起，苏粒就离开了旅店，跟马戏团的动物待在一起。马戏团老板不能拒绝她，她是一棵摇钱树。

纯粹作为动物活着是很轻松的，苏粒说，假如不是海水淹没了墨尔本，我可能在马戏团待一辈子再也不回来了。

海水是一点点吞没墨尔本城的。那段时间，墨尔本下了好几天的雨，海水一点点上涨，澳洲人不慌不忙，他们没有因为不得不放弃墨尔本城而沮丧。中部高原沙漠地区因为获得降水变成了肥沃的土地，放弃沿海地区，澳洲人获得了更多可利用的地方。他们用大型卡车把城市建筑、植物一起运到高处。他们在高原修建防护墙，设置关卡，把外地人拒之门外。

马戏团随搬迁队伍来到高地入口，军队对所有东西进行了检查，澳洲人和动物获得过关批准，唯有包括苏粒在内的几个人被拦在门外。马戏团老板苦苦哀求，说他们不过是表演者，跟动物一样。可军队就是不允许进入，迫不得已，老板只好舍弃他们。苏粒就这样结束了她的动物生涯。

那时苏粒已经赚了足够多的钱，她跟她那些长相怪异的朋友在被搬空的墨尔本徘徊，那时墨尔本已经成为一片荒地，就像被挖去了血痂的伤口一样一片狼藉。海水已经淹没了一部分地方，包括曾经的城市广场、教堂、学校、公园，他们像被主人抛弃的宠物，在废墟里游荡。

不过，那是一段快乐的时光，他们捡到不少有用的东西，以至于那段时间成为他们人生中最富裕的日子。他们在海边追逐打闹，唯一使他们感到难受的是高温天气下他们找不到可以遮阴的地方。特别是苏粒，因为个子高，她总觉得自己比其他人距离太阳更近，接触的热量更多。她感到晕眩，走起路来摇摇晃晃。她花掉了身上所有的钱，在一艘游轮上买了一个逼仄的座位，得以离开澳洲。

苏粒说，登上轮船离开的时候，那几个和她一样被拒绝在高地外的人站在海边朝她挥手。他们一个个长相古怪，场面十分滑稽。他们已经穷途末路，那位侏儒是孟加拉人，墨尔本被海水包围的时候孟加拉早已在南亚版图上消失。孟加拉人在海水上涨之前已经把雨林砍伐掉，造了无数条船，举国到大海上流浪去了。

双腿麻痹站不起来，海风一吹，我们四个同时坐到了热乎乎的地板上。刚洗完澡的苏粒身上冒出了细汗。林度早已浑身湿透，他就像一块白肉在铁锅里翻滚。好不容易血液恢复流通，林度却已经站不起来，弯曲的腹部像挤压气球一般挤压着他的肺。我和秦双在面前拉，苏粒在后面推，才把他从地上拽了起来。

气温接近66摄氏度，我想，苏粒或许不应该在这个时候回来，虽然南半球已经没有了冬天，但这几个月的时间里，太阳直射点在北半球。

第二天，天还没亮，我捂住喉咙从床上爬起来，感觉有只蜘蛛钻进了嘴里。我走到楼下，打开冰箱找水来喝。修车铺的门敞开着，烟灰缸里有几个烟头。我走到门口，四处张望，晚上沉淀下来的一点点水分从太阳出来的那一刻便开始蒸发。

抽完第二支烟，林度从旧书店走出来，手里提着个空水桶，腋下夹着一本书。林度抬起头看见我，吓了一跳，满脸通红。他说，夜里睡不着，下楼吹吹风，看见老头坐在旧书店门口，就去跟他说说话，顺便带了一本书回来。我问，是什么书？林度很不好意思地把书从腋下拿出来，是西央的《海边的西西弗》。他说，老头从海边捡回来的。

我把书拿过来翻了翻，书被海水泡过，上面还有海泥的痕迹，经过老头的精心修复，上面的字还清晰可辨。我问那个老头情况如何。林度坐在桌边抽着烟摇头，他说，情况不乐观，腐烂得很快，蚊虫的尸体粘在伤口上，轻微动一下就有黄脓冒出来，他的腿已经烂透，说不定已经长蛆了。我说，那他就这样忍受着？林度说，我也不清楚，他脸都黑了，肯定是痛得难受。

抽完一支烟，林度又端起水杯喝水。他说，有些书被水淹了就不存在了，有些书被带出来了，就是以后的经典，这是我第二次拯救西央的书，那家伙还一点都不知道。

林度显然还盼望着西央回来，这是西央错过约定时间的第十七天。假如他想起我们的约定，无论在世界上的哪个角落，也该回来了，可是我们没有任何提醒他的方式。我们分别后的第二个月无线通信就瘫痪了。如今我们只能等下去，假如海水把修车铺吞没，我们就彻底跟西央分别了。

蓝猫从外面跳到窗台上，叼着一只掉光了毛的老鼠。我呵斥它，不让它叼着老鼠进屋。如果秦双看见它叼着老鼠，肯定不会再让它靠近。不过，这年头老鼠的日子也不好过，它们大批死亡。我又想起苏粒在澳洲被圈养的动物生活，或许大海里很快就会诞生一种能够取代人类的生物，它们像蓝猫叼着老鼠一样把我们往深海里拽。

我把西央的书还给林度，他小心翼翼地放在桌上，抚平书封上的褶皱。他问我有没有看过一部日本电影，名为《世界，永别》。我说，有点印象，好像是讲一个南非女孩跟她的机器人在山上等待救援的故事。就是这部电影，林度说，我们现在的境况跟那个被困在山上的南非女孩一样。我说，如果南非女孩坚持活下去，她能够看到竹子上面长出来的花。林度摇摇头说，她活不了，那里都是辐射，这里也到处是辐射，碘水早已不起作用。

那只白鹭还没死去，躲在岩石下把长嘴巴伸进海水里寻找海螺，海泥里堆满了死去的海星。白鹭没有力气吞下一只海星，它摇头晃脑，努力让自己保持清醒。我想走过去替它结束它的痛苦。

3

被汗水濡湿了的睡椅上，苏粒身体平躺着。身体过长，膝盖以下不得不伸到睡椅外面。秦双打开电视，电视失去了信号。秦双让我修理一下。我检查一遍线路，没有找到问题。林度摆摆手说，不用看了，肯定是系统瘫痪了。我们围着桌子坐下，继续过昏沉的日子。

这样的日子还要过多久？苏粒问。她把衣服翻上去，露出修长的身体，肋骨狰狞，乳房扁平。这个地方很快就会停电，那时候日子将会更加艰难。接下来要做什么？苏粒又问。她已经被炎热的天气弄得头晕目眩，说话的时候含糊不清。

在迷糊的时间里，修车铺不时会陷入沉默。落地扇把桌上那本《海边的西西弗》翻动，那是西央在我们当中存在过的唯一证据。苏粒突然坐了起来，衣服也顺势滑落，遮住了她贫瘠的身体。她说，今天是世界难民日。她望着热流滚滚的公路，海面上有一层金色的光，宛如野火在燃烧。

好不容易等到太阳从天边消失，秦双从楼上下来，递给我一个旧式录音机。她说，修修应该还能用。我把录音机搬到桌子上拆开修理。林度从海里挑上来两桶水，洒在门前地板上。地板蒸腾着水，空气一片浑浊。海上开始吹来清凉的风，三趾鸥在岩石林上空盘旋。

秦双不知从什么地方翻出一串荧光灯，挂在门前的空地上。我给荧光灯接上电，那些小山椒大小的灯闪烁着各种颜色的光。录音机终于被我修好了，苏粒给我一张盖瑞·摩尔的录音带。苏粒说，这样还不够，该有的形式一样也不能落下。她从楼上拿来一个盒子，在我们脸上涂了各种颜色。

晚上十点钟，我们把隔壁旧书店的老头请了过来，把啤酒和水放在地上，放大音乐在门前的空地上跳舞。盖瑞·摩尔的乐调不适合欢快的氛围，可我们只有这么一张录音带。老头不能陪我们跳舞，他坐在轮椅上张着嘴巴笑个不停，我们几个长相怪异的人搂抱在一起跳舞的样子想必十分可笑。老头始终用纱布遮盖着他那条已经坏死的腿，跟我们保持一定距离，担心腿上的臭味让我们扫兴。

盖瑞·摩尔的吉他声让人着迷，一段时间过后，我们出了一身汗，当音乐切换到《月光照片》，我们已经十分疲倦。这样的天气下，热情往往不能持久，就像水分蒸发，只要内心稍微澎湃，精力就会飞快流失。如果一个人长时间保持激昂的状态，他很快就会被透支而死亡。

老头抽了几支烟后回到了他那沉浸在夜色中的旧书店。我们靠在对方的肩膀上，顾不上身体发出的热量带来的黏糊感，不约而同地谈到了西央。假如他在，舞会要欢快许多，秦双说。苏粒说，他会找来摇滚音乐，他会跳迈克尔·杰克逊的月球漫步。

最后，我们不得不放开对方的身体瘫软在门前的长椅上，脸上的妆容糊成一团，随着汗水从下巴滴落在胸前。林度没有下巴，颜料便随汗水流到了他的脖子上。林度把脸凑到苏粒胸前，把颜料蹭到苏粒身上，苏粒发现以后也开始往林度身上蹭。林度把苏粒扛在肩上，朝大海奔去，把苏粒扔到海浪上。夜已深，海水在往后退，因此，苏粒身上都是海泥。她抓起海泥往林度脸上砸去，大声骂着……

这一天是以一阵爆炸声开始的。

我汗漉漉地从床上爬起来，从阳台往外面看去，并没有响雷，也没有下雨。太阳已经出来了，海水覆盖了昨天晚上林度和苏粒掷海泥的地方。我穿着短裤走到楼下，录音机里的盖瑞·摩尔还在饱含深情地唱着歌。荧光灯还在闪烁，只是已经看不到灯光中的颜色，灯丝萤火般跳跃着。

爆炸声是电冰箱发出来的，我来到楼下的时候冰箱已经停止工作，制冷器发出一缕缕焦烟。秦双从楼上下来，林度和苏粒也下来了，愁眉苦脸地站在冰箱面前。我们身上还残留着颜料和海泥，都只穿着内裤和背心，面对冒烟的冰箱不知所措。

过了好一阵子，秦双问我，能修好吗？我拔掉电源，检查一遍电线。电线软绵绵的，烧了个彻底。制冷器很烫，一块钢板被炸开了，里面的东西已经被烧空。我们在柜台前坐下，面容疲惫，都清楚冰箱对我们而言意味着什么。

苏粒把落地扇打开，幸好落地扇还能转动。日子就是这样一天天坏下去的，苏粒说，不是我悲观，事实将是如此。其实，用不着苏粒提醒，我们也清楚日子在一天天变得糟糕。坏日子像门前的海水，一天天迫近，我们又无处可逃。

躲在岩石后面的白鹭不见了，一股燥热钻进来。林度从坏掉的冰箱里拿出一瓶碘水往旧书店走去。自从跟老头结识，他每天去给老头清理伤口。秦双决定上楼再睡一会儿，我叫她去洗个澡，她摇摇头，她讨厌海水的气味。

来到楼上，苏粒却睡在了我跟秦双的床上，我问她是不是犯糊涂走错了房间。她摊开身体，紧紧抓住床栏。她说，我再也不想跟林度睡在一起了，他像个火炉。秦双走过去企图把苏粒拽下来，却没有拽动她。苏粒说，求求你，秦双，让我睡个好觉，你去跟林度睡一晚。

秦双无可奈何，只好走到隔壁房间去。秦双走开后，苏粒才松开了紧紧抓住床栏的手。她挪到靠近窗口的一边，腾出一个身位，拍拍床板，让我躺到那里。我没有过去，站在门口抽烟。她望着天花板，问我是否相信爱情。我把香烟踩灭，走到房间里头，在她身边躺下，看着天花板想了好一阵子。我说，我相信。

苏粒轻声笑了起来，她叹了一口气说，我不相信，我只相信友谊。

四

1

是的，秦双说，我去到了世界的尽头。

桌上的碘伏散发出一股腐烂味，那是林度给旧书店老头清理伤口的碘伏。秦双就坐在我对面，在林度身边，穿着我那件宽松的白色背心。

从这个地方出发，秦双选择了北方，她只要一直往北走，就能抵达大摇晃爆发的地方。为了更快抵达北方，弄清楚北方发生了什么事情，来到上海以后，秦双加入了一个北极环保组织，在环保组织里，她认识了那个叫吴岩的男人。我不清楚她跟吴岩之间是否存在所谓的爱情，认识吴岩没多久他们就结婚了。

飞机穿过中俄边界继续往北，从天上俯瞰，地上满目疮痍，被大火烧过的地方是黑色的。飞机飞得很低，目的是让环保组织成员看清楚大火过后的西伯利亚。飞机在西伯利亚上空飞了两个多小时，在这两个多小时里他们视野里全是被烧过的森林。西伯利亚中部出现了一片荒地，泥土是红色的，中间是一个深坑，深坑四周什么都没有，全被热波摧毁了。

深坑里发出白色的光，秦双说，我们还是没有弄清楚大摇晃爆发的原因，飞机不能在那地方停下，逗留一会儿都不行，飞机上的设备受到辐射的干扰，机长只好提升高度继续往北。飞机抵达冰岛的时候是夜晚，那里的夜晚来得晚，而且特别短。从机场前往营地的时候他们看见当地许多地方贴满了关于大摇晃的报道。安静，秦双说，一路都很安静。

吴岩告诉秦双，有些真相很难弄明白，因为说谎的往往不是一个人，而是一大群人。对他们而言，唯一能做的，就是对别人破坏的环境进行修复，能修复多少是多少，即便修复的进度比破坏的速度慢许多。

到了北极，我才真正了解了大海，秦双说，我常爬到山上去看海，去看所剩不多的冰山，冰川覆盖的面积一年比一年小，冬至一过，冰山就像被点燃的蜡烛，一天天融化，最后全化成黑色的海水。秦双甩甩头发，尽可能把脖子露出来。她说，我在北极的第一个春天，在芬兰西海域，看见整个海面都是海鱼的尸体，尸体浮在水上，到处是苍蝇。

秦双所说的芬兰事件我在电视新闻里看过，当时我迷迷糊糊地躺在睡椅上看着电视屏幕，海面漂着白花花的鱼的尸体。打捞者戴着白色口罩，因此我不曾想过那群人当中会有秦双。戴着口罩的人用网把海鱼的尸体打捞起来，让卡车运走。卡车来来回回，不知走了多少趟。

从西伯利亚流入北冰洋的那几条河的河水是白色的，非常安静，河水入海以后那片海域也变成了白色，海水上涨，白色迅速扩张，正是这白色的水杀死了那些海洋生物。秦双说，冰岛人大部分已经逃离冰岛到西欧和南美去了，其实冰岛并没有被海水淹没，只是被白色的海水包围着，冰岛人惶恐不安。

无论谁，遇到那情形都会惶恐不安，苏粒说，北极圈里已经没多少露出海面的陆地了吧？秦双点点头，她说，我回来的时候海水已经涌进西伯利亚，那些被火烧过的树林都被埋在了海底。秦双点着一支烟，走到门外，闭上眼，听着海浪翻滚的声音。她说，挪威有个地方跟这里一样，涨潮的时候房屋被海水淹没，退潮时整座城市暴露出来，当地人把那地方叫作幽灵城。

一天当中，大部分时间里，海水都占领着城市。海水退去后，空荡荡的街巷一片潮湿，楼房挂满了海藻，街巷里堆满垃圾和海泥。秦双随队伍去过那地方，他们从直升机上降落，顺着滑溜溜的楼梯往下走。混凝土大楼非常坚固，他们穿着长靴踩着海泥来到街巷里。四周的房子里冒出一股凉气，楼房里面黑漆漆的，死一般寂静。

尽管清楚这些房子里不可能有人，他们依旧胆战心惊，小心翼翼。政府大楼、教堂、学校、医院全被海水腐蚀。教堂墙壁上的浮雕轮廓模糊，油画早已脱落。街边的绿化树已经死了，枝丫都已掉落，只剩下树干孤零零地与地面捆绑在一起。这些树目睹了海水上涨时的情形，它们的死亡过程漫长又痛苦。

有些东西用一百年时间也没办法清除，从海里捞上来的垃圾没有地方埋，秦双说，光是格陵兰岛西海域的垃圾我们就清理了三个月，当我们准备往格陵兰岛东边去的时候，洋流又把垃圾带过来了。秦双说，骨瘦如柴的北极熊靠吃垃圾和动物尸体填肚子，最后它们都因为食物中毒死了。

我们所有人见识过的绝望加起来都没有秦双一个人多，她和那支小分队在北冰洋沿岸黑色的泥土上行走。那个名叫吴岩的男人带着她去了一个又一个地方，在那段疲于奔波的日子里，秦双怀上了珍妮。

有时候就是想不明白，行走的过程中累得连吃饭喝水的力气都没有，更没有心思好好做爱，可偏偏在那时候怀上了珍妮，秦双说。可能是命中注定，怀孕那段时间，已经深陷于绝望中的队伍看到了曙光，秦双知道，那是珍妮带来的曙光。

曙光非常短暂，珍妮死去的噩耗传到队伍当中时所有人都为之沮丧。后来吴岩在海上遇难了，秦双被迫返回国内。至于那支队伍是否还在北冰洋沿岸行走奔波，已无法知晓。

秦双讲这些的时候十分镇静，我们也没有说什么安慰她的话，谁都说不出安慰人的话了。把桌上的水一口喝完，秦双翻起白色背心，让我们去看她小腹上的伤疤。那是生珍妮的时候留下的，秦双说，那是珍妮给我的仅有印迹。

从挪威回到N市，秦双没有找到吴岩的父母，他们随着逃亡的人到西边去了，珍妮的遗物一件也没有留下。这时候，蓝猫又该死地在门外叫了起来。原本还镇静地抽着烟说话的秦双变得不安定了。她把烟头掐灭在烟灰缸里，趴在桌子上哽咽起来，她始终没有哭出来，只是身体剧烈颤抖着。

月亮悬浮在干净的天空中，如此庞大的石头何以能够在半空悬浮？而我们如此渺小轻飘却不能摆脱地表。林度说，那是因为我们过于渺小，才必须依附在庞大的事物上。我想也是如此。我们站在修车铺门口，留秦双一个人在屋里哭泣。我四处去寻觅蓝猫，企图把它赶到更远的地方去。但是它躲在芦苇丛里，茫茫月光下看不见它的身影。

2

所有的悲伤，在拉长的时间里都会得以减轻。秦双哭着哭着就麻木了，又变回那个冷冰冰的女人。

灰白色的公路上，我们在奔跑、追逐打闹。原来时间是可以倒退的，至少在某个短暂的时刻是这样，比如现在，气温不是很高，海鸥的叫声就在不远处，我们在公路上奔跑，只不过不是在以前的公路，以前的公路在海水之下，当然，还少了西央。

海水退去后露出一块巨大的光滑的石头，这块石头尚未被海水吞没时曾是海边艺术街的地标。我们爬上石头，躺在上面看月亮。躺在石头上远比躺在修车铺的床上舒服。苏粒说起西央的诗集出版时的情形，是一家旅游出版社出的书，出版社出版《海边的西西弗》的用意是为来这片海域旅游的旅客提供赞扬大海的诗，以免他们在面对大海的时候哑口无言。

西央当时就拿着他的诗集爬上了这块石头，对着大海大声朗诵。他以为凭这本书他可以在诗坛上制造一些影响力，事实上，在文学没落的年代，根本没有人留意到这本由旅游出版社出版的小书。不管如何，样书刚寄过来的时候，我们还是非常激动，我们喝了很多酒，在公路上奔跑、叫喊，直到深夜。

激动过后总会陷入沉寂，坑坑洼洼的石头烙痛我们的后背。这地方已经没几个人，谁还会留在这终将会被海水淹没的地方？只有四个长相怪异的人，还逗留在海边。

秦双曾说，很想知道长得好看是怎样一种感受。林度和苏粒被她逗笑了。苏粒说，我也想知道，那些不用装扮，很随意就很好看的人活着到底是什么感受，他们到底会不会注意到自己的长相？林度捂着肚子笑个不停，他说，每个长得丑的人都想知道长得好看的人是怎么一种感受，但是长得好看的人肯定不想知道长得难看是怎么一种感受。

长得好看的叫加缪，长得难看的叫萨特，苏粒说，绝大多数萨特对加缪都只有嫉妒。林度说，像我们就不会，因为我们身边左看右看都是萨特。说完林度又捧着肚子大笑，他笑的时候，身上的每一块肉都在颤动。他突然非常严肃地说，西央是这个时代的萨特。

假如西央是萨特，他肯定在意自己的长相，如果可以自由选择，他绝不会选择当下这副皮囊，我们都不会。过去的时代，男人都想成为布拉德·皮特，女人都想成为安吉丽娜·朱莉。这个时代，我们不想成为谁。

黑色的行李箱里，只有几件单薄的衣服，秦双从衣服中翻出一本沉甸甸的白色精装册子，册子的封面设计十分简单，只有“末日生存指南”六个字。秦双把册子递给我，我递给苏粒，苏粒又递给林度。林度随手一扔，册子被扔到了门口。我不需要这些，林度说，我知道该怎么生存。

没关系，秦双说，那也不是什么真正有用的生存之道，只是我在挪威生活的那段时间，这本书确实帮了大忙，怎么防辐射，怎么在荒野生存，怎么辨别方向，上面都写得很清楚。

三年前，秦双和吴岩在挪威北部一处原始森林里生活过一段时间，那地方距离北极圈不远，冬天还没来，那时的气温大概是 6 摄氏度。他们穿着毛衣在森林里走了好远的路，找到了地图上显示的科研队营地。所谓的营地就是两个绿色的集装箱，里面有一些基本的生活用品。他们在那里度过了五天时间，每天白天到树林里去行走，天黑再回到营地。那时他们尚未完全适应北方的环境，需要靠这趟行走来分解压力和痛苦。

行走过程中，他们聊了很多话，关于气候，关于未来生活。那时秦双充满活力，在行走当中丝毫没有感到疲惫，甚至越走越兴奋，她向吴岩提议去跟踪黑熊，了解它们的生活习性；她还喜欢攀岩，不带绳索，依靠四肢翻越悬崖峭壁。吴岩随身携带的就是这本《末日生存指南》。

书上说，最好的求生方法就是躲到地下几百米深处，秦双说，备好足够多的粮食和水，或者准备一套沉睡设备，睡个几百年，等灾难过去了再醒过来。苏粒说，躲在地下，外面发生什么都不知道。就是要这样，秦双说，谁想去看令人厌恶的海水？

林度拍了一下桌子，让秦双和苏粒不要再说下去。他说，躲在地下活着跟死了埋在坟墓里有什么区别？秦双立即不说话了，从桌上拿起最后一支烟点着。林度从椅子上站起来，往隔壁幽暗的房子走去。我们听见他在敲旧书店的门，他敲了半天的门，嘴里还轻声呼唤着老头。

修车铺里的三个人陷入了无尽的寂静当中，于是苏粒哼起了歌。曲调轻快，那是她在马戏团表演的时候播放的曲子。我低声问秦双，你和吴岩之间是怎样一种关系？秦双说，我没听懂你的意思。我说，你跟他之间是真爱吗？秦双举着香烟沉思了一会儿，我和苏粒坐在她对面留意着她的举动。秦双说，我也说不清楚。

下半夜，苏粒回到了她和林度的房间，秦双和我睡在一起。秦双说，我跟吴岩之间是有感情的，但是感情这种东西不长久。我一直没有问她怎么看待我俩之间的关系，害怕失望。

3

海鸥在阳台上叫个不停。

苏粒赶走阳台上的海鸥，把我和秦双叫醒，告诉我们林度去了旧书店一直没有回来。我们大概知道发生了什么事情，老头死了。林度坐在长椅上，目光呆滞，面无表情，身上冒着一股浓浓的腐臭味。他整个晚上都在旧书店里跟老头的尸体待在一起。他给老头擦身，包扎好伤口，换上新衣服，然后坐在老头身边直到天亮。我和苏粒把他架起来带回修车铺，他不能跟一个已经发臭的死人在闷热的房间里待太久。

从旧书店回来，林度一句话也没说。秦双倚在门口抽烟，对死亡感到不屑。这是个难得的阴天，温度还在50摄氏度以上。站得累了，我和苏粒在椅子上坐下，等林度开口说话，到底怎样安置老头的尸体，总不能让他就这样一直躺到海水漫上来。

到了中午时分，林度才有了一点动静。他长长地吐出一口气说，我们把他埋了吧。苏粒说，不用报警？林度摇摇头，他说，警察来了，记录一下情况就走了，他们才不会帮忙处理后事。我问，那埋在哪里？林度说，就埋在旧书店后面，那里有棵棕榈树，他喜欢待在那里。

天还是阴沉沉的，我和林度拿着铁锹到旧书店后面的棕榈树下挖了个坑。棕榈树长得很好，树顶有张遮阳布，是由于老头的精心打理，它才没有像其他棕榈树那样被晒死，如今老头死了，尸体埋在树下化成养料也能支撑它再活一段时间。

我们满身大汗回到旧书店，苏粒正对着门口呕吐，把她喝下去的啤酒全吐了出来。屋内的空气太浑浊，她在那里待了太长时间，胃液翻滚得厉害。苏粒把脑袋伸到外面去呼吸。屋内老头的尸体已经打理好，为了不让臭味弥漫开，秦双不知从哪里找了一张锡纸，把老头的尸体裹得严实。

老头的尸体很轻、很直，我和林度一人抬一边往旧书店后面走去。我肩上抬着的是老头的腿，隔着锡纸我都能感觉到他那已经腐烂掉的软绵绵的腿。我想我已经把他腿上的伤口弄破，脓液流出来粘在我的手指上，浓浓的腐臭味冒出来，我差点要抛下尸体呕吐。我没有那样做，我忍住了。假如我把尸体抛下，老头的腿就会摔到地上。印象中他一直坐在轮椅上，他的腿不曾着地，这一摔，即便他已经死去，也会痛得叫喊起来。

棕榈树被风吹得哗哗响，在黄昏来临之际，我们把老头埋进土里，在白色的土堆上挂了一张网，准确地说是世界难民日那天晚上我们用来庆祝的那串霓虹灯。天黑以后霓虹灯闪烁着靡靡的光，我们坐在坟墓前，为了驱走那股腐臭味，迫不及待点着了香烟。

有时候，我觉得我们不过是一段时间，秦双说，从生到死，是时间过渡的一种方式，身上的时间用完了，就会有新的载体来代替我们，当所有的生命都死了，时间就会依附在石头、水、空气上面继续流逝。

就是这样，我们不过是一段时间。

旧书店的老头是一段时间，吴岩是一段时间，珍妮也是，于是，我们没必要为他们的死感到悲伤，时间是没有办法挽留的。这是秦双在珍妮和吴岩相继死去后得出的自我救赎的想法。如今，她以同样的方式来说服我们，过去的我们是一段时间，未来的我们也是一段时间，仅此而已。

因为没有风，我们吐出来的烟在屋里弥漫，我们四个赤身裸体地躺在一张床上。所幸这张床没有床架，是由木板叠成的，不然四个人的重量准会把床给压垮。落地扇搅不动沉甸甸的空气，汗水流个不停。林度跑去洗了个澡，这是他一天里第六次洗澡了。他非常难受，脸色很不好看。

还记得三年前那阵摇晃吗？苏粒说，当时我们就在前面的公路上，路上的人同时摔倒了，大家还以为是谁在后面推了一把。苏粒纤长的手臂把我和秦双搂住，热乎乎的手垫在我们的脖子后面。

一开始都以为是地震，谁能想到这一切来得这么快，秦双说。我迷迷糊糊听着秦双和苏粒说的话，一句话也插不进去。苏粒说，到底弄清楚了没有，那一阵摇晃是什么造成的？秦双说，可能是时间出现了曲折，或者地球撞到了类似黑洞的东西，时间发生了震动，我们便跟着摇晃起来了。

五

1

我一直以为世界是没有尽头的，而我从来没有耐心去做一件没有结果的事情，所以我才选择留在原地。假如世界真有尽头，我想我当年不会留在这座海边城市，我会到世界的尽头去看看，不过，也只是去看看罢了。

地球是圆的，在三维世界里这是无可置疑的事实，而渺小是我固有的形态，因此我才认为世界没有边际。可是我到世界的尽头，除了看一眼，发出一句感慨，哦，原来世界的尽头是这个样子的，我还能做些什么？我不可能像秦双那样沿着世界的边缘捡塑料瓶子，那些装满誓言的漂流瓶会继续在海上漂浮。

物质守恒定律也许能够证明世界的有限性，尽管一切物质都在流动，但只要恒久地行走，每一粒沙子上面总会留下足印。当所有的沙子都被踩在脚下，我们又该去哪里？或许我们会想办法摆脱地心引力，到更辽阔的地方去。所以，世界的尽头是没有意义的。

月光很亮，仿佛太阳占据了漫长的白天还要在夜晚出来耀武扬威，白茫茫一片，秦双趴在我的胸膛上。我胸膛上一粒粒的汗珠闪着月光，秦双的头发已经湿透，她喘着气，这样的夜晚消耗着我们的生命。世界的尽头可以看见另一个世界，秦双说，但是那个世界离我们很远。我说，有多远？秦双想了好久，她说，就像月亮跟我们的距离。

月亮是可以抵达的，我说，已经有人去过那里，那里跟沙漠一样，一片荒芜。秦双把手往上移，落在我的喉结上。她说，是啊，那里跟月亮一样，什么都没有，不过我想到那里去，一个人住在一颗星球上，每天只做一件事，那就是坐在世界的边沿，看着这边的你们。

可以想象假如秦双生活在月亮上，四处都是石头和沙子，她坐在一块陨石上，往地球张望。由于四面八方都有光照射，她没有影子，就像一个透明的灵魂。无法知道她坐在月亮上眺望的时候心里会想些什么，无可避免的是，她将会在白光中渐渐衰老、死去，化成枯骨和毛发。或者她会等来一颗巨大的陨石，陨石尚未靠近，巨大的热波就把她摧毁了，不留痕迹地彻底摧毁。

我把秦双的手从身上拿开，两个人的体温叠在一起有种自焚的错觉。我走到阳台上，点着香烟往窗外眺望，退去的海水吐出一片黑色的废墟。我看见了那座跨海大桥、曾经的码头以及曾经的塔楼，它们依旧屹立在月光下，只是它们看起来很脆弱，像被火烧过的火柴梗，只要海鸥往上面一站就会瞬间坍塌。近处的广场上，那个篮球架还屹立着，有一段时间我们每天傍晚都要到那里去打篮球，不清楚把篮球扔进框里有什么意义，我们在别人制定的规则里玩得不亦乐乎，西央一次次冲撞着林度庞大的身体，他常常为立在他身前的困境感到苦恼。

林度从房间里出来，眯着眼睛，睡意蒙眬。眼睛最怕的是光，林度说，没有光又什么都看不见。我说，睡不着？林度说，睡着了，只是睡不了多久，每天晚上都是这样。林度揉揉脸，他显然还想再睡一会儿，他是被月光吓到了才失去了睡意。他在半睡半醒中侧身看到阳台上刺眼的白光，以为刚消失不久的太阳又出来了。我说，今天晚上的月光有些瘆人，照得跟白天一样，幸好只是反射过来的光，没有温度。

林度说，由此可见月亮上的阳光也比往常更亮。我想起了曾经的一个梦，梦见西央在沙漠中行走，无论活在太阳的东边还是西边，我们都在不停地绕圈子，一点点靠近太阳，那个巨大的火球蒸腾着空气，那里本该是气压最低的地方，其巨大的质量把时空压得弯曲。我们在滑向下陷的地方，和太阳之间的距离越短，坡度就越大，下滑的速度也就更快。

比月光更刺眼的太阳光迟早还是会来的，我说，小时候恐惧夜晚，没想到长大了会恐惧白天。我指着前方那片狼藉的废墟对林度说，还记得住在码头的那个女孩吗？海水漫上码头的时候她就站在塔楼上，张开双手面朝澎湃而来的海水。林度说，她是个浪漫主义者，深受雨果的影响。我说，她本来有机会走的，但是她没有走，她站在塔楼上，很多人想办法开船去接她，但是她没有离开。

秦双已经穿好衣服来到阳台上，汗水濡湿了白色背心。海水不知不觉间来到了脚下，太阳在海水里憋足了劲，很快就会一跃而起光芒四射。我们知道太阳马上就要出来，不得不往房间里靠，不敢再站在阳台上，太阳光会瞬间覆盖过来，我们脆弱的身体承受不住那伤害。

太阳出来的时候光刚好照射到我们的脚尖，我们都往后退了一小步，回到各自的房间，我和秦双看不见林度，林度也看不见我们了，只有当太阳渐渐升高，走廊上的阳光才会被屋檐遮挡住。我们就隔着墙说话。林度说，看来今天也不会下雨了。我说，雨总会来的，不然蒸发的水去了哪里？物质是守恒的。

说不定化成另一种物质了，坚硬的晶透的物质，反射着光，月亮才这么亮，林度的感慨声穿墙而过。天上有个窟窿，站在我身边的秦双说，三年前，我在北方看见过那个窟窿，就在西伯利亚上空，那里什么都没有，阳光特别毒，天上的云从那个窟窿挥发出去了，雨才那么久都没有来。

时间可能也从那个窟窿挥发掉了，秦双说。她望着远处的天空，太阳所在的地方所有的云都往四处散开。秦双始终把四维空间的念头放在心里，活在更高维度的生物，看着时间像裂开的鱼缸里的水，无声无息地从我们身边流走。我们在没有时间的世界里吸收不到任何营养，我们将会枯死。

三年过去了，这个窟窿还没填满吗？林度问。秦双说，你看这天气，一天比一天热，说不定那个窟窿已经把周围都腐蚀了，我们正在那个窟窿里面。秦双在房间里张开双手，闭上眼睛。她说，有没有感觉身体轻飘飘的，我们就像海水一样蒸发着。

苏粒的咳嗽声打断了这场荒诞的谈话，我听见林度往房间里面走，大概是给苏粒倒水去了。秦双回到房间，坐在落地扇前点了一支烟，为了不让风加快香烟的消耗，她把脖子伸长，脑袋离开了风扇的摇摆范围。秦双若有所思地说，那个世界真的存在。我把她手中的香烟接过来吸了一口。我说，什么世界？高维度世界，秦双说，那里住着一群生物，它们能够看见时间，所以它们可以把我们带走，带到一个时间充足的地方。

你指的是外星人？我问。秦双点点头，她说，因为它们可以看见时间，所以它们是可以控制时间的，就算它们不把我们带走，把时间还给我们又何妨呢？秦双看一眼我手中烧得所剩不多的香烟，顺手又点了一支。她说，河水要流干了，你不把鱼带到海里，往河里放一点水总是可以的，可能那些生物对我们太失望。

把希望寄托在不存在的外星人身上，是不是虚无的表现？我说，至少目前没有人能够证明外星人的存在。这跟宗教信仰是一回事，秦双说，如果这是虚无，那人类一直都活在虚无当中，还有塔楼上的女孩，浪漫主义都是一群虚无主义者吗？我无言以对，烟火烧到了我的手指，我回过神来把烟头弹到走廊上，烟头在阳光下燃烧了好一会儿才熄灭。

汗水从每一个毛孔钻出来，像秦双说的那样，我们正在被蒸发。她回到落地扇前，脱下背心，背上长满了热疹。秦双被恶劣的天气击垮了，开始胡思乱想，脑浆早已是滚烫的豆腐。她说，我看见过它们，你信吗？我没有回应她。她继续说，飞机经过西伯利亚的时候我看见过它们，当时我不确定那是什么。秦双看见的那些所谓的高维度生物躲在云后，它们像一团透明的果冻漂浮着。秦双说，它们肯定是通过时光机器过来的，它们感觉到了那阵大摇晃，于是就过来看看到底发生了什么。

秦双在吴岩死去的瞬间又看见了它们，那时起她就相信了高维度世界以及高维度生物的存在。她说，它们肯定弄明白大摇晃是怎么一回事了。秦双相信它们还会再来。它们总该做些什么，她说，不至于站在一边看。我拿起床边的毛巾替她擦汗，她有点抗拒，因为毛巾有股海水的气味。

房间里能够清晰地听见海浪的声音，太阳才出来没多久，真正煎熬的时间还没到，我们不清楚林度和苏粒在隔壁做什么，林度想必已经非常难受，他庞大的身体不得不忍受更多的痛苦。秦双走到墙边，用修车的扳手敲了敲墙，另一边也用笨重的铁器敲了敲墙。他们就这样呼应着对方，敲墙的节奏时快时慢，像在发送摩斯密码。

林度，秦双突然呼喊林度的名字。林度反过来呼喊秦双和我的名字。秦双继续对着墙壁呼喊，只是她不再只是呼喊林度，她还在呼喊西央、吴岩和珍妮。墙的另一边沉默了，也许林度不知该怎么回应秦双的呼喊。秦双茫然地看着颓败的墙壁，呼喊消耗了她的体力，她喘了几口气，又回到落地扇前。

有时候我老是听见有人喊我的名字，秦双说，在很远的地方，那个声音隐隐约约的，飘了好久才来到我耳边，但是呼唤我的那个人肯定是认识我的，就像一个好久不见的朋友，我的朋友不多。秦双再次在床上躺下。

2

秦双就这样睡着了。

太阳喷发的热量不断叠加，阳台围栏已经成了烧红的铁板。我已经无法躺到秦双身边再睡下去了，太阳蒸腾着海水和灰尘，在太阳升至最高点之前，空气会异常压抑，躺在床上有一种被巨石压在身上的感觉。不清楚秦双是否感受到了巨石的重量，她一动不动，不想让浮躁带来热量。

修车铺西边的海滩上曾有一个巨石迷宫，浪涛年复一年侵蚀着海岸，把岸上的泥土卷走，把那些巨大的岩石挖掘出来。白天，巨石之下浪涛汹涌，形成无数个涡漩。夜晚海浪退去以后，巨石就形成了一个迷宫，岩石之间弯曲的小径成为迷宫的通道。由于没有人敢靠近，巨石林成为海鸟的天堂，大摇晃发生之前那里总是站满了白鹭。

巨石迷宫的传奇性跟在那个地方发生的灵异事件有关。附近一带海域流传着一个传奇，据说巨石迷宫能够通向另一个世界，还有人在那个地方看见过外形像人的白色爬行生物。秦双曾收集过有关巨石迷宫灵异事件的记事。她相信那个传说，因此对高维空间异常着迷。秦双认为巨石阵真有可能是一道时空门，至少是被废弃的时空门。在远古时代海水尚未覆盖过来的时候地下住着一群智慧生物，秦双当时说，说不定时空门可以被重启，上一代智慧生物就是从这个地方离开的。

大摇晃发生时，秦双想在深夜海水退去以后到巨石阵去一探究竟。我记得当时林度是赞同秦双的做法的，他愿意跟秦双到巨石迷宫去。西央阻止了他们，如果不是西央拦住了他们，估计秦双和林度就一去不回了。他们已经穿好长靴，手持照明灯，背着个气囊，预想着假如不能在涨潮前走出迷宫他们也能浮出水面。西央把已经走到门外的秦双和林度叫住。他说，如果去到那边会变成白色的爬行生物，活在那边会恶心死自己。

在秦双做出进入迷宫的抉择之前，已经有过好几个一去不回的例子。秦双在报纸上也收集到过这些信息，最大的新闻是1944年春天，一群日本士兵在夜间进入迷宫以后失去了音讯。日本士兵不是为了去探险才进入迷宫的，当时一位日本军官的夫人跟下属通奸被发现，在夜里逃到了巨石迷宫，军官派一支队伍前去追杀。那群士兵出发前匆匆忙忙，只带了步枪，天亮时分海水上涨，进入迷宫的人一个都没有走出来，连尸体也没有浮出水面。

2011年一个美国导演来这里拍一部名为《迷航》的电影，在巨石迷宫四周拍了几天几夜，电影出来以后，大多画面都是特效做出来的，电影中的巨石迷宫已经不是现实中的面貌。2012 年关于世界末日的预言引发了一场热潮，12 月，这个地方来了很多年轻人，他们在海边的旅馆住了下来，等待末日的到来。

2012 年我十岁，并不理解世界末日意味着什么，但我跟三年前的秦双一样，对迷宫充满了敬畏，我也相信那些关于迷宫的传说，我甚至想着有朝一日自己也会躲到迷宫里去，彻底离开我的父母。那时候我的父母在闹离婚，母亲像个疯子一样整天指着父亲破口大骂。终于有一天我不想在家里待下去了，背了个书包离家出走。我没有到迷宫去，我一个人不敢靠近迷宫，那里海水澎湃，一个巨浪就可以把我卷到海底。

我是在清晨的时候离开家的，母亲看着我走出门口，以为我只是到同学家去学习。我沿着公路往西，然后改走小路往山里去，只要一遇到分岔路，我就会衡量两条路的大小，选择走更窄的那一条。路越来越窄，我终于在傍晚时分走到了路的尽头。路真的是有尽头的，在走到尽头之前我一直以为我可以永无止境地走下去。石头峭壁硬生生挡在了我面前，我无路可走了，只能回头。回到家的时候已经是深夜，母亲站在门口等我，也没有问我去了哪里。

当天夜里我想了很多问题，世界是没有尽头的，但是路有尽头，进入迷宫就是在一个地方不停地碰到尽头。我与世无争的性格就是从那时候开始形成的，我变得沉默寡言，不再轻易说出自己的想法，不做激进的事情，甚至不会发脾气了，迷宫对我而言也不再有太大的诱惑。两年前的春天，一场海啸突然袭来，海边的很多地方被淹没了，巨石迷宫更是第一次完全消失在海平面上。海啸退去以后，即便深夜海水退潮，巨石迷宫也始终被海水包围着，随着海面的抬升，如今露出海面的只剩下几块巨大的黑色石头，跟其他地方的礁石一般，无比平凡。

还记得西边的巨石迷宫吗？秦双不知什么时候醒来，仿佛洞察了我的内心，她继续问，那些石头还在吗？我说，被海水淹没了，成了水底迷宫了。海鱼大概能够走出迷宫，甚至住在迷宫里，秦双说，它们可以随时走出迷宫，只要它们往上游就可以看见迷宫的全貌。

秦双说，把迷宫比作三维世界，水就是时间，活在四维空间的就是鱼，它们能看清整个三维世界到底是怎么一回事，所以三年前我是对的，我一直都是对的，只有站在更高的维度上面才能知道大摇晃是怎么一回事，光靠行走是发现不了的，因为我们不能摆脱三维世界，所以只能在真相的边沿徘徊。

如果可以预见未来，三年前西央或许不会阻止秦双和林度，我也有机会在海啸来之前到巨石堆里去看看。可所有的如果和假设都是虚无的，现实还是现实，即便时间不是直线的，我们也难以活到时间的弯曲之处以回到过去。你有没有发现，秦双说，有时候海浪并没有按平常那样从远处袭来，打在岸上又返回去，海浪还没来到岸边就被打回去了，而且波浪的形状不自然，这说明海底有什么物体挡住了海浪，海水里有我们看不见的东西。

为时已晚了，我说，别说靠近巨石堆，我们现在连船都没有，潜到海底更不可能。秦双说，以前这里不是有一套潜水服？那是我父亲的潜水服，他跟母亲吵架以后总喜欢躲到海里去，说是到海里去找海胆和鲍鱼，多数时候都是空手而归的。我小时候跟着父亲出门，看着他潜入海里，我坐在海边的石头上等着他浮出海面。他会在海底待很久，不得不上岸的时候就在岩石边找几颗海螺和几只龙虾回去交差。后来我觉得父亲不过是想要个人的空间，逃避母亲，就像我的离家出走一样，如果可以的话，他可能会留在海里再也不回来了。

父亲的潜水服早就被老鼠咬破了，我说。秦双沉默了，看着屋顶的铁皮，风扇带不走她身上的海水，她的头发湿了，黏在额前。那是父亲的第二套潜水服，我说，第一套被母亲剪烂了。如今想想，父亲除了留下这么一座破旧的楼房和那套潜水服，其余的什么都没有留下。

秦双侧着身子看向阳台，太阳已经西偏，漫长的一天有了收尾的征兆，我们像被释放的鹦鹉，急不可耐离开房间到楼下去。楼下相对阴凉，林度总是占据着落地扇风口的中心位置，我们分到的风十分有限。然后呢？秦双问，说说你的父母。

没什么好说的，我说，我们都一样，早早就失去了父母，他们那一代人波澜不惊地过完了一生，他们不曾面临过我们正在面临的问题。我没有告诉他们，父亲母亲在我的记忆中已经变得非常模糊。也许是这几年过得太苦，发生了许多让人措手不及的事情，父母还活着的时候的那些平平淡淡的生活早已烟消云散。

他们沉默着，不清楚他们是否同意我说的话。他们比我更加无所依靠，他们失去了故乡。每当我说我习惯了生活在海边的时候他们总是找各种理由反驳我。我想，正因为他们连故乡都没有了，远走他乡的时候才如此洒脱和无所顾虑。寻找另一个空间，除了出于恐惧，又何尝没有想要找个地方成为原住民的念头？

3

后来，我发现我不找一个留在原地的理由就没办法在修车铺里待下去了。

他们眼睛直勾勾地看着我，我想找地方躲起来，修车铺里什么遮挡物都没有，而门外是火一般的太阳。我低下头，支支吾吾半天没有说出来。最后我说，东南西北都被你们选了，而且，你们出去不也什么都没有发现吗，我何必要浪费时间走这一趟。我的话伤害了他们，他们对我的追问其实是想把西央没有按时回来的结果怪到我身上。他们认为我应该去追随西央，即便没有那样做，作为留在原地的那个人，我不应该跟西央失去联系。

点着香烟，我企图通过传递香烟缓和房子里的氛围，他们把香烟接过去了，但显然还没有原谅我。该死的西央，他此刻身在远方，肯定想不到我所面对的尴尬处境。算了，苏粒站出来替我解围说，我们都了解自己人，现在把责任推到谁身上都是一种逃避，三年前我们就想到了可能会发生的事情，我曾经想过可能我们谁都回不来了，这么看来，缺了西央一个并不是最坏的结局。

林度说，我们都知道我们缺了最重要的那个人。林度的言外之意是，西央是我们当中最能干最有想法的人，也许在林度心里，本该选择去西边的那个人是我，或者说，本该代替西央缺席的那个人是我。秦双把烟蒂弹到门外，太阳光淡了一些，是暗黄色的，一天当中最艰难的时候过去了，这又是无所作为的一天。她说，假如，我是说假如西央不回来了，接下来我们该怎么做？

谁知道呢，所以我们都没有说话。蓝猫趴在已经坏掉的冰箱上，林度取水的时候抓起它的尾巴把它甩到了一边。你不要这么粗鲁，秦双骂他。她弯下腰去安抚蓝猫，但是蓝猫显然对林度的粗暴感到不满，耸起背上的毛叫个不停，秦双刚靠近它，它就逃到楼上去了。秦双转过身继续斥责林度，别以为只有你心里不好过，大家都一样。

林度坐到长椅上，只顾着喝水。过了好一会儿，秦双说，我在挪威的时候看见一个老太太抱着她的猫跳海了，别以为只有人的生命才是生命，没有谁可以站在生物链的顶端，世界被毁灭还不是一个瞬间的摇晃？秦双所说的那个老太太是个老作家，我听到她跳海自杀的新闻时，她已经去世两个月了，我躺在睡椅上听着新闻报道还是为之一惊。老太太一辈子生活在挪威，被她抱在怀里沉入大海的那只猫名叫杰克，是她的第三只猫，前面两只都是老死在她身边的。

这个爱猫如命的老太太在文学圈内享有极高的声誉，作为自然文学的代表性人物，她的一生都对生命满怀敬畏，即便面对花园里的一棵杂草她都显得彬彬有礼。我读老太太的作品不多，我心里面总有那么一种错觉，以为经典化的作家都是已故的作家，像米兰·昆德拉、马里奥·巴尔加斯·略萨、费利特·奥尔罕·帕慕克、村上春树。听到老太太死讯的时候，我不由得发出感慨，这不是一个早已去世的作家吗？

太阳沉入西边海底的时候气温有所下降，林度在长椅上睡着了，在那短暂的睡眠中他浑身冒着汗。我找了些吃的递给秦双和苏粒，我们就坐在林度身旁，看着他那难受的模样，情不自禁地想到了自己在床上翻滚着无法入眠的时候。我们一边嚼着散发出霉味的苏打饼干，一边抽着烟。

林度只睡了不到十分钟，这种天气下，没有人的睡眠是彻底的。他醒来看了看我们，没有说话，走到门外，四处张望。秦双对着他庞大的背影问，做梦了？林度这才醒悟过来，那股精气神突然消失了，身体迅速萎靡，像个漏气的气球。他转过头看着我们，他显然是在寻找西央。

西央那家伙还没回来？林度问。他以为自己睡了好长时间。做梦了？苏粒问他。林度回到屋里，低着头，抽出一根烟点着，手指不停地颤抖着。林度说，梦见西央回来了，就在这附近，他不敢面对我们。我们站在林度面前，等着他继续讲下去，但是他只顾着抽烟。西央为何不敢面对我们？因为他三年前的错误判断？因为他跟其他人一样在这三年一无所获？还是因为他觉得自己无法带我们走出困境？

天黑以后我们依旧坐在修车铺门口，看着西边的公路，脚下胡乱躺着几个被压扁的烟头，海水在离我们而去，我们多希望海水一去不回。

夜深以后，从北方吹来的风带着一股凉意，我趴在秦双身上，亲吻她的额头。秦双的身体热乎乎的，额头很烫，我想她肯定不愿意我的嘴唇贴着她。她眉头紧皱，嘴巴微微张开，发出清脆的声音。我没有太用劲，怕过于激烈的运动点燃我们的身体，还担心她的身体承受不住。

完事以后我们敞开身体喘气，秦双说，我想要个小孩。我心里一惊，这是我从来没有想过的事情。但是，我不想他（她）在这个时候出生，秦双说，我只是想要一个小孩，我太自私了，这么热的天，连自己的生存都无法解决，我怎么还想着生一个小孩来受苦呢？

这么热的天，或许我们的身体已经失去了生育能力。我们能失去的已经不多，但是所有这些都会慢慢失去。我抚摸着秦双的手臂，她却呆呆地望着屋顶，我知道她又在想珍妮了，她嘴上说所有人都不过是时间的载体，但这种载体毫无疑问是带着感情的。我抚摸着秦双的腹下，那里热乎乎的，有我遗留的温度。

我说，你是不是对我留在原地感到失望？秦双闭上眼睛，半天没有说话。我说，你们肯定希望我离开这里。秦双说，留在这里跟出去没什么两样，这么跑了三年，还不是什么都没有得到？我又想起林度在傍晚时分做的那个梦，我想，有没有可能西央跟我一样，根本没有离开这个地方呢？他只是找个地方躲起来了。不过我很快就打消了这个念头，西央不是这样的人。我侧着身子看着秦双，挺感激她三年过去了还愿意躺在我身边。我多希望他们当中有人能站出来强迫我一下，把我推到门外，随意给我指一个方向，对我说，走，有多远走多远，出去流浪。

迷迷糊糊中，我听到一阵细碎的声音，以为下雨了，走到阳台却发现没有一滴雨水。我依然能够听见沙沙的声音，天空已经出现一层薄薄的紫色的光，在这道光的帮助下，公路前方的海比以往更加汹涌澎湃。海水里仿佛有一头巨大的海怪在翻搅着海水，浪涛的曲线并不连贯。我往西边眺望，海平面上有几个黑色的影子，影子在缓慢地移动，在天空变得明亮之前那些巨大的影子从我视野中消失了。

在看什么？苏粒突然出现在我背后。她只穿着一件亚麻裙子，像一条行走的鳗鱼。我说，在看海水什么时候涨上来，到时我们就不得不离开这里了。苏粒把手放在我的肩膀上，她的手很大，手指很长，她说，你别太在意，西央没有回来秦双和林度都很难过，情绪不好的时候总会说一些气话。她给我递来一支烟，我接过去了，我们靠在围栏上，看着远处天边的云一层层变得明亮。

海水恢复了往常的模样。我问苏粒，你有没有听见沙沙的声音？苏粒木讷地看着我，等候我把要说的话说出来。我说，我听见了，像下雨。做梦了？她问。我说，不是，我确实听见了沙沙的声音。有什么预感吗？苏粒问，是不是台风要来？我说，不知道，但我觉得海里藏着什么东西。

苏粒望着前方的海水说，你说的是三年前那个巨石迷宫吗？我说，现在已经被海水淹没了。苏粒说，如果那几块石头真的可以通往另一个时空，那会是什么样子？

我说，不清楚。

六

1

尸体是从东边漂来的，像一团泡沫，随着洋流走过很远的路，被海浪甩到了路边的台阶上。

死者面孔朝上，灰色的眼睛无视太阳的火焰，皮肤被烤成焦黄色，肚子鼓鼓的，背后肯定已经被海鱼啃得一片狼藉。我们站在楼上，看着已经不再跟随洋流奔波的尸体，太阳光限制了我们出门的冲动。我们在阳台上看了很久，内心并没有太大的浮动，看见死人对我们而言已经是寻常事。

这一天比以往任何一天都要漫长，太阳在天上久久不愿落下，似乎死者生前遭受的痛苦还不够，阳光还要鞭打尸体。秦双对着尸体说，只是一段载体而已，就像使用完的胶卷，用完了的电池。只是尸体发出来的腐臭让人胸口发闷。后来我才知道，看见那具不知从什么地方漂来的尸体的时候，苏粒跟林度并没有我想象中那样不为所动。他们久久地凝望着死者已经模糊不清的面孔，尽管死者的身体比例跟他们相差甚远，但他们还是在死者身上看见了自己的模样，自己的所有特征都在死者身上出现了。

如果死在了路上，我的尸体也会跟着洋流漂回来的，苏粒说，澳洲跟这里隔着浩瀚的太平洋，只要海鱼不把我吃掉，我肯定会回来，只是要经过漫长的一段时间，也许是十年、二十年，风化以后变成干尸也会回来。苏粒深深地吸了一口气，澳洲被海水侵蚀的时候她就差点没能回来，也许被驱逐到海边不让上高地的那些人此刻已经浮在海面上，正往他们来的地方漂去。

太阳消失在海平面以后我们才敢走出修车铺，水泥公路依旧热乎乎的，海鸟已经早我们一步出来觅食。我们站在修车铺门前，隔着公路，远距离观察那具软绵绵地躺在台阶上的尸体，如果不是觉得死者的面容熟悉，我们很可能会找来一根竹竿把她捅到海里，让她继续随着波浪漂流。是林度先发现了死者的熟悉之处。看见那根红绳了吗？林度说。死者苍白的手腕上确实有一根红绳。

灯塔上的那个女孩？秦双吃惊地问。印象当中，灯塔上的女孩确实时刻戴着一根红绳，那是她早已去世的哥哥留给她的。我认真端详着死者，自从发现了红绳，灯塔女孩所有的特征都在死者身上找到了。可是灯塔不是早就被海水淹了吗？苏粒问。

她不可能活在水底下，苏粒说，她可能在什么地方躲起来了，然后又活了一段时间。不是不可能，秦双说，不是也有人活在海底的沉船里吗？苏粒说，你指的是幽灵，电影里才会有。秦双说，只要海底有一个密封的空间，海水进不去，空间里的空气足够活一段时间，当空气差不多耗完的时候，她想逃出来，没能成功。就算是这样，得要多大的空间才能让她活了两年？苏粒问。海水不是会在夜间退潮吗，那时候说不定就留下空间给她出来透气，秦双说，拿不准还有多少人活在海底呢，海里的世界跟岸上的世界同时存在。

我又听见了隐隐约约的沙沙声。假如有那么一艘潜水艇，长时间游走在海底，只在船里的空气消耗得差不多的时候浮出水面，那么我会选择活在水里，至少海底没有炙热的太阳。林度打破了我的幻想，他从不远处搬来一块塑料板，把尸体抱到了塑料板上。尸体散发出来的腐臭味变得更浓重。处理老头后事的时候我们已经领教过那种气味，我们想不明白，为什么即便是每天泡在香水里的漂亮女孩，死后同样遗臭万里。

不管死者是不是灯塔上的女孩，我们已经把死者当作她了。我和林度把死者抬到修车铺门口，不敢把她抬进屋里，怕臭味在房子里弥久不散。修车铺淡淡的灯光打在死者身上，我们坐在落地扇前，推测死者的死亡原因。女孩除了皮肤被海水泡白被海鱼啃得一塌糊涂，几乎没有任何致命的伤痕。她的眼睛睁得大大的，头发海草一般黏着头皮。

这样恶劣的环境下，人有无数种死亡的可能原因，我们猜测女孩可能是被闷热的天气害死的，或者是饿死在塔楼里，或者得了无药可救的病，或者为了跟太阳做斗争，躺在地面上直至失去呼吸。所有猜测的结果是，女孩已经死亡。我们的猜测不能解决任何问题，只是在猜测的过程中会不自觉地联想到自己最终的命运。

月光落在门外女孩的尸体上，她身上爬满了苍蝇，那一刻，我多希望她突然坐起来，赶走身上的苍蝇，大骂一句，走开，烦人的东西。但她一动不动，任苍蝇在糜烂的皮肤上撕咬。林度像是在为女孩唱安魂曲，他用极悲伤的调子哼唱着西央的诗，生是生的奴隶 / 死是死的方式 / 海边的西西弗 / 在波浪前游弋 / 海边的西西弗 / 在波浪前哭泣……

月色暗淡以后，我们知道很快就要天亮了。我们还沉浸在西央的诗中。林度说，挖个坑把她埋了吧。他叫上我一起去抬尸体，秦双突然把我们拦住了。她说，不要埋尸体，西西弗还会回来。她的话令我和林度感到不知所措，我们站在女孩的尸体旁，目瞪口呆地等着秦双的下一步指令。这个从海里漂来的女孩无所畏惧地睁着眼睛，她不会复活了，西西弗没能永远地绑架死神。

把女孩的尸体埋在修车铺后面的草地里后，天快亮了，我们都已经疲惫不堪，坐在枯草上抽着一支被汗水濡湿的烟。海上来的风很大，我侧身看一眼大海，白色的海浪一层层奔腾而来，像托举着一个个苍白的尸体。还会有多少人将从海里上来？我暗自思忖，或许真有那么一个海底空间，他们在水里活着，在岸上死去。

太阳消失以后，我们还是决定去看看巨石迷宫。

小卡车吭哧吭哧载着四个人在水泥公路上攀爬，热烘烘的风从车外钻进来。月亮早早就浮出海面了，像是另一个太阳，明晃晃的。小卡车顶上贴着一块海绵，为的是遮挡辐射。路上一辆车也没有，枯死的草木胡乱倒在两边，无人管理的废弃红绿灯还在闪烁。巨石迷宫在修车铺西边四公里外的地方，行车要十五分钟。我们早早就望向大海，月光下浩瀚的海水咆哮着慢慢退缩，海的颜色比天空深沉，月光在海水上跳跃，偶尔能看见白鹭的影子穿梭于白雾般的月色中。

小卡车绕着岩石山丘拐了几个弯，我们终于来到了巨石迷宫附近。站在公路上往大海张望，那几个黑色的影子在月光下若隐若现，尽管海水在退潮，但巨石露出水面的部分不多，而且距离我们非常遥远，比三年前我们看见的巨石迷宫遥远得多。是时间发生了转移，秦双说。巨石迷宫就相当于我们的过去，在不断地离我们远去。

即便是一道时空门也被海水给堵住了，苏粒说，没有哪一扇门是永远敞开的。秦双一直眺望着那几块随着海水浮沉的石头，那是她仅存的希望，也被海水剥夺了。月光跟随海水起起落落，从海上来的风带着淡淡的咸味，卷走了我们身上的温度。假如太阳永远地消失，我们也不会觉得遗憾。

秦双带着我们继续往西边走，她想找个高一点的地方俯瞰海上的巨石，即便能像过去那样看清巨石迷宫的全貌，我们也没有办法看清其里面的构造。我们已经错过了进入迷宫的最佳时机，就算迷宫没有被海水淹没，我们也难以从里面找到出口，正如苏粒所说，那扇大门已经关闭。

从西边绕过一个废弃的废车场，进入我们视野中的是白茫茫一片沙地。我们对突然映入眼帘的白色沙地感到茫然失措，以为是月光打在了沙滩上，但是那些白色的晶体显然不是沙，比沙要干净雪白，反射着月光。是海盐，林度将几粒白色晶体放进嘴里舔了舔。我们在盐地前怔住了，站了好长时间，面对雪白的盐地，不敢往前踏一步，生怕玷污了那白色的晶体。

盐地原本是个机场，海啸过后，四周的建筑已经被摧毁，回不去大海的海水被太阳蒸发后形成了这片盐地。秦双先踏进了盐地，她紧紧抱住双臂，仿佛置身北极的冰川当中。她企图通过这雪白的空间回忆在北极冰川的那些经历。她感到冷，刺骨的寒冷，她的身体微微颤抖，而我们依旧在56摄氏度的地面上备受煎熬。

秦双没走多远就再也不能继续往前走了，她身体僵硬，挪不开脚步，坐在盐地上，依旧不停地发抖。我们围在她身边，看着她惶恐不安的神态，不忍心将她从回忆中唤醒。理性告诉我，脚下雪白的晶体并非雪，冬天已经一去不回了。但此时此刻的处境像极了电影中的雪景画面。白茫茫的地面，远处的建筑和草木只有黑色的影子。秦双感受到了冬天，对她而言是极为难得的。同样身在白茫茫的盐地里，我却无法感同身受。

苏粒站起来继续往前走，我跟在她身后，林度蹲在秦双身边照顾她。我们在雪白的空间里走了一圈，被海啸摧毁过的地方已经成为一片废墟。我没有去过北方，从来没有见过雪，我对着苏粒的背影说。月光把她的影子拉得好长，影子弯弯曲曲，没有尽头。

回到秦双身边，在不断暗淡的月光下，我看见她的嘴唇发紫，脸色苍白，她依旧活在冬天里。我蹲下身对秦双说，是盐，不是雪。我在做罪人，但总得有人戳穿她的幻想，不然她会“冷死”在这片荒凉的盐地上。

迷宫的门打开了，秦双说。她的声音颤抖，我能够清晰地听见她的牙齿碰撞的声音。秦双说，我们穿过时空门回到过去了，说不定吴岩和珍妮还活着。她突然站起身来向四处张望，月亮已经来到地平线上，盐地不再雪白明亮，四周都是被毁坏的建筑，当建筑的影子暴露出来，盐地显得那么狭小。秦双也很快从这有限的冬天里清醒过来了。她回到现实当中，眼里充满了失望，像做了一场无比真实的梦。

太阳快要出来了，我对秦双说，我们回去吧。秦双愣愣地站在盐地上，仿佛没有听见我说的话。她的皮肤冒出了汗水，身体在冷热交替中走向崩溃。秦双不愿离开，她说她要留在这个地方，这里可能是最接近冬天的地方了。我听着海浪的声音越来越近，月亮不知什么时候消失了，天空经过短暂的黑暗后出现了一道紫色的光。我们看见黎明前的光就感到恐惧，这个地方没有任何遮阴的地方，在这里待下去会被晒成干尸。

林度强行抱起秦双往小卡车走去，他清楚再不往回走我们都将被太阳灼伤。秦双挣扎着，捶打着林度的胸膛，两条腿蹬个不停，她的反抗在林度面前显得那么无助。林度把她塞进小卡车，关上车门。我和苏粒匆忙钻进车里，小卡车抽搐着往回走，海上的天空已经发白，那些巨大的石头沉入海里看不见了。

2

一连几天，秦双挣扎着要到盐地里去，即便活在臆想中，她也觉得那种臆想的真实性是可靠的，至少她感到了冷。在盐地里，时间的流动发生变化，呈双线流动，一种时间在流向未来，一种时间在流向过去。为了让秦双冷静下来，我们不得不把她捆绑在床上。她浑身都是汗水，呼出来的气也是热烘烘的，她就是不能安静下来。

看来时间并非不能折返到过去，我在阳台上抽着烟跟林度说，以前只听说过高维生物可以像播放录像那样看清楚三维生物的一生，其实我们也可以，只是我们只能看到自己的过去，短暂的片段式的过去，在那个地方过去会更清晰一些。我指的是盐地。林度摇摇头，他说，回忆不能解决任何问题，没有什么双线时间，你在回忆过去的时候，现实中的时间已经在流逝了。

夜晚，我躺在秦双身边，她因为过度用劲，身体疲乏，缓慢地喘着气。我把风扇挪到她前面，还拿来毛巾擦干她身上的汗水。秦双说，放开我。我犹豫了一下，担心解开绳索以后她又会往西边跑。我重新在她身边躺下，我说，我知道你想回到过去，我也想，我想回到冬天，我连雪都没有见过。我看一眼仍在无力地喘气的秦双，继续说，其实并不是非得去到哪个地方才可以回到过去，在这里也行，你如果要去那里，我是不会解开的。

我不去，秦双说，快点解开，我呼吸不了。我用手肘撑起身体，看着秦双又冒出了汗珠的脸，犹疑了半刻，还是把绳子给解开了。秦双果然不再挣扎着要到西边的盐地去了。她揉揉大腿扭扭腰，动作缓慢，然后躺在床上一动不动了。我在她手上勒出印痕的地方按摩，秦双不为所动。过了好长时间，我犯困快要睡着的时候秦双突然说了一句话。她说，时间欺骗了我，它为什么要这样做，它在戏弄我。

秦双侧过脸哭了起来。时间确实是个骗子，它不只欺骗了秦双，它欺骗了所有人。我把秦双搂到怀里，她浑身热乎乎的，像个火球。我的身体也在发热，可我忍不住去亲吻她的眼泪，咸咸的，跟海水一样。我进入秦双体内，她张开嘴巴吐出热气，脖子伸得长长的，锁骨暴露。汗水很快把席子染湿了，我们整日生活在汗水当中，像海鱼，皮肤咸咸的，浑身散发着腥味。

终于瘫软在床上，我已经是一条被扔进沸水当中的海鱼，浑身使不上劲。我感觉身体变得轻盈，只要稍稍一挥手就能浮起来，后来我听见了水从身边流过的声音，仿佛我正躺在河上，朝大海漂去。夜半时分我迷迷糊糊醒来，伸手摸一下身边，没有摸到秦双，心里一惊，睡意全无。我胡乱穿上裤衩往楼下跑，天边已经有白光在浮动，假如我不马上去盐地把秦双带回来，她可能会被太阳烧得遍体鳞伤。

匆匆忙忙来到楼下，铁皮门开着，我钻进小卡车来不及叫林度和苏粒。小卡车抽搐着发出马的嘶叫，但始终没有发动。焦急之时，我侧过头去看一眼后视镜，看见一个瘦小的身影正坐在公路上抽烟，这个人正是秦双。

回去吧，我对秦双说。

前方的岩石下有一团黑色的软体，是一头死去的海豚，一群黑色的海鸟站在海豚的尸体上啄食腐肉，太阳冒出海平面的一刹那，海鸟从海豚的尸体上飞走躲到远处的岩石缝里去了。回到修车铺里头，秦双躺在睡椅上，侧过脑袋看着门口。她说，骚动的都是海边，海中央风平浪静。也许，这就是她在海边坐了一个晚上得出的结论。她脚板和大腿上的皮肤红红的，是被水泥公路烫伤的，这个夜晚她就光着身体在海边思索。

虽然这个地方很少有人光顾，但难免会有人沿着海边做苦行修炼，特别是那些虔诚的末日信徒。所以我对秦双赤裸着身体在海边待一个夜晚感到担忧，如此漫长的一个夜晚，她竟然在我毫无知觉的情况下离开了我。是困倦让我放下了警惕和防备，白日的煎熬无限地放大了夜晚的诱惑，我竟然深陷在睡眠当中。也许秦双还会继续在夜里走出修车铺，总在我进入睡眠或者陷入昏迷状态以后，黑夜对她而言意义非凡。

太阳才是时间的主宰，秦双说。苏粒和林度瘫软在落地扇前，他们尚未从睡眠中清醒过来，秦双的这句话让他们清醒了不少。后来我们都没有想到，所谓的平行世界，其实就是黑夜和白天，秦双说，太阳给了我们无数次的机会，但是我们都不能做到，在黑夜里走到另一个宇宙空间，我们太无知，以为黑夜就是用来睡觉的。

至于黑夜可以让我们逃到什么地方去，秦双没有说，我们也没有问。我在回忆这八千多个夜晚我似乎除了睡觉没有真正想过除此以外更应该在夜晚做什么。黑夜真的只是给人用以睡眠的吗？我突然产生了这样的疑问，我想这个疑问在秦双心里肯定早就产生了。大摇晃刚发生的那段时间，我们一度因为焦虑无法睡眠，那时候我们几天几夜没有睡觉，每个人都像熊猫一样黑眼圈很重。西央为了让我们睡得踏实，不知从什么地方带回来一瓶药丸，每天晚上，我们都必须吞下那些黑色的药丸才能入睡。西央肯定也认为黑夜就是用来睡觉的。

有没有想过，夜晚的我们跟白天的我们是不一样的？秦双对着门口发问。她说，有时候我们在白天特别安静，在夜晚很疯狂，有时候白天糊里糊涂的，夜里很清醒，夜晚太平常了，每天都会来，所以没有人把它当回事。林度对此感到不屑，他已经厌倦了所谓的第二空间。那又能怎样，林度说，能解决什么问题吗？

秦双受到了打击，她身体轻微颤抖着，快要发出尖叫了。黑夜还会来，只要地球还绕着太阳转，黑夜总会来的。太阳还会继续给我们机会，我们在夜里背对着太阳，浩瀚的宇宙中，并没有通道隐藏在漆黑当中，即便有，我们也看不见。

四个人待在一起的时候最怕的就是沉默。林度身上有一股腐臭味，那是他处理旧书店老头烂掉的腿的时候缠在他身上的。他洗过好几回澡，那股腐臭味就是没有办法洗掉。后来，他厌倦了洗澡，他认为腐臭味是空气当中的，或者，腐臭味是自己身上发出来的，他裂开的皮肤正在坏死。

太阳已经悬在半空，还有十个小时黑夜就会再次降临，秦双躺在长椅上昏昏欲睡，我强行套在她身上的裙子盖住了她瘦小的身体。她最终还是睡去了，她的身体不支持她一直保持清醒，黑夜或许不是非要用来睡觉的，但睡眠中，白天也是黑夜。

3

这一天的夜晚来得比往常要早，昼夜并非用明亮和漆黑来定义。时钟上面显示的时间是下午五点二十三分，天空布满了乌云。这次是真的要下雨了，苏粒站在修车铺门口感慨道。厚重的乌云堆积在海面上，雷电交加，那些白天躲起来的黑鸟在乌云与大海的缝隙里飞翔。黑鸟像乌云的碎片，它们再往上飞就会跟乌云融为一体。

风很大，水泥公路上的温度被带走了，我们期待已久的阴凉天气终于来了，可心中不免有些担忧，这场雨应该不小，雨过后海平面不知又会抬升多少。我们坐在公路上，抽着烟，香烟成了我们生活当中除了淡水以外最重要的东西。海浪在风的帮助下一次比一次猛烈地冲撞着岸边，只要有风，大海深处也不平静。浮在海上的泡沫板摇摇晃晃，我已经好长时间没有到海上去了，海边的船早已在海啸时被卷走，重新浮出海面时变成了一块块的木板。

可我依旧记得站在船上随着波浪浮动的感觉，像我们的生活一样，重复着，摇晃着。此时此刻，我竟想拥有一艘船。假如海水不可避免要上涨，何不像孟加拉人那样到海上去流浪？这艘船要足够大，我习惯了脚踏实地，害怕摇晃的幅度太大，摇晃让人无法集中精神，摇晃会让我变得迷糊，混混沌沌不知所措。

可是我们从来没有脚踏实地过，秦双说，我们一直悬浮在虚无的宇宙当中，几百万年、几千万年都是这样。所以在海上又有什么可怕的呢，不过是换一种形式漂浮，地球足够大，我们感觉不到波动，但波动才是我们最原始的状态。浮在天上的云就是时空，与其说云浮在天上，不如说云包裹着整个世界，流动是绝对的。

浮动的云并没有化成雨落下，我们在公路上坐到凌晨两点，风把乌云吹走了，已经偏西的月亮出现在天上。林度说，又是老样子。苏粒靠在林度的肩膀上，可没多久她就被林度身上的汗味熏得受不了，不得不把脑袋从他身上挪开。苏粒说，就算下雨又如何，下雨情况会变得更糟糕。

天上有几颗星星，都围绕在月亮周围，是月亮给了它们光亮，而再远一些的星辰只能在黑暗中流动。世界就是这样，按着规律旋转的天体才能长寿，在时空中漫无目的地游走的星体必然短命，它们会在游走当中自燃死去。秦双说，我想，流星之所以难得一见，正是因为它们的寿命太短暂了，但它们的光是燃烧自己产生的，而不是通过别的星体的折射，大多数人都会选择默默地转圈，依靠别人的施舍过着死气沉沉的时光，每一颗流星的死去都是值得被铭记的。

每一颗流星的死去都是值得被铭记的，这是西央说过的话，他站在楼上阳台，矮小的身体只有半截门那么高，正是那个时候他心里头产生了离开海边到西边去的念头。他背对着房间门口抽烟，海上的天空中是那久久没有散去的银白色的光。我至今依然记得那个情景，西央把烟头踩灭，对着闪烁的天空说脏话。那时是凌晨三点钟，发光的并非太阳。

那次大摇晃会不会是某颗流星坠落造成的？苏粒问。流星要来总能看得见，而且不至于没有任何天文现象，林度说，事情没那么简单。

事情的复杂性已经超出了我们的理解范围，就是这样。

刚闭上眼睛，一颗巨大的陨石就出现在我面前，我即刻又醒了过来。秦双平静地躺在身边，扁平的胸脯轻微起伏着。我知道自己又做梦了，最近总在做一些短促的梦。平复情绪，我重新躺下，回想梦中那块巨大的陨石，陨石像一座山，如果不是突然惊醒，我很可能会被陨石撞个灰飞烟灭。陨石已经贴近我的脸，我能感受到那股强大的冲击波。说不定梦是另外一个世界，我必须在梦中保护好自己，否则我再也醒不过来了。如此一来在现实生活中我也需要保护好自己，否则梦中的那个我会永远沉睡下去。

之所以梦见陨石，我想很有可能跟秦双说的那句话有关。入睡之前，那句话还在我的耳边环绕，每一颗流星的死去都是值得被铭记的。那颗迎面袭来的陨石到底是从哪个宇宙流浪到我的梦境的？我想到了西央，他已经在我前些天的梦中死去。这一带流传着一个古老的说法，每一个死去的人都会化作流星从天上消逝。这是一种荒诞的说法，如今一想，也有其奇妙之处。

睡不着？身旁的秦双突然发问。她闭着眼睛，但她能够感觉到我不协调的呼吸。秦双说，夜晚真的不是非要用来睡觉的，我们没必要这样躺着，我们不过是没地方可去。我看一眼房门外，昏沉的天空后面隐藏着光，天快亮了。秦双突然睁开眼睛看着我，她说，你是不是发现了海水里的秘密？你看海水的眼神不一样了。我承认了海水的波动不同寻常。能说明什么呢？我说。

秦双叹了一口气，她说，海水进入H城的时候城市中央有一个超大的涡漩，涡漩里有光，知道是什么原因吗？秦双盯着我说，那里有个科研站，海水破坏不了它，海水覆盖整个城市以后，城里的那些人依旧在海底生活，跟在陆地上一样，海里比岸上更安全，海水是一层保护膜。

蓝猫从阳台走进房间，轻盈地跳到窗台上看着我们。蓝猫比我们更懂得处理黑夜和白昼，它没有规律性的睡眠时间，它比我们更了解黑夜，黑夜是所有的可能。天已经亮了，我想起那个短促的梦，只要我一闭上眼睛陨石就会出现在我面前，而且距离一次比一次近。那颗陨石，什么时候会砸到我脸上？我想，迟早有一天它会砸到我脸上的。

我第一次想到了飞翔，像陨石那般在天空中飞翔。飞翔的最初感觉是在童年时候，我在这个海边城市的巷子里奔跑，我身体轻盈，时常有飞翔的感觉，只是飞翔的高度不够，但那已经足以让我快活。我从城里飞到沙滩，我的母亲正在那个地方挑海鲜。船上蓝色的塑料桶子里装满了海螺，母亲把死去的海螺从塑料桶子里挑出来抛进大海。母亲晚上沉溺于酒精当中，白天工作时总是兢兢业业。我告诉母亲我会飞。母亲说她也会飞。在认识秦双之前，我一直以为那年母亲口中的飞翔指的是深夜酒精给她的欢乐，直至我和秦双抱在一起做爱，我才明白了飞翔真正的含义。

秦双翻转身体，席子上留下一个湿印。她终于还是无法在床上躺下去了，这一天从一开始气温就达到了60摄氏度。秦双一丝不挂地钻进冲凉房，她没有办法，尽管自来水带着她厌恶的海水的气味。早上是冲凉的最好时间，经过一个夜晚，水管里的水温度下降，假如傍晚时分洗澡，自来水像开水般滚烫。

钻进漆黑的冲凉房，秦双像月亮被黑云笼罩一般消失在我的视野中，我只能听见滴水的声音，她在走向死亡，或者走向未来，冲凉房就是虫洞，秦双从进入虫洞的那一刻就注定了一去不回，她会分身出无数个自己，走向不同的方向，每一个方向都不会有重复的脚步。

太阳相比昨天又大了一圈。我们依旧蹲在两个房间的门口，等候太阳把我们从房间释放出去。生活从不是用来绝望的，苏粒说，也不是用来寻找什么意义的，生活只是生活。我同意她的观点，过去、现在和未来都只是必然经历的过程，找到意义和找不到意义的人都要经历的过程。

唯一能控制时间的是西西弗，但他显然不是死神的对手，西西弗无法永久地封锁死神。不知为什么，我有种不安的预感，我感觉死亡很快就会降临。也许是那个关于陨石的梦带来的恐惧，我不恐惧死亡，我恐惧的是绝望。绝望不是我们活出来的，秦双说，是生活给我们的，秦双说，我怀疑西西弗已经死了。

我知道秦双口中的西西弗指的是西央，西央是我们在这个地方等待下去的理由，西央是我们在绝望当中依然努力生存的期盼。西央是个再普通不过的人了，他能够给我们的生活带来改变？但他显然是无能为力的。他的出现只会让我们获得片刻的慰藉，但我们已经无所期盼了，何不把期盼寄托在他身上呢？

西央的宽檐礼帽是从一个美国人手里得到的，那个美国人来参加我们的文学沙龙，被西央的激情感染。那时候西央戴着顶做工粗劣的礼帽，美国人便问西央这顶礼帽的象征意义。西央说，这是迈克尔·杰克逊的礼帽。美国人不相信，他从行李箱里取出一顶漂亮的宽檐礼帽对西央说，这顶礼帽是他当年去听迈克尔·杰克逊演唱会时买的，虽然不是迈克尔头上戴的那顶，但至少是吸收过迈克尔演唱会的空气的。

美国人离开时把礼帽送给了西央，西央视作珍宝，从此与帽子形影不离。一个边缘城市的青年诗人把遥远国度的摇滚歌手当作偶像，美国人跟我们刚认识西央时一样感到困惑不解。西央没有做过多的解释。

可追随或者模仿迈克尔是迷惘的，没有人能活成别人的样子。迈克尔只是一个影子，一个已经消逝的影子。他甚至是某些人活着的意义。西央曾说他无法理解死亡，作为我们当中最有想法的人，他竟然在一个我们都认为愚蠢的问题上纠结不清。迈克尔去世十周年那天，他一个人在房间里点满了蜡烛直到天亮。后来我明白了西央所说的死亡指的是什么，死去的当然还是迈克尔·杰克逊，只是，当迈克尔·杰克逊死去的时候，有一种无名之物也跟着死去了，我想那无名之物就是所谓的信仰。西央无法理解的并非人的死亡，而是信仰的死亡。时至今日我们依然无法解释这种死亡，因为我们在无所依靠的世界里生活太久，已经麻木了。

正如秦双所言，西西弗已经死了。

月光，月光比前几天黯淡，不是一个晴朗的夜晚，但是我们是无可期待的，因为以往的期待都不会得以实现。虽然做什么都没有多大的意义，苏粒说，但我觉得总该做些什么才是。我们沿着水泥公路走了一段距离，已经不想再往前走，因为那都是无谓的行走，走得越远，我们就不得不付出越多的精力走回头路。

秦双提议我们办一场葬礼。苏粒问，给谁的葬礼？秦双说，给所有的人。秦双害怕死亡突然来临的时候我们不能拥有一场葬礼。假如死亡真的是给所有人的，葬礼又有什么意义呢？世界要毁灭的时候，没有人是值得被祭奠的。或许秦双的意思是，给自己办一场葬礼，可以更从容地面对即将来临的死亡。不能给所有人办葬礼，林度说，给所有无关紧要的人办一场葬礼吧。

墓地选在公路边一块石头地上，当秦双指向那片狭小的地方的时候，我想这小小的空间到底能不能埋下那么多的人。可真要给那些人造一座坟墓的话，得到海里去找墓地。既然秦双选择了这块石头地，这里便是所有无关紧要的人的坟墓，无关紧要的人当然包括我们，还有西央。

清理掉石头地上的垃圾，秦双和林度用快要被太阳晒得粉碎的石头堆起了一个石碓，这是再简单不过的坟墓了，无关紧要的人，他们的坟墓也无关紧要。如果有石碑，林度还想在上面刻一行字：死去的是一群无关紧要的人。

我们显然没有那个耐心和精力为一群无关紧要的人做太多无关紧要的事。只是既然是一场葬礼，就该有葬礼的模样。整理坟墓的过程中，我们没有说多少话，四周静悄悄的，给葬礼营造了庄严肃穆的氛围。差一场痛哭了，可既然死去的是一群无关紧要的人，谁又会为他们痛哭呢？

我们靠在一起坐在石碓前，风带着一点凉意，我们没有做什么工作，这场葬礼就过去了，因此心中难免失落，那不是一场复杂的有意义的葬礼，那些无关紧要的人甚至根本不知道有人给他们举办了葬礼。他们依旧在绝望里死去，我们无法在坟墓上写下他们的名字。

天亮之前我们回到修车铺躺下，秦双依旧没有说多少话，葬礼过后她安静了许多，她肯定在葬礼的过程中想到许多已经从她生命中消失的人的名字。她很快便睡着了，落地扇对着她呻吟。我翻来覆去睡不着，我并不是在想那些人的名字，我只是觉得这场葬礼并不完整，我们漏了一个环节，我们忘记念追悼词了。但是我们又该悼念谁呢？无关紧要的人死去是理所当然的。我还是从床上爬了起来，翻出纸和笔，在窗边深思了半刻就动笔写了一段话，在太阳出来之前跑到门外把纸条压在石碓下。

那段话是这样写的：

致所有无关紧要的人

2035 年 7 月，多少号我已经忘了，所有死去的无关紧要的人以及即将死去的无关紧要的人都拥有了一座坟墓。如果你已经死亡，亡魂经过南方的海边小城，你会看见你的归宿，碎石堆成的狭小空间像金字塔一样牢固。假如你即将死去或者尚未死去，这座坟墓将永远为你打开。

七

1

落地扇不知什么时候停了，天还没完全亮，窗外有一层浅浅的光。秦双不在床上，厕所里有一股烟冒出来。我挪到较为凉快没有汗的一边，爬到床尾去按了一下落地扇，拍拍发烫的马达，落地扇还是没有活过来。天空的黑色一点点变淡，灰白色的公路最先从黑暗中露出来，然后才是大海。我走到阳台上连着抽了三支烟，茫茫的海水异常平静。

秦双一丝不挂地走出来，刚洗完澡，这么热的天，她不想穿任何衣物。水从头发上滴下来，她坐在床边，看一眼落地扇，一副垂头丧气的模样，顺手拿起桌上的一块纸皮扇风，没扇多久又走到阳台上，拿起我放在围栏上的香烟点了一支。她说，我讨厌浑身都是海水的臭味。

我靠过去，在她脸上亲了一下，咸咸的。她的皮肤凉凉的，我的嘴唇又干又热，还带着一股烟味。她把我推开，将烟头踩灭，回到房间里把刚洗完的衣服拿到阳台上晾起来，然后穿上短裤背心走到楼下，楼下的落地扇还能转。

我回房间洗了一把脸，然后把落地扇拆开，将松动的电线重新接好，清理干净里面的灰尘，涂上润滑油后将零件重新组装起来，落地扇又能转了。我拍拍身上的灰尘走到阳台上去抽烟，时间已经过去一个多小时，胸前背后都是汗水。林度和苏粒还在酣睡，太阳在大海之上，海上有一层薄雾。

修车铺还没开门，楼下没多少光线。秦双在长椅上睡着了，胸前冒起一层薄汗。我本想跟她说我们已经没有饮用水了，看着她熟睡的样子，我有些不忍心打扰她。

海雾从铁皮门外钻进来，丝丝缕缕，仿佛门的那边着了火。我看着那不断涌进来的海雾浮想联翩，过不久海水也会这样涌进来，这扇铁皮门根本挡不住。我听见林度的咳嗽声，想必海雾已经把楼上的房间堵满。海雾太重，他们睡得艰难，不得不从睡眠中醒来，否则会窒息身亡。

林度扶着楼梯缓慢走下来，捂着嘴咳嗽。他看一眼睡椅上的秦双，打开冰箱，想要找水喝，发现冰箱里头只有空气。他气馁了，拉开铁门，海雾迅速蔓延过来，他的身影在海雾中看不见了。我叫了他两声，也不清楚他有没有听见，他没有回应。白茫茫中，我把秦双叫醒。秦双咳嗽着醒来，害怕得叫喊了起来。

在白雾中，我找到她的手，把她拉到怀里。我说，别怕，是海雾。她为自己的慌张而羞愧，她并没有她所说的那样坦然。就像《失明者漫记》里写的那样，她说，白茫茫一片什么也看不见。从来没有遇到过这样的海雾，我说，雾水还是咸的。

楼梯方向传来一阵咳嗽，是苏粒，接着是一阵响动，她从楼梯上摔了下来。你们在哪儿，苏粒喊了一声，我什么也看不见。我朝她说话的方向摸索，把她引到桌子旁。我对着门口喊林度的名字，林度过了很久才靠过来。他找来几张手帕递给我们，让我们堵住口鼻，海雾会伤害我们的肺和气管。

蓝猫不知去了哪里，还有那些海鸟，也不知去了什么地方。我们陷进了不停冒出蒸汽的深渊，除了偶尔发出一两声咳嗽，没有任何动静。说些什么吧，秦双说，不说话心里慌。还是别说话了，别张开嘴，林度说，海雾不干净。我好像受伤了，苏粒说，我的腿黏糊糊的，估计是流血了。

估计是，我们连自己的手掌都看不清楚。林度长叹一口气，这个时候我们谁也不想遇到麻烦事，但麻烦事总会找上门。林度蹲下去寻找我们的腿，问到底是哪一条腿受了伤。苏粒说，这条，这条。她大概在用那条竹竿似的长腿踢林度的屁股。林度用自己的手帕绑住苏粒的腿，然后他就开始剧烈咳嗽起来。

又恢复了安静，心情有些低落，我们都想到了刚去世的老头，他就是因为腿受伤死去的。苏粒大概也想到了，她坐在我旁边一声不吭。我们对她腿上的情况一无所知。只有风才能把海雾吹走，不然海雾会弥漫一整天。我说，反正看不见，不如把眼睛蒙上。林度觉得这个提议不错，但秦双不同意，她说，蒙着眼睛，自欺欺人。

总得想想办法，林度说，可能是海雾先把所有人的眼睛蒙住，然后海水悄悄漫过来。你不是看过那本《末日生存指南》吗？关于海雾天，书上是怎么说的？苏粒问。我们都看不见其他人的举动，只能听见声音在白色空间里响起，有种做梦的感觉。

《末日生存指南》里没有写到海雾，海雾还算不上灾难性事件，那是秦双的声音。林度用打火机轻轻敲着桌面，他说，我们现在呼吸着的，是化学物质。他剧烈地咳嗽着，秦双问他要不要紧，他没有回答。

我想到外面去走走，林度说，总不能一直待在屋里。苏粒问，你要去哪里？我受伤了。你不用跟着来，林度说，我到外面去走走，找个没有海雾的地方，然后再回来接你们过去。不行，苏粒说，我们一起出去。

于是，我们摸索着朝门外走，还不停呼唤自己以外的人的名字，担心他们没有跟上来。门外同样白雾茫茫，听不见海浪的声音。我们走在公路上，苏粒因为不知道该往哪个方向走而叫喊起来。往东走，林度说，东边是城区，海雾没那么重。

公路上的沙子烙着脚底，我们只能通过听脚步声来辨别方向，如果一直呼叫别人，会显得自己太慌张。走了将近二十分钟，大概如此，没有钟表，只能靠感觉来推测时间，我们听见在不远处传来一阵撞击声。有车，林度说，我们最好还是不要走在路上。

我们没有朝撞击声传来的地方走，那大概是一辆在大雾天外出的车撞到了路边的棕榈树，或者撞到石头上了。车祸发生以后没有听见其他声音，也不清楚车里的人是否还活着。我们接着又走了很久，修车铺跟城区的距离只有两公里，走路的话三十分钟准能走到。

当我们为无休止的行走感到厌倦的时候苏粒说话了，她说，我们还要走多久？我的腿像水龙头那样不停有血流出来。我说，我建议大家停下来，或者往回走，这样走下去不是办法。林度咳嗽着，他肯定想走出被海雾覆盖的地方。

往回走没有我们想象中那么简单，我们根本不清楚走了多远的路，修车铺具体在哪个位置也不能分辨。又走了将近一公里，估计是一公里，最前面的秦双突然停住了，我们在后面没稳住，撞到一起摔了一跤。有人在跟我说话，秦双说，就在我右手边。公路在我们左侧，因此秦双所说的右手边其实是海，至于是谁在海里对着秦双说话，我们一脸惘然。

这个人跟了我们一路，秦双说，他一直在我旁边。我们停下来，试图听听秦双所说的那个人的动静，但是一无所获。苏粒说，是不是刚才出了车祸的人？我听见林度浑厚的男中音对着四周大喊，是谁，是谁？

他又说话了，秦双惊叫起来，他在我左边。紧接着，我听见秦双在公路上奔跑起来，她的脚步声很快就变得遥远了。我让林度留在苏粒身边，然后追着秦双的脚步声往前跑。什么也看不见，海雾随着呼吸进入体内，我忍不住蹲下去咳嗽。在我咳嗽的那几秒钟里，秦双的脚步声消失了。

2

海雾蔓延了两天才散去。这两天，我和秦双、苏粒以及林度分开了，我在寻找秦双的时候失去了方向。我不敢走太远，追着秦双跑了没多久我就摸索到一根电线杆，我靠着电线杆坐下，一直坐到第二天海雾散去。期间我一直用那张湿漉漉的手帕捂着口鼻，白天只有白色，夜晚只有黑色。

带走海雾的并非海风，是太阳，太阳像掀开被子一样把白雾从身上掀开，我才发现自己光着身体，吊儿郎当。我在修车铺西边大约两公里远的地方。身边什么都没有，海水打湿了最靠近公路的那些黑色岩石。

风推着我往回走，我已经筋疲力尽，头痛欲裂，一边走路，一边咳嗽，把呼吸进去的雾气吐出去。在距离修车铺还有六百多米处，我看见一个骨瘦如柴的女人趴在路边的石头上，海水冲刷岩石激起的浪花打湿了她的头发。是秦双，她昏迷不醒，身体热乎乎的。我拍拍她的脸叫了她几声，她一点反应都没有。

背着秦双回到修车铺，林度正给苏粒清理凝固的血块，苏粒的小腿上绽开了一道十厘米长的伤口。林度把秦双接过去放在长椅上，桌上有一瓶水。我问，哪来的水？对面老头屋里的，林度说。他喂秦双喝了两口水，又去清理苏粒小腿上的伤口。

伤得这么深，要缝针，林度说，不然伤口愈合不了。

针是我从楼上翻箱倒柜找出来的，我穿好线递给林度，林度笨拙的手抖个不停。在苏粒的一阵阵痛喊声里，秦双迷迷糊糊地醒了过来。她问发生了什么事，我们没有说话。苏粒的小腿血肉模糊，她嘴唇颤抖着，眼泪从眼角滑落。她咒骂林度动作太大，针头好几次刮到了骨头。

秦双爬起来，把桌上的水喝完了，对着门口发呆。秦双说，我做了个梦，梦见我们在雾里走了很久，然后就有人跑过来在我耳边不停地说话。秦双抚摸着苏粒的脸，问她疼不疼。苏粒说，当然疼。

苏粒的身体霸占了整张睡椅，受伤的那条腿暴露在外，伤口四周的黏液沾了灰尘。她闭上眼睛吐着气，她说，我会不会像老头那样死掉？林度抽着烟，吐出来的烟雾依旧让我心惊胆战。他说，怎么会，你要相信我，伤口缝上了就不会有事，老头是没有及时缝伤口才感染的。

灰色的天空下有黑色的海鸟在盘旋，秦双和苏粒不约而同地睡去了，落地扇把我跟林度吐出来的烟雾吹到门外。林度拍拍我的肩膀，叫我跟他到隔壁把老头的轮椅搬过来。老头的旧书店已经铺了一层灰尘，才过去两天，仿佛已经被荒废多年。轮椅静静地安放在书架旁，下塌的坐垫上仿佛有人刚离开。

打开后门，林度走向后院，庞大的身体在拥挤的房间里左右闪躲才从门口挤了出去。老头的坟墓在棕榈树下显得孤单，白色的泥土上有几条黑色的电线，即便通上电，霓虹灯也不会再发亮了。麻烦开始找上门了，林度自言自语地说，接下来要怎么做？

我说，再等等，说不定西央就回来了。林度说，别再提他了，那家伙不会回来了，我比任何人都了解他。我说，说不定他遇到了困难，你在日本的时候不也是差点回不来吗？

棕榈树上掉下来的叶子盖住了土堆，蚂蚁在上面奔跑。蚂蚁并没有被高温烤焦，假如海水上涨，它们还可能学会游泳。林度把树叶从土堆上拿开，抖抖身子的蚂蚁，往旧书店走去。

蚂蚁会把这些书啃个精光，林度走在书架前说，有些书是带不走的，杜拉斯、太宰治、哈代、大仲马、小仲马、村上春树，这些人的书如果在和平年代可以留下来，但是这个时候，就没必要带上它们了。林度最后翻出一本加缪的《鼠疫》、萨特的《恶心》、乔伊斯的《都柏林人》、海明威的《丧钟为谁而鸣》、西央的《海边的西西弗》，他说，想要带走的还有很多，如果只能带走那么几本的话，也只能是最好的那几本了。

轮椅上残留着老头的腐臭味，林度把书放在椅子上，和我一人抬一边把轮椅搬出去。把轮椅搬到修车铺以后我开车去找能饮用的水，林度留在修车铺里照顾两个生病的女人。

有些时候，我们的无能为力并不是因为困难太大，仅仅是因为我们无能为力。塑料罐子在后面随着小卡车的颠簸哐哐响，我叼着香烟，手指有节奏地在方向盘上敲击。脑海中并没有浮想起哪支欢快的曲子，只是开车行驶在路上让我觉得轻快。

没走多远，路边一棵枯死的毛白杨下有一辆面目全非的本田雅阁。本田雅阁的挡风玻璃已经破碎，车前盖翻起，露出黑色的内部零件，四扇车门敞开，车里没有人。我在路边停下，朝本田雅阁走去，想起海雾天听见的撞击声，正是那时发生的车祸。气囊疲软地下垂，方向盘上有血迹。车身损坏严重，不过也并非不可修理。

天要刮台风，空气很闷，天边有一层淡淡的粉红色的云。我把烟头扔在地上，才发现地上有汽油，所幸汽油已经被尘土吸收。我还是在路边站了几分钟，直到烟灰已经彻底失去温度才上车离开。

每一次进城，我都觉得城里又少了许多人，就像芦花上的种子，风一来就带走一茬，风一来又带走一茬。路边有人在卖水，根据水的过滤程度标价。这些人肯定找到了水源，很可能不在城里，很可能是从特别远的地方运回来的，城里的自来水已经跟海水没有区别。

那个海水处理厂在更东边的高地上，往日总有身穿蓝色工服的人往那个方向走，如今通往东边的路已经变得萧条。我本想找在商场工作的朋友，拜托他弄点水和干粮出来。他已经搬走了，那间位于深巷里的房子一片死寂。我在石阶前敲门，蹲在门口抽烟，抽完一支烟又站起来敲门，如此反复几遍才离开。

回到修车铺的时候，小卡车后面只有两桶水，但我已经把身上所有的钱交了出去。秦双跟林度靠着墙，嘴唇发白的苏粒坐在轮椅上，他们身上都是灰尘和汗迹。我喊林度帮忙搬水，秦双扔掉手上的烟也走了过来。别浪费，我跟他们说。他们看了我一眼，没有说话。或许是我过于紧张，台风很快就要来，那时候准会带来降水。如此一想，我有些后悔把钱都花在了这些水上面，也后悔跟他们说了那句话。

情况怎样了？林度问。我不清楚他具体指的是什么情况，我摇摇头，无论他指的是什么，情况总不会太好。要来台风了，他说，你看那些红色的云，越来越厚。苏粒坐在轮椅上依旧比我高出一个头，喝过水后她的嘴唇还是很干，她凝望着海上的天空，已经没有力气和心思去做任何事情。小腿上的伤口变成了黑色，苍蝇在她身边嗡嗡地叫。一开始她还会去驱赶那些招人厌的苍蝇，后来就撒手不管了，任苍蝇在伤口处产卵。

是不是每个地方刮台风前都会出现台风云？秦双自言自语。也不尽是这样，林度说，在日本，来台风跟发生地震一样，一点预兆都没有。海上有一群海燕，它们总在这个时候才变得活跃，它们在海上等候海浪把海底的营养物掀起来。

公路每时每刻都在冒着热量，仿佛有人在地下烧火。林度把苏粒推到公路上，往西走了两百米，来到一处较为平坦的地方。苏粒望着海水，过了好一会儿才说，如果来台风，海水上岸，你们就自己保命，不用管我。林度笑了起来，他说，说得很悲壮。他拍拍我的肩膀说，你跟她说说，到时候我们带不带上她。我说，带是可以带，不过轮椅上不了车，只能把她跟轮椅绑在车后。

我们推着轮椅继续往西走，渴望对面走过来一个个子矮小、穿着衬衫、戴着宽檐礼帽的男子。男子什么行李都没有，他的鞋子破烂，他走起路来一瘸一拐，他叫西央，他会摘下头上的礼帽朝我们挥手，那是他打招呼的方式。

八

1

摩托车马达的颤动声由远及近，又慢慢远去。我走到阳台上往外张望，昏沉的天空下只有一个绿色的背影在灰色的马路上不停摇摆。秦双趴在床上，问是谁来了。邮政局的人，我说，不知谁寄来的包裹。

穿上三角内裤往楼下走，这条内裤我已经穿了两年，又因为常年被汗水浸透，上面布满小孔，很快就不能完整地包裹住裆部。门口放着一个包裹，上面的地址并没有错，确实是寄到这里来的。

谁寄来的包裹？秦双光着身子在落地扇前打理头发。我说，很可能是西央寄来的。听到西央的名字，林度也过来了，站在我后面。苏粒只能躺在房间里头，她动不了。晚上林度把她抱上床的时候她就痛喊了好久。她跟林度说，你是不是把一条虫缝在里面了。伤口处那些死掉的肉开始腐烂。林度跟我说，她的伤口没那么简单，要把烂肉割掉才能保住那条腿。

包裹来自西边，但不是西央寄来的。寄件人的名字很陌生，箱子里是一本相册和一个布娃娃。我把箱子抬到床上给秦双看。秦双翻开相册，看到里面一个漂亮小女孩的照片，哇一声哭了出来。照片中的小女孩长得漂亮可爱，眼睛很大，头发浓密，一点也不像秦双，但毫无疑问那是秦双的女儿珍妮。

秦双哭累了，抱着布娃娃在床上平躺着。她只是闭上了眼睛，她是无法入睡的，她浑身都在冒汗，汗水把布娃娃濡湿了。我和林度在楼下看书。苏粒睡了，或许她只是假装睡着，为了逃避外出。

天黑以后我回到楼上，秦双已经缓过来，坐在床边，捧着珍妮在摇篮里熟睡的照片，手指在照片上面轻轻摩挲着。珍妮，秦双对着照片说。像是在给我介绍照片中的小女孩，又像是在呼唤她的名字。以前我身上总带着几张她刚出生时在挪威拍的照片，后来弄丢了，秦双说，弄丢以后我心里慌得很，心想连珍妮的照片都没能留住，她会不会在我记忆里消失？秦双沉默了一会儿又说，她迟早会在我记忆中消失的。

我从秦双怀里把布娃娃取过来，秦双马上又抢了过去，紧紧夹在两腿间。有种珍妮在我怀里的感觉，秦双说，刚跟她分开的时候，我一有机会就跟吴岩到市区或者乡镇里去，我看见那些居民的小孩就想抱。男人不明白孩子对于妈妈来说意味着什么，秦双说，珍妮就是我的灵魂啊，被医生从我身上取了出来。

把相册合上放在床头柜子里，一只手把挂在床头的内裤和乳罩往身上套，秦双抓着布娃娃，摇摇晃晃往隔壁房间走去。这是珍妮，秦双将布娃娃放到苏粒面前，我才发现布娃娃身上贴着一张珍妮的照片。苏粒摸了摸布娃娃，笑容十分僵硬。

林度摇头晃脑从厕所里出来，他说，厕所堵住了。我走进厕所一看，林度拉了一坑青色的屎，臭气熏天。我退出房间，拉上厕所的布帘。天上没有月亮，我们都清楚，那是因为乌云已经聚到一块儿了。我们坐在阳台上抽烟，苏粒在房间里说着胡话。

得把她送医院，林度说，不知医院收不收。我说，我把所有的钱都买了水，不过，前面有一辆出了车祸的本田雅阁，看起来还挺新的，修好卖出去，说不定能凑够钱送她去医院。

于是，我跟林度带上缆绳，开着小卡车去寻找那辆瘫痪在毛白杨下的本田雅阁。路上静悄悄的，本田雅阁像一具尸体卧在路边。我给两台汽车套上缆绳，把本田雅阁拖到路上，然后回过头去帮林度把地上那些还黏着凝固的血块的零件捡到车上。只花了不到一个小时就把本田雅阁给拖到修车铺门口了。

顾不得休息，我跟林度一前一后一里一外在本田雅阁身上鼓捣。修车铺门前灯光昏暗，我钻到车底下的时候不得不含着手电筒才能看清汽车的内脏。直到天边出现白光，海上冒起袅袅的薄雾，本田雅阁经我们修修补补基本恢复了该有的模样，只是一扇车门已经没办法修理，只能用铁链把它捆在车上。

我靠着本田雅阁抽烟，对坐在睡椅上发呆的秦双说，过来试试。秦双钻进车厢，把布娃娃放在副驾驶座上系上安全带。她拧拧钥匙发动汽车，本田雅阁喷出一股浓烟后启动了。

蓝猫坐在窗台看着我们，苏粒抬起手，不让我们靠近。她的小腿已经肿成一卷海绵，脓液不断溢出来。林度说，再不去医院你会死的。苏粒额头冒着汗，她说，没什么大不了的。秦双坐在床边替她擦汗，林度没有办法，只好走到阳台上去抽烟。

天黑以后，林度端着面条来到楼上，苏粒还是吃不下。人只要不吃东西就会瘦得很快，苏粒除了那条受伤的腿是饱满的，身上的其他部位瘦得只剩骨头。我和秦双在房间里翻看珍妮的照片，秦双的精神状态已经大不如从前。她时时刻刻抱着那个布娃娃，我有点难以接受。林度从隔壁房间过来，身体挡住了阳台上的光。他说，苏粒昏迷过去了，怎么叫都没有反应。

外面还没有下雨，只是风明显强了一些，风来自远海，闻起来较为清新。我和秦双穿好衣服走到隔壁房间时林度已经给苏粒穿好衣服，苏粒受伤的那条腿变成了黑色。我和林度抬着苏粒往楼下走，林度嘴里还细声咒骂着，苏粒，你千万不能死，你死了整座城都找不到合你尺寸的棺材。

秦双摇下本田雅阁的副驾驶座，我和林度把苏粒放到后座，把她的腿伸直，脚板顶到了挡风玻璃上。林度坐到方向盘后面，他们两个已经把车内的空间给塞满，我和秦双只好去开小卡车。

公路上只有两辆车，林度和苏粒走在前面，我和秦双跟在后头。林度把车开得很快，好几次我差点追不上，两辆车的车灯都不怎么亮，不敢靠得太近，也不敢离得太远。秦双抽着烟，我忍不住夺过来吸了两口。她抱着布娃娃哼着歌，我有些心烦。我问她，你说，时间到底是什么形状的？秦双感受到了我的气愤，她说，你别逼我，你要是逼我，我现在就跳下车。

沉默，整个世界只有发动机的轰鸣以及汽车跟空气摩擦产生的震动声。我想，时间可能是千奇百态的，它可以是任意形状，但绝对不会是一个布娃娃。以前我想过时间的形状，那是西央刚离开的时候。

那时，这个地方还很平静，除了那阵摇晃，所有灾难性的事件都离这里很远。我很少去思考过于宏大和过于复杂的事情，直到我梦见了西央，他坐在海边，叼着他喜欢的薄荷味雪茄。他跟我说，知道吗，我看见过时间。梦醒以后我就到那片海滩去，企图寻找与梦境有关的东西。我在沙滩上走了很久，满地都是海藻和贝壳，还有在沙滩上跳跃的海鱼。我一直在回想西央的那句话，他看见了时间。沙滩上偶尔有水洼，还有无数个小孔，那是海水从地下离开时留下的气孔。

走到梦中西央出现的地方，我在沙滩上坐下，那一刻我突然十分想知道时间是什么形状的。我用手电筒向四周寻觅，灯光所到之处都是海浪后退时留下的痕迹。我发现海浪是曲线形的，那些曲线就是西央所说的时间的形状。

随着一阵急刹车，我们来到了医院门口。医院里挤满了人，即便已是深夜。林度从医院里推出一张床，把苏粒放上去，那张床根本没办法让苏粒好好躺着。我只好在后面用双手抬着苏粒的脑袋，将她推进拥挤的候诊区。护士肯定没有见过这么长的人，像一辆火车，进入电梯的时候我不得不把苏粒的上半身立起来。

太多人等着治疗，苏粒一个人占了两张床。没有钱办手续，林度把医生拉到门口，指着那辆本田雅阁说，治好她，这辆车给你。医生围着汽车走了一圈，像个行家一样踢踢轮胎。他说，破破烂烂的东西。林度说，除了车门，其他部件都很好。医生说，她的腿已经很糟糕，就算能保下来，以后走路也发不了力。林度说，至少要把命保下来。

那天晚上，医生在苏粒的小腿上割下了一斤多的死肉，又把里面的脓液清理干净，接近天亮的时候他筋疲力尽走出病房，走到阳台上迫不及待点了一支烟。他问秦双为什么抱着个布娃娃。秦双说，她叫珍妮。医生看秦双神色不对，便没有再跟她说话。

花了半个钟才把苏粒抬进小卡车，林度想挤进副驾驶座，没挤进去，他便爬到小卡车后面，两手抓住扶栏。就这样，我们把本田雅阁留下了，慢吞吞地朝着大海开去，天已经亮了。有人拿着道具在海里测量，估算这次台风过后海平面会上升多高，晚上的广播会把数据报道出来，可我们的电视已经接收不到信号，这些数据不会抵达修车铺。

不过没关系，数据不能说明一切，一年前就有科学家预测说海水会把沿海地区淹没，修车铺也被划分到了淹没区，结果海水并没有预测中上涨得那么快。在颠簸中，苏粒迷迷糊糊醒来。她先是看看我跟秦双，又看看她的那条腿，扭过头通过布满灰尘的玻璃看到林度那个硕大的后脑勺。我通过后视镜看见她的嘴唇动了一下，没有说出话，她又闭上眼睛睡去了。

距离修车铺不到三百米处的海面上浮着好些枯死的旅人蕉，这些旅人蕉不会在海面上浮多久，它们很快就会变得沉重，然后在海底腐烂。蓝猫坐在公路边，海浪把海鱼的尸体抛到岸上来，蓝猫不敢去咬那些死鱼，它惧怕海浪。

林度从车后跳下来，小卡车剧烈晃动着。蓝猫慢悠悠往修车铺里头走，像个心事重重的老头。林度抱起苏粒，跟在蓝猫后面走进修车铺。苏粒再一次醒来了，林度跟她说，这一次你死不了了。苏粒说，你趁我睡着把我弄到哪里去了？林度说，去了医院，医生在你腿上刮了一斤烂肉下来，忘记给你带回来。苏粒说，我才不要，你可要小心点，你要是摔倒了，刮掉的可不止一斤。

夜深以后林度又到隔壁的旧书店去找书。我在阳台上抽烟，能够看见手电筒的光在书架上来回摇摆。秦双离不开布娃娃了，跟她躺在床上我总有一种隔离感，可我不能要求她放下过去。

林度抱着书走过来，他说，如果这个地方不被海水淹没，我宁愿一辈子待在这个地方，哪里也不去。他坐在落地扇前，他挡住了所有的风。我问林度，你有没有看见过时间？林度愣住了，放下手中的书。他说，我看见过，时间是我掉下的头发，是我剪掉的指甲，是堵住厕所的那泡屎，是我的脚印，也是我那条破了好几个洞的内裤。

九

1

寂静是所有故事的开端。打破寂静的，是一阵敲门声，楼下的铁皮门十分夸张地被敲响了。秦双从床上起来，看一眼窗外，没有太阳，她以为时间还早。她穿上裙子走到阳台，回过头跟我说，楼下有一辆警车。

我来到阳台上的时候秦双已经走到楼下拉开了铁皮门，两个警察正靠着警车抽烟。秦双问还在抽烟的警察，有什么事吗？两个警察看上去都是年过五十的中年人，皮肤黝黑，没有戴帽子，头发凌乱。其中一个说，天要下雨，通知你们撤离。秦双问，海水要上来了吗？警察说，这个我们说不准，你得去问气象局。

警车离开后秦双回到楼上，在我身旁点着香烟。布娃娃在裙子口袋里，只露出一个脑袋。林度从房间出来，面对昏沉的天空伸了个懒腰，不远处的海有些躁动。看来真的要来台风了，林度说，警察怎么说？秦双说，他们通知我们撤到城里去。林度说，撤到城里也不一定安全。

苏粒在房间里呼唤林度，林度走过去把她抱到轮椅上推出房间。你现在离不开我了，林度说。你别得意，等你遇到了什么事情，我更辛苦。林度说，我要是遇到麻烦就没得救了，你们三个都拖不动我，所以到那时你们就把我留在这里吧。苏粒感觉到林度在笑话自己，她没有理会，迫不及待地从秦双手里把香烟夺了过去。

情况要紧吗？苏粒抬起头来问我，要是情况恶劣，不妨到城里去躲躲，台风过后再回来。你是不是受了点伤就变胆小了？林度说，我哪里都不想去，台风吹不动我，我得留在这里看守修车铺和书店。秦双说，那些书带不走。她从口袋里把布娃娃取出来抱在胸前。

天空一片粉红，云像鱼鳞铺在海与天交接处，海上的天空透出一团金色的光，仿佛一颗陨石正从东边飞往西边。灰色的公路上，几只海燕在嬉戏，它们在等待台风掀起巨浪。海风吹动秦双的裙子，把她的长发从左边吹到右边，她不时用左手捋捋头发，好让海风接触到温热的头皮。

西边有个车影摇摇晃晃靠近，是一辆大众汽车。车里钻出四个人，两男两女。寸头男孩看见楼上有人，抬起头大声喊道，哎，修车，快叫师傅下来，我们还要赶路。

风尘仆仆的四个年轻人站在门外皱着眉头，两个女孩都有一对硕大的乳房，乳房跟她们稚嫩的面孔和瘦小的身型不对称。他们有些困惑，对于无动于衷地站在楼上的四个怪人感到不耐烦。寸头男孩伸长脖子喊道，谁是修车师傅，下来帮我们修车，车轴出了问题。

林度走到门外，问寸头男孩，你们去哪里？男孩给林度递上一支烟，自己也点着一支，自以为叼着香烟显得成熟一些。他吸烟的动作僵硬，一边吐白烟一边说，去西南。林度又问，去多远？男孩说，先走着呗，走多远是多远。

林度绕大众车检查了一遍，没有办法钻到车底下，车底的空间对他来说过于狭窄。男孩又伸长脖子问楼上的我们，你们不打算走吗？秦双用手指梳理着布娃娃的头发，她趴在围栏上说，都到这个地步了，去哪里都一样。男孩说，离开海边还能多活一段时间，在这里只能等死。秦双说，死有什么可怕的。

年轻人不再说话，他们有的望向大海有的看着天空，乌云聚拢在一起，久久没有形成雨落下，蓝猫不知从哪里跑出来的，在门口轻轻叫了两声。两个女孩弯下腰去逗它，抚摸着它已经不光滑的毛。猫毛粘在她们出了汗的手掌上，她们觉得恶心，便不再跟猫玩耍了。

林度浑身是汗，衬衫早已湿透，两个男孩站在他旁边宛如两只猴子。林度对着我招手，他说，有点麻烦，你下来看看。

寸头男孩说，原来他才是修车师傅。他很不情愿地再次往口袋里掏烟递给我，自己也重新点上一支。我说，瞎嚷嚷什么，指手画脚的，你有钱吗？男孩哑口无言。我说，没钱是吧，没钱修什么车？男孩在口袋里掏了很久，掏出一个怀表。他说，我爷爷的爷爷留下来的，清朝的东西，很值钱。

林度把表接过来，放在眼前摇摆了几下。他说，铜表，有什么价值？男孩说，秦代的破陶俑还价值千万呢，这种东西看的不是材料，看的是年代，这个表到今天还能用，它已经不是一个普通的表了，它是时间。男孩说话的方式有点像西央，他的话引起了林度的注意。林度把表收起来，他说，我收的不是你这块表，是你的这番话，小子，如果你出生在上个世纪，你会是个诗人。

花了两个多小时才把车轴修好，车底下的灰尘铺了我一脸。我钻出来，迫不及待点着香烟，指着汽车对四个年轻人说，车修好了，上路吧。寸头男孩挺满意，好几次回过头来问我们要不要一起走。林度皱着眉头不停地跟他们挥手。随着一阵发动机的轰鸣，大众车离开修车铺奔驰在公路上。车开得很快，霎那就变得遥远了。

直到太阳西下，秦双一直坐在修车铺门口眺望南边的海，那是台风上岸的方向。

乌云停在海面上，凝固了一般一动不动。林度把手上的香烟抽完，走到秦双身边，问她在想什么。秦双说，我想珍妮。林度摸着他脸上的胡子，若有所思。秦双又说，有时候那些梦真实得我自己都分不清楚，醒来以后我到处找珍妮，以为她在跟我玩捉迷藏。

空气沉闷，所有事物都在膨胀，只要出现一道闪电，世界就会像连环炸弹炸裂。楼下很快就没了动静，苏粒喜欢这样的寂静，只有在寂静中才能听到更多细碎的声音。她突然抬起头来问我，你是不是嫌弃我？

我摇摇头，把她搂在怀里。她坐在轮椅上，脸贴着我的肚皮。我把她抱到床上，我说，你好好睡一会儿，台风来的时候我来叫醒你。从苏粒的房间出来，听见秦双在呼唤我的名字，我回过头去，她突然搂紧我，身体热乎乎的，衣服上面不知是她的汗水还是林度的汗水。

回到房间，我把她放到床上，手指在她的双乳间徘徊。秦双太瘦了，胸脯扁平，胸骨像一层层阶梯，锁骨四周深陷进去，仿佛身体里面是空的，精细的骨架支撑着她。我从她手上把布娃娃拿过来，放在床边的桌子上。她没有反抗，她凝望着我，企图让我对她做一些事情，可我没有那样做。

下半夜，风越来越大，房子在晃动。秦双浑身颤抖着，我搂住汗淋淋的她，问她出了什么事。秦双哭着，声音哽咽。她说，我到底在做什么？我亲吻着她流泪的眼睛，亲吻她颤抖的嘴唇。秦双的喘息变得紧促，她紧紧搂住我的脖子，尽可能让我贴近她。

风在外面嘶吼，蓝猫在窗台上叫得让人心里难受。我把枕头扔向窗台，蓝猫惊叫一声跑到楼下去了。我进入秦双体内的时候她发出了一声清脆的痛叫，不过很快就安静下来了。她抱住我的臀部，尽可能让我进入到她体内更深处。风已经把房间里的温度带走，我们依旧如火焚身，张着嘴巴发出沙哑的呼声，膝盖上青一块紫一块。

在风中，所有的事物都变得轻盈，房子悬浮在半空，床悬浮在半空，我和秦双也悬浮在半空。我们摆脱了地心引力，摆脱了泥泞的肉体，在不停歇的摩擦中悬浮起来。我们忘情地拥抱着对方，直到雨来了才落地。

四个人胡乱挤在沙龙桌上，林度拿开秦双的手臂翻身下去，他一只脚踩到了水上，以为修车铺已经被海水包围，摸索着走到铁皮门前，拉开铁皮门。雨已经停了，风也停了，天空仍旧布满乌云，天际有一线白光，海水并没有漫延上来，屋里的水是后面草地淌过来的。

雨停了，林度回过头跟我们说。他把地上的衣服捡起，将水拧出来，套进身上。他还把我们的衣服一件件拧干，盖在我们敞开的身体上。门外的积水明显少了许多，较高的路面已经露出来。大海默默地吸收着从四面八方汇聚而来的水。台风还没过去，秦双指着天空说，我们在台风眼里。

天亮了不到两个小时又暗了下来，乌云飘得很快，台风再一次席卷而来。雨稀里哗啦敲打着铁皮屋顶，房子剧烈摇晃着，金属零件不停往地上掉。台风的后劲没有前面威力大，一阵响动后就恢复了平静。

又过了一段时间，雨更小了，只有风吹过时带来阵阵水雾。台风在往西北方向移动，它的力量将被高山削弱。东边和南边的天越发明亮，四处是被风吹得天花乱坠的垃圾，海水淹没了大片岩石地。远处的白杨被吹得倾斜，像银针指向西北方。太阳从云后露出来，火热的光打在路面，打在被吹倒的树枝上。

秦双的手抖个不停。我问她，你没事吧？秦双摇摇头说，没事，就是不停地抖。我抓住她的手，尽可能让她平静下来。秦双的身体越来越热，我把她抱到房间里，用湿毛巾给她擦身。

秦双甩掉了湿毛巾，她讨厌这种湿腻的感觉。我只好拿铁皮给她热得发红的身体扇风。

天黑以后，秦双陷入了迷糊，身体不断冒汗，嘴唇干裂，说了一堆听不懂的话。经过一个午后的照晒，房子里的水都蒸发了。还是没有电，林度找到两根烧过的蜡烛，他护着烛火走进房间，烛光打在秦双惨白的脸上。

2

台风过去后，苏粒的腿开始发炎。秦双患了热带病，上吐下泻。

静悄悄的，公路往东西两边延伸，路边的草木被吹得凌乱，到处是垃圾，再也没有车从门前经过。我走到旧书店，把林度从书堆里揪了出来。我说，我们到外面去看看。林度说，看什么？我说，看看城里的情况。林度觉得无趣，但还是被我揪着上了车。

小卡车前后抽搐，发出马的叫声，啼叫了好几分钟终于发动了。公路两边的杂草上挂满垃圾，路边有海鱼的尸体。林度靠着车窗抽烟，他眼前只有被太阳晒成白色的公路，公路笔直修长、空无一人。他说，相对西边高原来说，这地方就是世界的尽头了。

电线杆被台风吹断，电线胡乱散落在地上。来到城区的街道上，黑压压到处是人。跟我预想中的一样，海水把通往西边的路淹了，上千辆汽车瘫痪在公路上。会有救援吗？林度问路边疏导交通的年轻人。有，那位年轻人说，只是大船不能靠近，只能用小船来载人，妇女儿童先撤，其他人等通知。林度问，海水淹了多长一段路？年轻人说，十几公里呢。林度回过头对我说，所以，我们被困在这里了。

那是我第一次感觉自己被抛弃了，被西边的人抛弃了。

回到修车铺，蓝猫像狗一样伸长舌头喘气。我走到楼上探一下秦双的额头，叫她去洗个澡降降体温。秦双没有去，她闻到水的腥咸味就犯恶心。她的皮肤被晒伤后不再白皙，仿佛吸收了一个暗影。林度熬了粥递到她面前，她摇摇头不想吃。我走到秦双身边，抚摸她的头发，不敢触摸她的皮肤，担心轻微的摩擦也会产生热量。热流在秦双头发里流窜，我又把白粥递到她面前。秦双甩手把粥碰翻了，不想让任何热量进入体内。

我走到阳台，看见前方一望无际的海面上飘满了白色的垃圾。垃圾从西南方向漂来，随着海水波动，一层一层，被海水打进水中又浮起。垃圾已经把这个地方给包围，空气中飘满细菌病毒。海浪把塑料瓶子甩到岸上，一次又一次，渐渐地，岸上堆满了瓶瓶罐罐。

除了塑料瓶和玻璃瓶，海水还把泡沫、木板、各式各样的塑料袋、报废旧电器等甩了出来。海在报复，我心想。我和林度走到外面，沿着海岸线走了好远，被海浪抛上岸的还有盖房子用的木材，有一整个木板屋顶。海水把某个城市给吞没了，再把城里的垃圾吐了出来。

如果潜入水中沿着海岸线走，肯定可以找到那些被海水淹没的城市。这些城市的建筑肯定爬满了海草，海鱼在里头穿梭。林度在垃圾中挑来挑去，企图寻找一些还有利用价值的东西。不远处的岩石堆前，我们看见了一艘沉船。沉船外表被破坏严重，船底朝天，船四周的救生圈还没来得及解下来。

到处是碎玻璃，我翻进船舱，捡到一个手电筒和一把斧头。铁梯旁有个保险箱，林度把保险箱的锁敲断，从里面拿出一个复古皮袋，还有一份手稿，手稿上面写着“时间研究”四个字。林度简单翻了几页就把手稿放进皮袋里夹在腋下带走了。在他分心的一瞬间，铜表从口袋里掉下，落入了水中。林度骂了一句脏话，在水里摸索了很久才把铜表捞起来，甩掉表里的水，表已经停止运转。

十

1

不远处的荒地上有一群年轻人在烧火，火被控制在一个铁皮箱子里，地上有好几张布，他们在做热气球。

帆布被往上蹿的热流撑了起来，把一个用竹篾编织成的箩筐带了起来。四个男孩追着箩筐跑了一段距离，陆续爬到箩筐上面去，被热气球带到了半空。下面的人拉扯着箩筐下的绳子，尽可能帮助上面的人保持垂直上升，直至热气球稳定下来才放开绳索。

热气球越升越高，在往海里飘，偏离了他们计划中的方向。地上的人急得直跺脚，他们对着天空呼喊，企图让天上的人扭转方向，热气球来到海上，被风带着很快就飘远了。气球往东南方向飘去，东南方是太平洋。热气球越飘越远，变成一个黑点，黑点跟乌云融为一体。留在地上的人坐在公路上，望着热气球离开的方向指指点点。

他们会飘到哪里？秦双问。我们站在阳台上，热气球好像已经看不见了，又好像能看到一个轻飘飘的影子。去不了多远，林度说，燃料烧完他们就会掉进海里，我在日本的时候看见过好多人想用热气球逃到俄罗斯。苏粒指着海面说，那边应该没有陆地了，所有的岛屿都沉入了海里。

气球上的人或许都不清楚自己身在何方，他们不能改变方向，只会距离海岸越来越远，然后被迫落在苍茫的海水里。谁都不能改变下坠的结局，等待他们的是无尽的黑暗、浩瀚的海水以及冷冰冰的死亡。

林度回到房间里头，我看见他在翻那份捡回来的手稿，铜表压在手稿上面。你有心事？苏粒看着我说。我蹲下去观察她的伤口，伤口发炎处没想象中那么严重，只是后续没有药，她需要一个漫长的恢复过程。苏粒说，救援通知什么时候送到我们这里？秦双没有回应她，我也没有。

直至天黑，那群人还没有离开。荒地上的火增加了空气的热量，他们没有把火熄灭，这堆火是灯塔，能够帮助他们飞远的朋友辨别方向。坐在公路上的年轻人焦虑地等候着，海的那边始终一片沉寂。他们在公路上点燃了充当信号弹的烟花。烟花孤寂地飞上天空，绽放，把宇宙炸得青一块紫一块。待烟花烧尽，他们灭掉地上的火，把东西收拾到车上，随着一阵发动机的轰鸣，他们回城里去了。

林度点着蜡烛，借着烛光弄了些吃的。秦双依旧只穿着白色背心和黑色内裤，大腿内侧的皮肤溃烂得严重。我们在淡淡的夜光中走向那群年轻人放飞热气球的地方。已经熄灭的炭火还在散发热量，木炭冒出丝丝白烟。放完烟花留下的纸盒一片狼藉。

下一步他们可能会尝试滑翔，爬上电视台 33 楼，朝西边跳下去，依靠气流飞到对面去，苏粒说。林度说，或者找个巨大的塑料球，带上氧气筒，堵住所有的孔，从海上走过去。他们为这些滑稽的想法笑了起来，笑得很疯狂，直到被热空气呛到才安静下来。

总得想想办法，苏粒说，说到底，无论时间是什么，我们都应该先想办法活下去。

所谓活下去的办法，无非就是离开这个地方。我们的能力和条件甚至不如那群年轻人，我们没有热气球，我们什么都没有。阳台上烟雾袅袅，我们已经把香烟烧完，只能用纸包裹着树叶，抽烟是为了让头脑清醒。路边的秋茄和海桐干枯死去后林度把叶子摘了下来，虽然叶子烧起来有一股苦涩味，那也得忍受。秦双不停地上厕所，我问她是不是还拉肚子。她点点头，这是她不愿意吃东西的缘故。

直到天亮，脚下全是烧过的纸和树叶残渣。又是多云的一天，海水在我们焦头烂额想办法逃离的时间里悄悄来到了前方，海上漂浮着气泡，那是死去的海洋生物身上发出来的气体。地面开始升温，我们只好回到房间里头。秦双抱着布娃娃在床上翻来翻去，睡得特别辛苦，我看一眼温度仪，气温为68摄氏度。

昏沉的睡眠中，林度拍拍我的肩膀，让我到楼下去，他从老头的旧书店里翻出了一本关于木船设计的书。林度拍拍书上的灰尘，向我讲述一条船是如何被造出来的。发黄的纸上有好几张设计图，细小的文字像蚂蚁挤在狭小的空间里。林度说，造一条船其实不难，我们距离西边不过十几公里，总能划过去。他不停地打呵欠，这种气候对他庞大的身体而言实在难以承受，他早已失去了睡眠能力。

被水泡过一遍后，楼下的铁器都生了锈，林度搬开这些长满锈的铁器，拿出六个新的旧的车内胎。他给车胎打满气，弄来一盆水，检测车胎是否漏气。四个旧胎有漏洞，他用胶水和橡皮把洞口封住。他动作娴熟，只花了半个小时就把车胎给补好了。

打满气的车胎堆在一起占了很大的空间。我忧心忡忡，这条船得足够结实才能把四个人同时带走。船得容纳苏粒身体的长度，她太高，站着容易晃，得躺着。而且，船要足以承受林度的重量。我跟林度说，船最好是铁船，这几个轮胎连你都装不下。

林度抱住那几个轮胎，六个轮胎刚好能够遮住他整个人。他皱着眉头说，还有办法，找些木板捆在上面。林度冒着太阳走到门外，把屋后和路边的白杨树干拖回来，又从修车铺里取出一捆橡皮带。我帮着他把树干捆成一排，但是面积太小，不能同时坐两个人，树干只能当作骨架用以固定车胎。做好这一切，林度站在门口喘着气，像个膨胀的气球。

这条形状怪异的“船”跟想象中的不一样，林度走过去，两腿插进车胎里，做出划船的姿势。苏粒扶着铁梯来到楼下，看着林度划船的模样捧腹大笑。像头熊在挖泥，苏粒调侃道。林度说，很快要造好了，这是诺阿的船。

傍晚，我和林度把“船”拖到公路上。海上的腥臭味已经没那么严重，垃圾还是很多，随着海浪从东边飘向西边。林度把垃圾拨开，把“船”放在海水上。海浪很大，“船”被海浪推搡着，连接“船”的绳子绷得紧紧的，我和林度费尽力气让船稳住。海浪拍打着我的胸膛，“船”根本推不出去。不好的事情终究发生了，绳子断了，捆绑汽车内胎的木架子散开。林度扑过去抢救他的“船”，只救回来两个车胎，其他都被海浪卷走了。

少了一条龙骨，林度咬着烟蒂皱着眉头说，问题就出在这里，少了一条龙骨，所以船被海浪打散了。苏粒说，自己造的船肯定不牢固。林度泄气般放下手中的书，他说，可能我们注定要死在这里。他用力搓灭烟头，走到门口看着前方浮动的白色垃圾说，西央那家伙不知现在过得怎样。

也就是那一刻，我突然觉得苏粒和林度急着想要离开不过是想到西边去找西央，他们已经预感到西央不会回来了。我又想起西央在沙漠里行走那个梦，沙漠就像黄色的波浪。西央在我的梦中已经死了，他瘦小的身体倒在沙堆上，被沙子侵蚀后仅剩下灰黄色的骷髅。他那件从不替换的衬衫和宽檐礼帽破了好几个洞，被烈阳晒得又干又脆。

楼上秦双的尖叫打乱了我的思绪，我爬到楼上，看见秦双光着身子蹲在厕所里哭泣，布娃娃在地上沾满了水。秦双抓着头发，头发一把一把掉了下来。她扑到我身上，身体已经没有重量，她给布娃娃洗澡的时候弄破了手指，血涂在布娃娃身上怎么都洗不掉。

苏粒把布娃娃捡起来递给秦双，安抚秦双在床边坐下。我舀了一桶水提到楼上给秦双擦身。秦双神情呆滞，眼睛愣愣地看着窗外。帮她擦完身，我拿来刀片把她的长发割断。一茬茬的头发掉落在地上，短发的秦双显得更瘦了。

2

一只受了伤的白鹭正在岩石上吞食章鱼的尸体。白鹭脏兮兮的，翅膀的羽毛已经折断，它显然不是前段时间在门口岩石下躲太阳的那只，那只想必早已死去。

我问林度是不是有事情瞒着我们。林度看了我一眼，问我为何会这样想。我说，那份关于时间的手稿，你一直没有给我们看。林度说，我还没看完，看完了我会告诉你们上面都写了什么。我说，秦双的情况很不乐观，再不想办法离开，她可能会死。

林度说，没有人不想离开，没有人的情况是乐观的。这几天晚上林度已经不在楼上睡觉了，有时候他在楼下抽烟到天亮，有时候就到旧书店里去看书，他长满热疹的后背和手臂已经开始溃烂。我突然在林度身上看到了死亡，在秦双身上、苏粒身上也看到了死亡。准确地说我在他们身上看见了时间，时间从一个地方冒出来，迅速地在他们身上流失。林度已经失去了一背脊的时间，苏粒失去的是下半身的时间，而秦双的时间已经所剩不多。

从厕所里出来，秦双的两条腿一直在抖。她摇摇晃晃走到床边，已经没有丝毫力气。我快要把肠子都拉出来了，她说，怎么办？我到楼下把林度从西边摘回来的石榴叶熬成水端到秦双面前，安抚她喝下。她喝了两口就喝不下去了。她说，没用的，已经不是一般的拉肚子了。

我走到阳台，暗淡的白光里，看见隔壁房间苏粒正对着门口躺着。我只能看见她的身影，不清楚她是睡着还是醒着。她的手臂下垂，弯着右腿，光从她背后的窗口照射到房间里。走进房间里头我才发现她睁着眼睛，但她睡着了，像一只死去的蜘蛛。她的腿已经发黑，从小腿到脚趾都是黑色的。

巨大的球状飞行物排成一列从海面升上天空，阳台上，能够听见飞行物发出的巨大的震动声。飞行物进入云层后，天空又恢复了平静，只是轰鸣声依旧能够听见。

前方的海水似乎波动得更剧烈了，风再大一些海浪就会打到公路上。看来他们早就做好了准备，林度说，大摇晃发生不久他们就策划好离开了。我对着天空长时间沉默着，不知该说什么。

我现在才恍然大悟，为何这几年远处的海上总有船在鸣笛，却看不见船的影子。那些巨大的轮船不停给处于海底某个地方的基地运输材料，以建造逃离这颗星球的巨大飞行物。

轰鸣声消失以后，世界又是平静的。温度持续升高，海浪的咆哮带着一种空灵感，是谁在遥远的地方呼喊？是时间，时间在召唤我们，只是我们已经跟不上时间的脚步，我们处于过去式里。我突然觉得，不只是生活在海边的人在走向死亡，路边的石头和大海也在走向死亡，时间正从四面八方流失。

十 一

1

永远不要尝试去弄明白时间是什么，林度说。他蹲在路边，把他从沉船上捡回来的那份手稿一页页投入火中。我和秦双站在他身后，苏粒站在公路靠海的那边。油桶里的火被风吹着直摇摆，黄色的纸化为黑色的灰烬，上面潦草的文字化为烟雾。林度说，是那阵大摇晃改变了时间规律。烧完手稿，林度朝旧书店走去。海边的修车铺陷入了沉寂当中，这段时间，沉寂是常态。

秦双的身体已经变形，腹部凹陷，乳房已经消失，胸骨狰狞，颧骨突出，黑眼圈越来越重。喝过石榴叶子水，她已经不拉肚子，她已经没什么东西可以排出体外了。她依旧吃得很少，迫不得已的时候才去厕所，在厕所里一蹲就是半个小时。有一次，她在厕所里蹲了快一个小时。我推开门，发现她坐在地板上动弹不得。我把她从厕所里抱出来，擦掉她身上的脏污。她扑在我汗淋淋的胸前哭。我怎么变成这个样子？她说，我连拉屎的力气都没有了。

这是秦双回到修车铺的第四十五天，摧毁一个人只需要四十五天。此刻，她靠在我的肩膀上注视着前方，这是一个有月亮的夜晚，可能不是月亮，是其中一个悬浮在半空的飞行物。秦双说，为什么天上那些巨大的石头都是圆的，为什么没有方的和三角形的？

她闭上眼睛，干得开裂的嘴唇贴着我的脖子。我把秦双抱到楼上，她没有马上睡着。她拉了一下我的手臂，让我留在她身边。我问她，是不是有话要说。她过了好几秒才说，我只是想珍妮了。我把布娃娃放到她手里，布娃娃身上珍妮的照片褶皱了，皱痕里黏着尘土和血迹。

快要天亮的时候，林度和苏粒来到我和秦双的房间，把我们从睡梦中叫醒。林度提着一个袋子在我们面前晃了晃，他在旧书店的厨房里找到了一袋咖啡豆。那是个特别的清晨，海上飘着一层薄雾，我们在修车铺里喝起了咖啡。热咖啡的香味在修车铺逼仄的空间里弥漫，林度身边放着一本加缪的《鼠疫》。

好长时间没看书了，秦双喝过热咖啡后说，我现在这个样子，根本看不了书。苏粒抿一口咖啡抽一口烟，她说，如果加缪还活着，他会怎么做？

这是个好问题，林度说，如果他活下来了，他可能还会写几本书，书名会是《艾滋》《流感》或者《海边的西西弗》。苏粒说，西央就是这时代的加缪。林度说，他不是，他顶多是个萨特，穿着衬衫的萨特。

你呢？秦双问。林度愣住了，没想到还要给自己安排角色。他认真想了想，他说，我是里厄医生。你不是，苏粒说。我会治病，林度说，别忘了你那条腿还是我缝起来的。苏粒说，是啊，感谢你，差点废了我这条腿，那我只能是那个病恹恹的里厄夫人了。

你呢？秦双转过头来问我。我说，我应该是莫尔索。秦双说，那我就是玛丽。我们就这样开始了戏剧般的生活。喝过咖啡，玛丽的神色好看了一些，她靠在我身上，问里厄医生，接下来该怎么做？里厄医生耸耸肩说，你们该去养老院参加莫尔索母亲的葬礼了，或者到海边去过个周末。

里厄医生拖着庞大的身体在修车铺里来回走动，叼着一支用《鼠疫》撕下来的纸卷成的烟。我们还会不停地抽烟，直到把这本四百多页的书撕完。里厄医生的大腿溃烂得非常浮夸，烂掉的皮一块块掉下，里面红通通的肉被空气感染后变成了黑色。纱布缠了一圈又一圈，随着伤口的扩大而扩大，仿佛已经跟他的皮生长在一块儿了，再缠下去他就会变成木乃伊。

别再晃来晃去了，里厄夫人说。她躺在睡椅上，发黑的左腿伸到睡椅外面。她在大腿根绑了一条绳子，算是放弃了左腿，她必须用绳子抑制住坏死的血液，尽可能让时间在她身上流失得慢一些。她说，再晃下去你也想不出好办法。里厄在她身旁坐下，巨大的臀部差点坐在了里厄夫人只有拳头大小的脑袋上。

我是医生，里厄说，总有办法的。天黑以后，他走到屋后，挖了一桶赤土回来，用水搅拌成泥浆，涂在他的大腿上。这就是办法，他舒适地在长椅上坐下，又翻起那本被撕了好多页的

《鼠疫》。我问他要一页纸来卷树叶，他豪爽地撕下一张递给我。

大腿上的泥巴凝固后，里厄医生坐在椅子上一动不动，生怕土块裂开伤口又流血。我不太担心他，他身体庞大，即便浑身裂开，血从身体里放干都需要漫长的时间。我担心的是玛丽，她昏迷好几次了，我拍着她的脸，不让她昏迷太长时间，担心她醒不来。

我问里厄，那份手稿真的都是些没用的话吗？里厄摇摇头，我听见泥巴崩裂的声音。他说，都是废话。我说，如果都是废话，不至于锁在保险柜里。里厄说，那些所谓的知识分子都是虚伪的自恋鬼。我说，那这些自恋鬼到底说了什么？里厄说，作为存在的事物，时间也有尽头。

所以，我们都在走向时间的尽头。

2

公路上的油桶重新冒出悠悠的火光。里厄蹲在路边正把一本本书往火里扔。你在干什么？我在阳台上对着里厄笨拙的背影喊。里厄回过头来看了我一眼，又继续往火里扔书。里厄夫人也从房间走出来，流着汗，只有玛丽还躺在床上，我怀疑她又昏迷过去了。

油桶里塞满了灰烬，铁皮外壳红通通的，这时候室外气温达到了 70 摄氏度，我看见里厄的大腿开始流血，像番茄酱从冰激凌里溢出来。待我和里厄夫人走到楼下，路上那些书已经被烧完，里厄举着火把走到旧书店，点着了那所破旧的房子。火熊熊燃烧，旧书店瞬间化为火海。

里厄从地上捡起几根木头递给我们，让我们把附近的房屋全烧掉。我们拒绝以后，他便自己把事情干完了，我们被火团团包围。里厄还想把修车铺给烧了，里厄夫人站在修车铺门口指着他说，你疯够没有，有本事把我也烧了。里厄放下手中的火把，手持棒球棍在公路上打砸电视机。公路上除了那台电视机，还有里厄夫人的录音机、开大众车到西边去的年轻人送里厄的铜表，以及已经坏掉只能用来装水的冰箱，冰箱里的水全洒在路上了。

里厄像一头愤怒的黑熊，庞大的身躯爆发出惊人的力量。他大腿上和背上渗出了血，他变成了一个血人，或者说变成了一头棕熊。直到最后，他坐在地板上低着头喘气，他站起来往楼上走的时候公路上留下一个巨大的血印。

里厄夫人拖着一条腿帮他换掉衣服，擦掉他身上的血。那些裂缝已经无法愈合，里厄像一个巨大的丑陋的裂纹陶瓷。乌云遮住了半边天，把海也染成了黑色。宛如生活在两块巨大的石头之间，只要石头再贴近一些我们就会化为乌有，成为石头碰撞时产生的硝烟。

玛丽迷迷糊糊醒来，看了我一眼，问我，是什么声音？我说，起风了。她又问，是台风？我摇摇头说，不是台风。她吐出一口气，再度陷入昏睡。

怎么样，里厄夫人问。我说，又睡过去了。她又转过身去问里厄，现在该怎么办，里厄医生？里厄说，去他妈的医生，我都快爆裂了，别叫我里厄医生。

他确实快要爆裂了，脸上、额头上也开始渗出血来，他没有任何办法，他只是平凡的林度。

一场雨悄然到来，我把睡梦中的秦双、苏粒以及林度叫醒，我们到修车铺外面去淋雨。雨不大，打在盆盆罐罐上面发出噗噗的响声。公路上的碎玻璃闪着光，我们站在路边，张开双手，像四株仙人掌。我和苏粒、秦双属于条形仙人掌，林度属于扇形仙人掌。

淋过雨，皮肤辣辣的，我知道自己的皮肤也已经伤痕累累，这种伤眼睛难以看见。不过伤痕很快就会浮现，变成林度或者秦双那个样子。秦双回到屋檐下，靠着墙，手里的布娃娃沉甸甸下坠。蓝猫站在公路上舔着水坑里的积水，它已经适应了炎热的气候。秦双顺着墙坐在湿漉漉的地上，她望着前方的海，嘴里不知在说些什么。

我们都不清楚秦双具体是在什么时辰去世的。晚上气温有所下降，我们早早就回房间睡觉去了。修车铺里的水足以支撑我们度过一段时间，虽然这些水里游弋着各种细菌。

风一阵又一阵，秦双侧着身看我，问我时间的尽头还要多久才到。我摇摇头，林度是唯一看过那份手稿的人。秦双说，我们都会变成石头，是吗？秦双说了很多话才睡去，我没有感觉到一丝不对劲的地方，以为是舒适的天气让她找回了力气。

蓝猫在窗台上叫得凄厉，我醒来时天还没亮，淡淡的白光在窗外漂浮。身旁空空的，秦双不在床上。我从床上下来，卷了一支烟，看一眼漆黑的厕所，走到阳台上，还是没有看见秦双。苏粒和林度挤在狭窄的床上，可能是气候舒适，林度又找回了睡眠。

楼下的铁门半开着，我沿着公路往西走，黎明前的世界是灰蓝色的，天是灰蓝色，海是灰蓝色，空气也是灰蓝色。走了快两公里，我看见海边的岩石上趴着一个赤裸的人，那人就是秦双。秦双已经死去很久，灰蓝色的尸体已经冰凉。

海水盖住了秦双的下半身，鼻孔和嘴巴里塞满了泥沙，睁开的眼睛像鱼眼一样没有光，短发像芦花挂着水珠。我把秦双翻过来，抱到公路上，坐在她身边想抽一支烟，可是没有纸，树叶倒是随处可以找到。我一度以为秦双还会醒来，她不过是突然昏睡过去了，像她前段时间那样。

太阳出来前，我抱着她往修车铺走去。那段路我走了好久，并不是因为太悲伤，像秦双说的，我不是在告别一个人或者一段感情，仅仅是一段时间而已。这段时间，我想让它走得慢一些，我走走停停，不时低下头去看秦双，这段灰蓝色的时间到底是她的时间还是我的时间？我突然产生了这样的疑问。

林度和苏粒站在修车铺门口看着我走近，林度从我手上把秦双接过去。他低着头端详了好久，仿佛我抱回来的并非秦双，而是别的什么陌生人。林度把秦双放在沙龙桌上，像旧书店老头死去时那样，苏粒给秦双擦身，我和林度拿铁锹到屋后去挖坑。

蓝猫坐在窗台上盯着秦双的尸体，苏粒也是，我真怀疑自己抱回来的并非秦双，可除了秦双还会是谁？我们只不过是太熟悉她生前的模样，才对她的死感到陌生。死亡到底是什么样的，大概可以这样说，死亡就是曾经无比熟悉的人顷刻变得陌生。

屋后的荒地上，芦苇的根部纠缠到一起，我和林度花了好大力气才清出一片地方。我死的时候有劳你了，林度说，如果你是最后一个死的，得去找个人给你收尸。他把坑里的泥土抛起来，腿上的绷带老是掉落，露出溃烂的伤口。

挖好土坑，我和林度坐在干草上抽烟，那本《鼠疫》已经被撕得仅剩下薄薄的一小本。我问他除了《鼠疫》还有没有留下其他的书。他说，留下来做什么？我说，卷烟。林度笑了，他说，放心，卷烟的纸还有。

不得不说，秦双的后事处理得有些潦草。林度用床板钉了个盒子，把秦双以及她的布娃娃放进坑里，我们哼哧哼哧往坑里填土，把她给埋了。埋下秦双，我一个人在房间里整理她的遗物。才发现，秦双留下的东西少得可怜。

把秦双的衣物拿到楼下，像林度烧书那样把衣物放进汽油桶里焚烧，闻着淡淡的焦味，我又看见了时间，时间袅袅上升，到半空就看不见了。天空传来一阵轰隆隆的响声，海水开始剧烈翻滚，又一批球状飞行物从海面升起，喷出蓝色的光，消失于天际。

夜晚突然变得漫长而孤独，我就是这时候才为秦双的死感到悲伤，摸一下身旁的床，感慨一句，哦，原来她死了。

十 二

1

寂寞的时候我们就坐在秦双坟前抽烟。林度说起了他的计划，他说，只有把旧的东西毁掉，才能创造出新的东西。所以你才烧掉了那些书？我问。林度点点头，他说，我从不会没有任何理由随意点火。林度毁掉一切是为了建立一种新的文学，他说，度过了时间的尽头，文字应该是活的，有血有肉，会疼痛会欢笑，会生长会死亡。

时间的尽头前，不存在悲伤，所有事情都飞快流逝，秦双才死去三天，我们就已经习惯了生活中没有她。林度不知从什么地方翻出一沓白纸，每天坐在桌前钻研新的写作。天还很热，林度在房间里一坐就是一天，地板上淌着水，水蒸发后留下灰色的印迹，上面有一层白色的盐分。

苏粒不反对林度的做法，无论什么时候，总得找点事情来做。她躺在长椅上，那条将近两米长的腿已经溃烂，绷带割破了大腿上的肌肉，把腿分成两部分。腿上破损的皮肤冒出白色的东西，像是某种蛆虫在烂肉里蠕动。她已经放弃了这条腿，她还得把这条腿从身上截断，否则溃烂会蔓延至整个身体。

苏粒说，其实我们都是怕死的人，至于为什么这么怕死，我们也说不清楚，活着是为了什么，同样也说不清楚。苏粒看着林度说，帮我把这条腿锯断吧。林度浑身冒着汗水，烟草烧焦了手指。他把烟头扔掉，侧过脸对我说，要不你来，你做什么事都面无表情，这件事你肯定能做到。我盯着苏粒那条溃烂的腿害怕起来。

海上的垃圾被吹走了，我们已经很久没有收到外面的消息。风摇曳着修车铺，我们的注意力不在门外，全在苏粒那条坏死的腿上。林度手持钢锯在上面比画着。钢锯已经用热水泡过，但上面还有一层油迹没办法去掉。

你别犹豫，苏粒说，干脆点，别让我痛太久。林度下不了手，他说，不行，得另外想办法。他往外面走，消失在白茫茫日光中。苏粒晃晃手，她说，要不你来？我站在苏粒面前，一动不能动，仿佛瘫痪的人是我，并非她。

林度庞大的身躯钻进修车铺，手上拿着一把黑色的大刀和一根长木。他身上的绷带一条条脱落，他没有马上去把地上的绷带捡起来，拿着大刀直接走到我跟苏粒面前。有办法了，他说，一眨眼的工夫就能斩断。林度简单搭了个架子，架在苏粒的腿上，长木伸向门口，只要把木棍使劲往下按，大刀就会斩断苏粒的左腿。

强烈的太阳光照在门外的铁皮遮阴篷上，林度问苏粒，准备好了没有？隐隐约约中，苏粒过了好一会儿才回应说，准备好了。她说她准备好了，林度看着我说。我点点头，示意林度数到三一起往下按。当我们把长木按下去，修车铺里传来一阵声响，苏粒的左腿从椅子上掉了下来。

苏粒抬起头问，怎样，搞定了吗？林度摇摇头，对那道切口很不满意，他说，没有截好，还有一段也要截掉。林度挥挥手，让我回去把持住长木，听他指挥。当我再一次把长木按下去，又听见一声跌落的声音，海绵似的大腿滚了过来。

林度用棉花和树叶堵住苏粒腿上的伤口，苏粒渐渐感受到了疼痛，啊的叫了一声昏死过去了。血流着流着就停了，林度把那根长木竖在长椅旁边，把苏粒仅剩的那截左腿捆在长木上，伤口对着天花板。总算办完一件事，林度说，这个该怎么办？林度指的是被截断的那两段腿。我说，埋掉，还是等她醒来问问她还要不要？

那两截流淌着黑色液体的腿被摆放在沙龙桌上。蓝猫显然对我们的做法感到不满，在门口叫个不停。无法忍受屋里的空气，我和林度走到门外抽烟，我问他的活体文字写得怎么样。林度摇头晃脑，他说，毫无进展。我看见过林度所说的活体文字，他在纸上涂抹，写出的字跟平时所写的不一样，他在尝试写一种立体文字，当然都失败了。

我从口袋里掏出几颗咖啡豆，这些日子我们基本靠嚼咖啡豆和我在三月份买回来一直放着没有吃的黄豆度日。肚子咕噜噜地叫，稍微出一点力就挤出臭屁。刚才手持长木往下按的时候我和林度就不停地放屁，放完屁力气也就用尽了。如今嚼几粒咖啡豆是为了给自己充气，以面对下一个不可知的时刻。

空气中的细菌感染了苏粒的伤口，她昏迷了两天两夜，那条被她抛弃的左腿也在桌上放了两天两夜，招来了大群苍蝇。期间，我和林度轮流照看苏粒，用管子给她喂水，驱赶不停飞到她身上的苍蝇。林度照看她的时候我就到楼上去发呆，我照看她的时候林度不知在干什么，大概在创造他的文字。天太热了，我们都没办法睡觉。

苏粒是在傍晚时分醒来的，我和林度都在。苏粒说不出话，她嘴唇干裂，不得不用手拍拍身下的木板招引我们的注意。总算醒了，林度回过头去把苏粒扶起来。苏粒腿上的伤口已经结疤，但是上面缠着棉花跟树叶碎片，没办法清理。

看见桌上那两截断腿，苏粒吐了一口气，喝过水以后她才发出了声音。她说，怎么还是这样，醒太早了，我以为我会睡到时间的尽头。林度问她，感觉怎样？苏粒说，轻松多了，只是有点失望。林度笑着摆摆手，他说，我什么都没做成，你那条腿还要不要了？苏粒摇摇头，你们怎么还把它放在屋里，赶紧挖个坑埋掉，它已经不是我的了。

屋后秦双的坟墓旁，我和林度又挖了一个坑把苏粒的腿埋了下去。林度站在坑旁喘气，他说，人真的可以摆脱肉身寄生在其他物体上，这么长一条腿，说不要就不要了，说明肉身并非生存的必要，只要有东西能够取代，人是可以永生的。林度忍不住点了一根烟，继续说道，秦双也不一定就是死了，很可能她寄生在泥土里。

林度想要不朽，最好是寄生在文字上面，那样子别人看见他的时候总是带着欣赏的目光。总之就是不应该轻易死，他说，也不是为了什么希望，世界都已经这样糟糕了。苏粒说，你能不能想想办法，我可能撑不了多久。林度把苏粒抱到轮椅上，推出修车铺。他说，你不是在好起来吗，虽然没了一条腿，对你来说是好事，现在你更像阿拉伯数字1。

2

晚间，苏粒在房间里剧烈咳嗽着。我走到她身边，在窗前坐下。她侧过头对着我笑，苍白的脸上冒着几粒汗珠。她朝我伸出手，我把她的手接过来放在大腿上。她问我，身体怎么样？我说，挺好的。她满意地点点头。这就是我的身份，永远处于生活的边缘，只有突然恍惚过来才会被注意到。我又想起了苏粒所说的关于真爱的事情。秦双或许对我有感情，但是她更需要有血有肉的林度。

苏粒说，如果能活下去，你要活下去，就当我们都寄生在了你身上。苏粒艰难地挤出笑容，然后又咳嗽起来，直到下半夜吹来凉快的风才平静下来。

蓝猫消失了，它忍受不了修车铺里长久不散的腐臭味。或许它已经离开了，这里并非什么值得留恋的地方。三年前，我在路边一个纸盒里看见了它和花猫。我靠边停车，把它和花猫带了回来。有那么一个瞬间我竟然相信了林度所说的脱离肉身寄生在别的物体上面，那是因为我想起了蓝猫在夜里对着路边的石头叫唤的情形。可能花猫被车轮碾压的那一瞬间从肉体里脱离出来寄生在那块石头上了。

铁梯上长满了铁锈，假如时间真有尽头，即便寄生在任何事物上，也都会有尽头吧，我想。来到楼下的时候林度叼着烟在淡淡的月光中皱着眉头思索，《鼠疫》的最后一页终于被他烧完了。看见我来到面前，林度把笔放下。他说，搞错了，完全搞错了。我问他什么东西搞错了。他说，一开始就错了，活的语言不是创造出来的，是选择出来的。林度拿起桌上的纸，上面写着西央的那首《海边的西西弗》，他吟唱起来：

徒劳的人低着头 / 虚无的人在飞 / 生是生的奴隶 / 死是死的方式 / 海边的西西弗 / 在波浪前游弋 / 海边的西西弗 / 在波浪前哭泣……

林度若有所思地走到门口，手上拿着个扳手轻轻敲打着墙。他说，每次读西央的这几句诗，不同的情绪会读出不一样的感觉，不同的人肯定也会读出不一样的意思。林度的意思是，语言本来就是活的，是人的选择让语言变得千姿百态。是这样吧？他问我。我思索了片刻点点头，我说，可能真是这样。

那天晚上，苏粒因为伤口感染发高烧，我和林度有些不知所措。我不停地用湿毛巾给她擦身，毛巾和盆子里的水变得暖呼呼的。林度找来钳子将苏粒伤口处的脏污清理掉，又重新包扎起来。直到天亮，苏粒的身体才得以降温，我和林度累倒在地上，短暂地睡去了。

苏粒没有死，她呼吸微弱，心脏没有力气地跳动。林度反而成了那个快要死去的人，汗水再一次把缠在他身上的绷带染湿，血的印迹不断扩大。林度把脸朝向门口吃力地喘气，他晃晃手，示意自己没事。

漫长的等待过后，太阳终于被大海吞噬。吹西北风了，陆地的温度在下降，我算了算时间，已经九月了。

林度的皮肤开始不断渗出血丝，天气闷热，伤口溃烂得快，当他赤身裸体坐在楼下沉思的时候，我发现他已经体无完肤。林度背靠着墙，他快要垮掉了，腋下、大腿内侧、胸前、背后等体温较高的地方皮肤溃烂得快，我甚至看到有液体从他身上滴下来。

林度说，在日本我总是被嘲笑、被欺骗，回来以后我想了好多事情。他说，我越来越觉得虚无其实是一种物质，像空气一样，比空气还要轻。林度说虚无这种物质漂浮在死亡附近，漂浮在辽阔的空间，因此人总在无法改变的事实面前、在庞大的事物面前感到虚无。他手里捏着几颗咖啡豆，细细端详着，仿佛虚无正粘在咖啡豆上，马上就要被他吃进肚子里。

牙齿磨碎咖啡豆，林度又喝了一口水，在椅子上呻吟起来，他身上的伤口又被撕裂了。我问林度，时间的尽头到底是什么时候？林度发出了笑声，他说，手稿上面说，当太阳变成灰色，时间就走到了尽头。

回到楼上，苏粒正神情恍惚地盯着漆黑的屋顶。看见我走进来她把手提起来召唤我过去，我从来没有发现苏粒如此温柔。她说，没有了一条腿有点不习惯，醒来的时候忘了自己只剩一条腿了，竟想下床走走。

苏粒深呼吸了一下，闭上眼睛。她说，我们这样的人不配拥有爱情，如果没有秦双你是不是就不会拒绝我了？苏粒还说她回来并非为了林度，而是为了再见我一面。但是，她说，这个世界讲究般配，你跟秦双般配，我只能跟林度般配。

苏粒睡去以后我走到阳台上抽烟，栏杆上的沟渠里塞满了烟灰。我心里乱得很，头痛欲裂，我靠着栏杆坐下，背后的热疹碰到墙壁而爆裂，噼啪作响。

苏粒醒过来时，侧过脸来看了我一眼。她说，我躺得太久了，迷迷糊糊的，醒了又睡，睡了没多久又醒了，时间显得特别久，这么一天下来，睡睡醒醒好多次。苏粒的背部已经没有感觉，连麻痹的感觉都没有了。她不敢喝太多水，害怕上厕所。抱着她上厕所是一件很困难的事情，她太长了，横着不是，竖着也不是。后来我就干脆把她的身体侧过来，在她的三角区放一个袋子。她为此感到难堪。

时间确实走得太慢了，我说，煎熬的时候总是这样。我又想起了林度的那句话，情绪都是自由选择的表现。苏粒说，好想知道死是什么感觉，可是没有人来跟我说说。她抓住我的手，她说，我死后会想办法回来跟你说。我问，说什么？苏粒说，跟你说说死后是什么感觉。

对于死亡，我个人没有特别强烈想要去了解的愿望，我想死亡甚至也是一种物质。我总是随遇而安，活着便尽力活着，死去就乖乖躺在泥土下。苏粒说，你这个时候有些招人讨厌，人对生活应该有自己的想法，不应该这样冷漠。

这个夜晚有些特别，具体的特别之处说不上来。海上吹来新鲜的海风，天空红一块紫一块的，不像是台风云。隐隐约约，我听见密集的琐碎的声音，像无数的颗粒从细小的瓶口往外挤时发出的声响。我侧过身去看苏粒，苏粒始终闭着眼睛。林度上来看了我跟苏粒一眼。他说他胸口特别难受，他被一群苍蝇追着。

林度问，她睡着了吗？

十 三

1

她死了。

苏粒的死跟秦双的死，对我都过于无情。天亮时分，我头痛欲裂从梦中醒来，唤了一声躺在身边的苏粒，她没有回应，摸一下她的手发现她已经没有了脉搏。苏粒张着嘴，露出黄色的牙齿和紫色的舌头，嘴唇干裂，眼睛紧闭。窗外的光照进房间，把她的尸体照得发亮。时间抛弃了她。

不知是不是因为苏粒死去的缘故，这股腐臭味比往日要更重一些。走到楼下，我跟躺在长椅上痛吟的林度说，她死了。林度艰难地爬起来，甩甩脑袋，他说，这次你去挖坑还是我去?

我选择到屋后去挖坑，林度那个样子已经快走不动了，让他站在阳光下挖坑，估计会要了他的命。所幸清晨的太阳不是特别炙热，我戴着个帽子在曾经埋下苏粒左腿的地方挖掘。我把松软的泥土翻起来，挖了一条类似水渠的狭长的土坑。在挖土的过程中，我总觉得挖得还不够长，我该挖到世界的尽头，苏粒给人的感觉就是她的头快要插入云霄了。

她就是那么高，以至于我对她的脸感到陌生。林度大汗淋漓地走到我身旁，他说，你挖了快五米长了。我说，够吗?不够我再挖长一点。林度夺过我手上的铁锹扔在地上，把我拖进了修车铺的阴影里。

被太阳晒了一个多小时，我皮肤上的红点更明显了，手一直在抖，头晕目眩，进入修车铺的阴影中还不能马上恢复平静。我差点就死了，假如我在太阳底下多待一会儿，身上的时间就会被太阳蒸发掉。我心脏跳动很快，眼前的光一阵比一阵苍白。林度拍拍我的肩膀，让我到楼上去看看苏粒。

苏粒的身体比以往要沉，每一个关节都在向下垂。晚点再处理，林度说。他给我卷了一根烟，用的是他创造活体文字时撕下的纸。烟草带着一股甜味，我问他，烧的是什么叶子？林度说，菠萝花，这两天你要去摘一些回来晒干剁碎，不然后面还得烧苦槛蓝。

烟在口腔里暖暖的，林度说起了他抽过最好的烟。他说，在日本的时候，那位把他骗得团团转的教授做过的唯一一件好事就是给了我一支雪茄，小指那么细的雪茄。那是产自琉球群岛的烟草，林度放在鼻子前闻了好久才点着。他说，吸一口就飘飘欲仙，至今都忘不了。

林度跟我说了一下午他抽过的那支产自琉球群岛的雪茄，他本还想跟我说北海道的吐司以及福岛的三文鱼。我有些不耐烦，我又闻到房间里传出来的腐臭味。我提醒林度天已经暗下来了，是时候把苏粒的尸体抬下去了。林度这才反应过来，用被烟纸烧得焦黑的手抓抓已经没多少头发的脑袋，留下几道黑色的抓痕。

已经没有足够的木板来做棺木，林度不得不把楼上苏粒睡过的那张床拆下来。苏粒的身体太长，因此那并非一个密封的木盒子，她紫色的腿露出了好长一截。把木盒子放进坑里，那条孤独的腿接触到了泥土，我总感觉那条腿还在动。林度在犹豫要不要把早先埋下去的那条腿挖出来埋在一起，后来他放弃了这个念头，害怕挖出来的是一条白骨。

这下只剩我们两个了，林度说。他的额头挂着血丝，脸皮已经裂开，再这样下去，他会变成一堆碎片。

苏粒被埋下去的那一刻，我猛地回头一看，发现月亮消失了，就是这样。

月亮消失了。这些庞大的石头当然不会瞬间破碎或者转移，除非掉进了另一个时间的深渊。我听见了海鸥的叫声，它们又回到了这个地方，但毫无疑问，死去的人永远也不能复活。

把时间捕捉到，用针筒打进尸体里，也许可以使人复活，林度说，但是可用的时间已经不多。林度从房间里把苏粒的东西拿出来，跟秦双一样，她也没有多少个人物品，破旧的背包里只有几件发黄的内衣。

夜晚，我在楼上抽烟，烧的是有毒的海杧叶子。我把林度用剩的纸凑起来，就这样写起了小说，像汽车零件那样丢失了的才华重新回到了我身上。我在稿纸的顶端写了《海边的西西弗》这个标题，然后洋洋洒洒写了好几页纸。

中间我听见了雨声，桌上的咖啡豆沾满烟屑。将近天亮的时候我趴在桌上睡着了，醒来时看见林度正在阳台上抽烟，我们总是无休止地抽烟，他大概已经看过我写的文字，我走到阳台上的时候他冷冷地说，你写这些做什么？我说，是它们强迫我写出来的。

岩石堆里又传来海鸥的叫声，可是看不见它们的身影。林度扶着围栏喘气，他往楼下走的时候从铁梯上摔了下去，他躺在地上不能动弹。我站在他身边，问他有没有摔到哪里。林度摇着头，泥潭似的肉身紧贴在地面。

林度打算就这样一直躺着，我检查他身上哪根骨头摔断了，在他血淋淋汗淋淋的身上摸索了半天也没有找到他的骨头，他就像是由一块肉做成的，骨头都已经被脂肪烧毁溶化。我问他能不能站起来，他说不能。我便尝试把他拖到长椅上，至少他该像苏粒那样躺在床上或者椅子上死去，而不是躺在地上。

拖了不到半米我便拖不动了，放了几个臭屁，所有的力气都用完了，所幸他的头已经离开铁梯，不会堵住我上楼的路。林度身上的皮肤已经全部烂掉，红色的肉在下坠。他并非没有力气站起来，他只是选择了躺着这种方式，以对抗那些流动的事物。那是他最后一次做选择，与其说是他自己做的选择，不如说是选择主动找上了他，他只是突然厌倦了，便顺势倒下。

天色暗下来，我找到林度的嘴巴，往里面灌了两杯水，塞几颗咖啡豆。我看不见他的神态，也不清楚这样躺着对他来说是舒适一些还是痛苦一些。我坐在长椅上，没有经林度同意就把他写过活体文字的纸撕了下来卷烟。世界万物皆有尽头，这张纸也是。

闻到烟味，林度大声叫唤着，我听不懂他叫着喊着什么，他已经不愿意清晰地说话了。我把烟放到他嘴里，他使劲抽了两口，然后发出了笑声。

回到楼上，依靠手电筒的光我又开始在纸上写字，每个字都写得很小，因为纸已经十分有限。渐渐地，我觉得时间其实是可记录的，只是需要给时间匹配相应长度的文字。手电筒终究还是耗尽了最后的一丝光，我走到阳台上，借着月光继续写。月亮总会出来的，不管死去的是苏粒还是别人，它体积庞大，足以承受更多的磨难。

其间林度在楼下叫唤了两次，我都下去给他喂了水跟咖啡豆。他像一头庞大的软体动物，或者只是一个巨大的细胞，我每次都想把他拖到长椅上去，可每次都只能拖一小段距离。

2

过了二十天，故事快要写完了，差一个结尾，标题还是《海边的西西弗》。我在阳台上忍受着炙热的光以及锋利的风，苦思冥想了几天，还是不清楚该如何收尾。其间林度每天都要呼唤我去给他喂水喂咖啡豆，越往后他叫唤得越频繁。有时候我不耐烦了就不去搭理他，他叫喊几遍就没有力气再叫下去了。

林度在地上吃喝拉撒，满地都是尿骚味。我懒得去拖开他，假如他就这样死了，我就在他身旁挖一个坑，把他滚到坑里去。可他迟迟不肯死去。我在楼上靠那袋怎么都吃不完的咖啡豆度日，天空偶尔下一场雨，足以使我活下去。

时间已经到了秋天，或者说，已经是往年秋日的时间，天依旧炎热，气温徘徊在62摄氏度与69摄氏度之间，相比太阳直射那段时间，这样的天气已经算温和。使我郁闷的是，天永远这么热，但也没有发生什么灾难性的事件。这么一想，世界也不至于太坏。

林度已经面目全非，但他厚厚的脂肪很好地保护着他的脏腑，他在拖延，企图活到时间的尽头。他躺在地上这种方式有点野蛮，有一种你有本事就杀死我但我就是偏偏死不掉的无赖。不得不说他这样的抗争手段很有效，不动弹就不会产生消耗，不思考也不会有烦恼。

我在林度身边哼着苏粒曾唱过的曲子，那是一支欢快的曲子，在马戏团表演中常用来给黑熊滚球当背景音乐。可是修车铺里的黑熊决定撒手不干了，躺在地上要赖皮。

我慢悠悠地跳着舞，海鸥的叫声传过来，海水冲刷着公路。我在睡椅上躺一会儿又走到门外去抽烟，到公路上去踢石头，或者爬进小卡车里，假设自己正在高速公路上赛车。夜幕坠落，我又回到修车铺，坐在睡椅上，闻着尿骚味发呆。林度又开始叫唤了，发出熊一般的吼叫声。

蚊虫横行，叮咬着林度，他除了叫唤什么都做不了，再晚一些的时候他连叫唤的力气也没有了。修车铺掉入了寂静当中，淡淡的月光是唯一惊扰这份寂静的因素。我忍不住卷了一把秋茄叶子抽起烟来。

抽完烟，我走到林度身边，蹲下，掐住他的脖子使出浑身解数，我想西西弗可不能耍赖皮躺着不干活。我累瘫在散发着尿骚味的地板上，把手指放到林度的鼻子前，已经感觉不到他的气息。当我站起来想要再抽一根烟的时候林度突然叫唤起来，把我吓了一跳。他的脖子太粗太厚了，我根本没办法掰断他的喉咙。

我给林度喂水，他都吸进身体里面了。他睁着眼睛，我在他面前摆摆手，拿来他的破衣服盖住他的脑袋。我用膝盖头顶住他的喉咙，把所有的重量都压在上面，觉得不放心，又从身旁抬起一个有重量的轴承，终于听见身下传来咔嚓一声。我站起来时林度的脑袋侧到了一边。

对于如何处置林度的尸体，我焦头烂额。原打算在修车铺里挖个坑把他滚进坑里去，后来觉得这不是个好办法，毕竟这是父亲的房子，而且，假如我对这段友谊负点责任，就应该把他埋在秦双跟苏粒之间。是林度自己放弃了自己，我想，他把自己放倒在地上，留下个烂摊子给我收拾。

我总在做这样的事情，待在修车铺里头等他们回来，又将他们一个个埋进地下。他们根本没有把我当作他们当中的一个，我只是一个中转站或者说是一个垃圾收纳员。假如林度对自己负责一点，他就应该先给自己挖一个坑，然后躺到坑里去，我只需给他盖上泥土。

尽是些乱七八糟的徒劳工作，我还不得不去面对那摊庞大的烂肉。我把林度所有的衣服跟楼上的被单缠在他身上，以免我在拖他尸体的时候抓烂他的皮肉。花了一天的时间，我把林度拖到了修车铺门口，所有的力气都用完了，地上留下黑色的血迹。我坐在门口歇息，透支体力的缘故，夹着烟的手一直在抖。

夜色朦胧，我吃过一捧咖啡豆拿起铁锹准备到屋后去挖坟。那已经是所剩不多的咖啡豆了，我数了数，还剩三十二颗，假如我还这样耗费体力，这些咖啡豆将很快被我消化掉，而那袋黄豆早就被林度啃完了。

当初用来截断苏粒左腿的大刀还挂在墙上，反射着淡淡的月光。我走到大刀前，在林度身上比画了半天，要想把他转移走，至少得把他切成九块，四肢、脑袋，身体得分成四块。较为麻烦的是他的内脏会哗啦啦涌出来，我没有足够大的盆子来装这些东西。

按照流程，我应该先挖坟再去搬运林度的尸体。搬运尸体需要花不少时间，我不能把他的尸体搬到屋后再去挖坑，太阳出来以后尸体会暴露在太阳下。挖坟的时候我心里一直想着会不会挖到地下的人，仿佛她们死后还会移动。

给苏粒挖坟的时候我总觉得怎么挖都不够长，给林度挖坟的时候是怎么挖都觉得不够宽，直到铁锹碰到了秦双和苏粒的棺木，我才停下来，心想平日他们三个站在一起，大概也是占这么大的空间。在楼梯下找到的绳索和汽车承轴帮了大忙，我做了一个滑轮把林度庞大的身体从修车铺里头挪到了屋后。

林度没有属于他自己的棺木，我把他放进坑里的时候他刚好把泥坑给填满。我用泥土遮住他狼藉的尸体，我想林度不会责备我把他弄成这个狼狈模样，他已经长成这样了，死的时候难堪一些也没什么。隆起的巨大的土堆指着天空，我放下铁锹坐在干草堆上抽烟。这个地方又剩下我一个人了。

我从海里提一桶水回来，把修车铺上上下下清理了一遍。我把睡椅搬到门口，躺在上面睡觉。热量从天上降临，炙烤我的胸膛，从地上冒起蒸灼我的后背。海浪就在三米远处，它咆哮着威胁我离开这个地方。

我做了一个梦，梦见自己在烈日下的沙漠里行走，穿着白衬衫，戴着顶宽檐礼帽。沙子进入大头皮鞋里，进入袜子里，脚板黏糊糊的，想必已经被沙子磨破。我告别了一群牧人，继续往西走，他们告诉我，再往西走就会走到尽头。他们没有跟我说是走到沙漠的尽头还是陆地的尽头。

沙子像被火烧过一般，隔着皮鞋我都能感受到那股热量。我没有感到特别疲惫，行走是我的本能反应。我记不得自己是从哪里出发，是如何走到这片沙漠中来的，最初的记忆就是那群牧人。他们说，再往西走就能走到尽头。

波浪状的沙丘跟海浪相似，沙子里长出沙藤植物，这些植物盘踞在地下，露出来的只是一小截，沿着沙藤的根挖下去，准能找到水源。我并非口渴，因此没必要这样做。浩瀚的沙漠里竟有脚印，我蹲下度量一番，竟跟自己的脚印相似。我清楚自己在做梦，我没有办法让自己醒过来。假如不能醒来，我将一直在沙漠里走下去。

沙丘在风中滚动起来。牧民口中的尽头久久没有出现，我曾听说牧民每天都在走路，从一个地方转移到另一个地方，他们没有时间和路程的概念，他们所说的前方不远处可能要走几天几夜。

在灰黄色的风中，我看见了一所破败的石头房子，房子外有一辆铺满灰尘的卡车，空洞的门口吞噬着阳光。我往石头房子走去，对着房子喊，有没有人？房子里头传来一个回音，有没有人？我往房子里面探脑袋，屋顶有灰尘不断落下来，房子里有一道楼梯延伸到漆黑的地下。不知哪来的光，随着我的走动给我照亮前方的路，我在密室般的空间里看到了三具骷髅，还有一个布娃娃。

海浪最终还是溅到了我脸上，我从睡椅上爬起来，回身走进修车铺，卷了一支烟，整理好桌上的稿子，开始酝酿故事的结尾。

结　尾

太阳是灰色的。

铁皮门被敲得哗哗响，我慵懒地来到楼下，两个风尘仆仆的警察站在门外，他们都没有戴警帽，风吹着他们的头发一会儿向左一会儿向右。我问他们有什么事。他们靠在车上抽烟，眼睛和鼻孔快要挤到一起了，其中一位头发花白的警察说，要来台风了，赶紧撤离。

我抬头看一眼天空，灰色的太阳像被浇了水的火球。公路上有一条光线。那里大概就是时间的尽头吧，我心想。光线很快就消失了，四周没有任何动静，太阳还是灰色的。我向警察讨了一支烟，问道，接下来怎么办？年长的警察皱着眉头把烟吐出来，用褪了皮的鞋子把烟头踩灭。年轻一点的警察跟我说，到西边去。

海浪把一团团的海草抛到公路上，一支烟很快就烧完了。我说，情况乐观吗？年长的警察有点不耐烦，他说，情况乐观就不会来这里通知你了，你看这海水马上就扑到屋里去了，你还在这里做什么？年轻的警察钻进沾满泥土的警车，警笛响了两声，年长的警察拍拍衣服上的烟屑也钻进车里，他趴在车窗上伸出脑袋告诉我，活着就是所有的意义。

他们都没有回来，我又对自己说了一遍，我要离开这里了。我转过身发现修车铺门口放着个包裹，灰白的公路上并没有看见车的影子。我打开包裹，看到一本相册以及秦双的来信。照片中秦双还是那么瘦，她的丈夫，那个名叫吴岩的男人是个矮个子，脸上布满皱纹，一副精明能干的样子。秦双的女儿珍妮十分漂亮，抱着个布娃娃。照片的背景大多是在海边，只是那里的海更深邃，海滩荒芜，到处是黑色的石头，还有海鸟在他们背后滑翔。他们大概还在北方，气温没那么高，名叫吴岩的男人穿着长袖衬衫。

信放在盒子里，我大概能猜到上面的内容，跟苏粒和林度寄来的差不多，交代自己回不来的理由。他们不会因为自己的失信感到惭愧，他们会觉得这是可以被原谅的。信不长，我反复读了几遍：

抱歉，我没能准时出现。我回不去了，在这个地方找到了属于我自己的生活。我过得很好，愿你们也过得不错。很乐意跟你们分享我现在的生活，照片中的人就是我的丈夫吴岩以及女儿珍妮，之前跟你提起过他们，他们是我的全部。希望以后有机会还可以再见。

我把桌上的稿子整理好放进铁盒里，和秦双的相册、苏粒的录音机、林度的琉球岛烟草一起埋在屋后的荒地里。

小卡车的老毛病又犯了，我钻进车底，沾满汽油和灰尘的气管纠缠在一起，已经被我修过好几遍的地方长满了补丁。天空始终暗沉，太阳还是灰色的。

蓝猫站在修车铺门口，还是没忍住，我把它抱到小卡车里。它大概知道要走，通过车窗张望在风中摇晃的修车铺。我从地上拿起一块已经没有任何水分的木头，沾上汽油，点了一把火，朝修车铺扔去。

修车铺瞬间被火包围，所有的东西在火中充分燃烧，我听见火在呼啸，火是一种像布一样的物质，被风吹着呼呼响。留在火中的，有许许多多用得上和用不上的汽车配件，有一把木吉他，床褥，以及沙龙桌，这些东西都会在火中化为烟尘。

转身离开的时候火还在熊熊燃烧，热量扑过来使我难受。我解开衬衫的纽扣，戴上宽檐礼帽，弯腰钻进小卡车。把车窗摇下一线空隙，让风吹进来，车里的温度不至于太高。往城里去的路上只有小卡车在摇摇晃晃行驶着，路边长满了灰白色的沙藤。又一排巨大的球状飞行物从海里升起，像烟火直奔云间。枯死的棕榈树上挂着一张巨大的热气球帆布，只要海风继续吹，棕榈树就会被连根拔起。

灰白色的公路在摆动，忽左忽右，我的方向盘也跟着摇摆，忽左忽右。不远处的城市灰蒙蒙冷冰冰的，马路两边有两排具有地方特色的建筑，建筑的模型是船。十字路口还有一个巨大的开拓者铜雕，这座被开拓出来的城市马上就要被抛弃。

路上飘着各种塑料袋子，中央大街空无一人，长满疙瘩的流浪狗四处乱窜。警车播放着撤离通知在巷子里游荡。我在路边停下，靠着小卡车抽烟，蓝猫趴在车窗上张望。路边的流浪狗太长时间没有看见人，摇着尾巴朝我走来，以为我是抛弃它们的主人。

警察以为我受到流浪狗的攻击，过来把流浪狗赶走了。那是一个身材高大的警察，太久没跟人说话，他从口袋里掏出香烟给我递过来，问我，是不是车坏了？我说，不是，就是想再好好看看这个地方。警察说，多看看，以后就看不见了，你去什么地方？

去西边，我说。警察说，西边是个不错的选择，路上你会遇到各种各样的人，他们也在往西边走。我说，你呢，你要在这个地方待到什么时候？警察说，有些人还不想走，我要劝这些人走。我说，他们不走你就不走了？警察点了第二支烟，他说，有些人是走不动了，我等到台风来的时候再走。

乌云已经凝成一团，把灰色的太阳遮挡在后面。我钻进小卡车继续上路，朝通往西边的荒凉大道开去。警察也回到了车上，打开广播继续在大街小巷里悠转。两边的建筑满是涂鸦，写满了关于告别这座城市的话，小卡车爬上城西大桥，白色桥架上也涂满了誓言般的文字。

奔驰在通往西边高原的公路上。两边的树丛阴森森的，水泥路无限伸展，不知道要走多久才能走到路的尽头。我打开蓝牙音响，摇滚歌手嘶喊着：

徒劳的人低着头 / 虚无的人在飞 / 生是生的奴隶 / 死是死的方式 / 海边的西西弗 / 在波浪前游弋 / 海边的西西弗 / 在波浪前哭泣……

未来往事

时间已死。

白色墙壁给我留下无尽的空间，护士的脚步声渐渐远去，空旷的走廊里有踢踏踢踏的回音。从窗外的景致可知时值冬天，我当然知道是冬天，我知道得太多，包括我的整个一生。这两天我反复思考与时间相关的问题，时间在我的世界里确实是彻彻底底地死去了。两个月前，我在一个和往常没有任何不同的早晨醒来，发现时间竟然凝固了，接下来所有将要发生的事情都被我提前知晓。

海浪比往日安静，悬崖上那几棵瘦得可怜的枫树已经凋零，枯黄的叶子从山崖飘落，滚向大海。码头上冷冷清清，今天没有船靠岸。我今天早上才决定把我的故事写在笔记本上，为的是让死去的时间现形。时间是什么，荒诞的狡猾的时间依附在物体之上，在恍惚的瞬间逃逸。

一个星期前，妻子周茉带女儿贝贝来给我过二十七岁生日，贝贝在蛋糕上面插了二十七支蜡烛，插满蜡烛的蛋糕显得更小了，就像我们在H城住的那套房子，逼仄、紧迫。从这一次开始，贝贝每年都会在我的生日蛋糕上面插上跟我岁数相匹配的蜡烛，直至我过完八十二岁生日死去。她这样做纯粹是觉得好玩，可对我而言这些蜡烛都是时间的真正面目，我可以看见往后每个生日的情景，不同的蛋糕，不同颜色的蜡烛，承载着死去的时间。

过去的二十七年不仅在我的生命里，也同样在别人的生命里死去了。

关于我一生的故事，我决定从明天说起。

明　天

明天从敲门声开始。

我抬起手腕看一眼机械表，时间为早上 7 点 21 分。

敲门人是周茉，她刚从码头走过来，第一班船早上 6 点 10 分从对岸出发，在海上行驶五十分钟抵达条纹岛。早起的缘故，周茉看起来有些疲倦。她穿得严实，针织帽和黑色毛衣，羽绒服搭在手臂上。周茉露出淡淡的笑容，她说，估计要下雪，真是那样，后面好长一段时间都不能到岛上来看你了。

我当然知道要下雪，我还知道她会在今晚离开条纹岛。我没有说穿，害怕周茉伤心，让她觉得我还执迷不悟、胡思乱想。周茉征得护士的同意带我到外面去散步。条纹岛上只有一条公路连接南北，两边是参差不齐的白色建筑，这些白色建筑都是疗养院。南边是海滩，北边是码头，我所在的疗养院在岛屿中部的半山腰上。

风很冷，尽管身在岛上，被海水包围，依旧难以阻止西风的突进。在街边吃过滚烫的豆腐脑，周茉打算继续往山上走。山路是碎石铺成的，白杨树的叶子已经凋落，银杏的叶子已经凋落，椿树的叶子已经凋落，在北方，最怕的是面对一个凋零的季节。

医生说你的情况有很大改观，周茉走在我前面，她说话的语气带着些许激动。我说，只是厌倦了。厌倦什么了？周茉问，岛上的生活吗？我说，厌倦了跟别人解释我所看到的。好了，别说了，周茉突然变得严肃起来，她说，看来你还得继续接受治疗。

踩着落叶走了近一个小时，我们才看见红砖房破败的影子。墙上挂满死去的青苔，屋顶上有几棵枯萎的芒草，窗玻璃早已破碎。如此寒冷的天，即便烧火，这房子也不会暖和。

三座巨大的白色风车在西风中缓慢地旋转，风制造的电力通过埋在地下的电线覆盖整座岛屿。上岛之前我在船上看到这三座白色风车，心想这三座巨大的建筑很可能是信号接收器，来自遥远宇宙的生物源源不断地传来未知信号。所有将要发生的事情，从我知道事情结果的那一刻就开始相互矛盾。我所说的矛盾是对我个人而言的，除我以外的人依旧活在理所当然的世界里。

你正在被摧毁，周茉这样对我说，什么时候你才会回到我和贝贝身边？所谓的矛盾就是我明知周茉会说出这样的话，心中依旧微微颤动，而且我明知自己的下一步要做什么，却不能做任何改变。我被赋予了先知的意识，却没有被赋予改变的能力。我在尝试，我的一生都在尝试做一个跟我预知的稍微不一样的选择。我对周茉说，我在努力。

周茉轻轻吐出一口气。风明显比早上更冷，天上的乌云越积越厚，风车依旧在身后旋转。我和周茉像进行某种宗教仪式一般绕着红砖房转圈，然后又绕着三座白色风车转圈。周茉担心这么转下去可能会增加风车的电流，从而影响条纹岛上的正常供电，我们才停了下来。

我心想，假如我和周茉持续绕着风车转圈，是否真的会产生额外的电流？那样的话，我真的就是在改变这个世界，可惜我并不知晓自身以外的事情。周茉是个循规蹈矩的人，不轻易改变生活的现状。她在我面前停下来，对我说，我们下山吧。

转身沿着来时的路下山，落叶在脚下碎裂，条纹岛上净是白杨树和银杏树，到底是谁把这些树带到了岛上？我的思绪一片混乱，巨大的行星和细小的沙粒在眼前旋转，它们从黑暗的空间里诞生，然后一个个破碎，发出琴弦般的声音。来到石阶路前，我问周茉有没有带烟。疗养院不允许我抽烟，在户外是难得的抽烟的机会。周茉从手提包里掏出一包南京烟，我急着把香烟放进嘴里。香烟油油的软软的，点了好几次火才把烟草点着。我叼着香烟靠在白杨树上，望着眼前的周茉，她的白色羽绒大衣在阴沉的天空下显得格格不入。周茉低头看着脚下的落叶，她在为当下的困境难过。

周茉也点了一支烟。她说，好了，你还是多多少少说点儿吧。我说，多多少少说点儿？对，周茉语气坚定，她在强迫自己去听我的观点。她说，我最好还是再了解一下你的想法，不然对你对我都太痛苦了。

烧了两支烟，身体暖和了一些，我的思维和情绪也稳定下来了。眼前白杨树密集的影子开始变得模糊，我在进入沉思，宛如进入了虫洞，高速坠落，前方是无底的黑暗，我在高速坠落的过程中被烧成灰烬，突破黑暗抵达另一个维度空间。我说，我不知道发生了什么，那天醒来，我就知道了接下来会发生的所有事情。

身体微微颤抖，周茉往后退了一小步，我知道她在抗拒我的这些话，她已经不止一次这样子了。我说，周茉，你相信有些人的时间已经死了吗？周茉轻微晃晃脑袋，她说，如果说你的时间已经死了，是不是你身边的人的时间也跟着死了，他们毫不知情，他们成了受害者？

不得不说，周茉的这番话刺痛了我，让我在漫长的自我斗争中难以平衡个人时间与他人时间。明天我将在抽完第二支烟后选择短暂的沉默，以尽快让周茉摆脱我所说的话平静下来，但短暂的沉默过后我还是忍不住将话题继续下去，我渴望周茉突然抬起头对着我说，这个我理解，世界还真是这个样子。

现在的我就好像处于真空世界里，我对周茉说，就好像海里的鱼突然出现在岸上，看着水里的自己还在愚蠢、徒劳地追逐，我愚蠢地面对着未来的自己，我甚至知道自己下一句要说什么话。周茉把食指放在我的嘴唇上。她说，这样岂不是太没有意思？你活在一个已知的世界里，那就不是真实的你了。

确实如此，自从我的生命被提前公开，我就置身事外了，所有事情理所当然地发生，情绪难以出现浮动。我想这多多少少是一种不幸，毕竟在二十七岁之前我的世界观依旧是活在当下，而不是活在未来，我想要感知的一切顷刻变得索然无味。

从山里出来，沉甸甸的暮云压在白杨林上空，我望向天空，天色已经暗下来。北方的天就是这样，午后没多久黑夜就来了。我看见了白杨树上那个黑色的影子，是一只鹰，它朝向南方，背着光，然后雪就下来了。我和周茉走进一家西餐厅，点了牛扒和咖啡。餐厅的落地玻璃窗关得不密实，一丝风钻了进来，窗帘被掀动了。雪越下越大，路面很快就变成了白色，雪铺得均匀，没有脚印，也没有坑洼，灯光照到的地方是白色的，灯光照不到的地方是黑色的。

门前的两棵梅树彼此纠缠，生长空间发生冲突，枝叶伸展不开，长得弯弯曲曲。最终，路上的雪还是被破坏了，疗养院的白色卡车从街上驶过，卡车碾压过后留下两道黑色的车辙。半空中的雪花零零碎碎，在风中像不停挣扎的白色苍蝇。

如果不是周茉来看我，我难以获得外出时间，不过我已经习惯了那个白色空间。在往后相当长一段时间里，我独自在疗养院逼仄的房间里静思，分析该如何找到改变命运的突破点。因此我独自一人的时候并不无聊，反而忙得焦头烂额。

贝贝最近不爱吃饭，周茉突然开口说，说她一两句就发脾气，不知如何是好。我多想告诉周茉，贝贝的命运并不顺利，她比我们更早地面对孤独。周茉不想听到这些。

往后还要辛苦你，我抓住周茉的手说，我不是在努力吗？努力尽早离开这个地方。周茉深呼吸，然后默默将牛扒切断放进嘴里。餐厅音响在播放李斯特的《钟》，钢琴声过于精确美妙，我和周茉切牛扒的时候小心翼翼，生怕切割的声音破坏了钢琴曲。

雪下个不停，我给周茉披上羽绒大衣，戴上帽子和手套，往疗养院方向走。在路上，密集的雪花里找不到呼吸的空间，天黑下来以后地面还是亮的，仿佛活在一个巨大的灯泡上。周茉在空旷处停了下来，睫毛上挂了雪，吐出来的热气迅速化为冰花掉落。她指着前方的沙滩说，看，雪把沙滩盖住了。

沙滩被雪盖住以后有了很大的变化，那原本是一片贫瘠的沙滩，海浪几乎把沙子都掏走了，只留下零碎的黑色石头，雪下来以后倒显得沙滩的面积更广，软绵绵的干净的雪化成沙子，制造了一场幻景。天气再冷一点，估计海平面会有浮冰，浮冰上面再堆积一层雪，形成冰山在海上漂浮，寻找下一艘“泰坦尼克号”。不过后面我再也没有遇到过更冷的天气，条纹岛是我去过的最远的北方。

白杨树下有个雪人，不知是谁在斜坡上堆起来的。雪人很丑很狼狈，面容模糊，身躯已经坍塌，地上积雪还不是很厚，因此雪人身上脏兮兮的，白雪中粘着黑色的泥土。岛上的房子大多是用水泥砖盖起来的，路面由石板铺成，一到冬天就让人感觉四周硬邦邦的，一个不小心就可能摔断腿脚。一个长满悬铃木的街区吸引了我的注意，悬铃木仅剩下赤裸的树枝，白雪滞留在树枝上，几棵树站在一起，婀娜多姿。面对这些树，我第一时间想到的依旧是世界各地的信号接收器。我猛地一回头，山上的白色风车已经被白雪挡在后面看不见了。

寒冷是没有边际的，条纹岛上的白色楼房将会被雪覆盖。疗养院就在前方，我们没有马上走进去，进去以后不能好好说话，医生、护士的眼睛会一直盯着我，他们会解读我说的每一句话，分析我的精神状况，再决定给我下多少药。

疗养院周边的树簇拥得紧，周茉靠在一棵瘦骨嶙峋的枣树上，手跟脸蛋都藏在衣服里。树的影子倒映在雪地里，宛如白纸上的墨迹。将周茉拉到怀里，我告诉她，事情很快就会好转，无须过多伤心。

周茉没有和我一起走进疗养院，离岛的游轮已经出现在码头。她轻轻在我嘴唇上留下一个吻，叮嘱我好好恢复，转身就要离开。我看着她慢悠悠地行走在被疗养院的白色卡车碾压出狰狞的车辙的小路上，萧条的路上只有她孤单一人，雪还在她背后纷纷扬扬落下，雪花好几回把她从我的视野中淹没。

游轮驶离条纹岛，在海面上摇摇晃晃。周茉上岸以后还得乘大巴过境，然后乘四个小时的高铁抵达 H 城，那边估计还没下雪，但是肯定风很大，满街都是来不及清扫的落叶。

回到疗养院，护士已经在房间门口等候良久。她带着一丝抱怨说，怎么那么晚才回来？我已经够钟下班了。我跟她说，没关系的，十分钟后会有个男人在疗养院门口等你，他会送你一程。护士皱起眉头，没好气又有点害羞地笑了。我走进房间，将那一捧红的绿的、方的圆的药粒吞进腹中，然后开始沉睡。

2021 ~ 2024

本以为我很快便会离开条纹岛，事实上我还是不可避免地在那里度过了三年时间，我很长时间都无法突破原有的设定，那在我眼中本是再容易不过的事情了。

周茉乘船离开后，我在疗养院陷入了沉睡，长时间的沉睡，直到第二天护士将我唤醒。该吃药了，预言家，她说。我突然被叫醒，梦中看见的事物一下子消失不见了。我看着瓶盖里的药粒，才想起梦中有无数飘浮在半空的天体。

那一刻，我对五颜六色的药粒产生了极大的反感，也忽略了前一天和周茉说过的话，拒绝了护士递过来的药。护士对于我的抗拒表现出了极大的惊讶，惊讶之余还流露出气愤。她跺着脚往外走，她去把医生带来了，那位自以为是的医生站在我面前面无表情地看着我。他们在等我开口，我必须开口，不然他们将会使用暴力，他们有这个权限，他们在对待其他抗拒治疗的病人的时候就经常使用暴力，捆绑住病人的手脚，用管子把药关进嘴里。

我很平静，不需要再吃镇静药，我说，我现在头脑很清醒。医生冷冰冰地说，你需要吃药。我摆摆手说，我需要跟物理学家说话，他们可以理解我的意思。医生同意我的要求，下午时分他带了个人过来，是个假的物理学家，跟我剧本中所写的一模一样。我看着那个冒充的物理学家，不知该如何是好，我本应该在此之前跟医生说我要见谁，一个具体的物理学家的名字。面对眼前这个面目可憎的男人，我一句话也没有说。

无可避免，我像那些抗拒服药的病人那样被捆绑在床上灌输药物，我这样文雅、高尚的人竟被如此对待，在好长一段时间里我始终无法忍受。我在疗养院里成了一个麻烦，外出的时间被严格限制，服用的药量每天增加，直至冬天结束，条纹岛上的积雪完全融化，周茉再一次到岛上来的时候我瘦了十五斤，头脑已经不那么清醒，周茉跟我说话的时候我能听见好几个声音。周茉哭得犀利，我知道她是心疼我。她拍着大腿说，你怎么还这样执迷不悟？

我搂着周茉，她瘦弱的肩膀颤抖着，肩胛骨比我们结婚前还要突出。我跟她说，带我回家，我不想留在这个地方。周茉急烈地摇头。她说，你要听医生的话，要吃药，这是可以救你的唯一方法。这是我一生当中听到的最绝望的一句话，周茉对医生的信任远多于对我的。我无力地坐在床上。那一天，周茉没有带我外出，她把药从护士手中接过来，当她把药递到我面前的时候我张开了嘴。她熬过漫长的冬天以后乘了那么长时间的车，走了那么远的路来到我身边，我怎能再为难她？

周茉在岛上住了三天，她无法忍受我的模样，假如不是我努力配合，她可能会一直陪我待在岛上。我希望她留在身边，但不希望她留在岛上。周茉细心打理我的生活，我同情她，她不得不承受生活给她的负担。有时候我觉得她是在逃避，逃避超凡，选择日复一日的平淡的日子。

在条纹岛的最后一天，周茉为我争取到了半天的外出时间。她和医生的关系过于友好，令我心生厌恶。周茉牵着我走到疗养所外面，虽说寒冬已经过去，条纹岛的春天依旧寒风阵阵。在房间里躲藏了一个冬天，我的手脚已经僵硬，新鲜的空气在召唤我的身体。岛上弥漫着浓雾，山上的白色风车藏在浓雾中，我想到了近段时间脑海中不断被输送进来的天体信息，那三个风车想必依然在默默地接收着外面的信号。

街边的梅花含苞待放，我对周茉说，不如等梅花开了再走？周茉说，梅花开不开倒无所谓，我来这里是想看到你好起来。我们沿着马路来到沙滩上，海水的湿气扑面而来。我面向太阳张开双手，太久没有接触阳光，身体像海绵一般吸收着热量。我恳求周茉跟医生提议，每天给我一小时外出散步的时间。周茉看着我痴迷阳光的模样，答应会向医生提这个请求，但前提是我必须按时服药。

太阳晃来晃去，有时候我觉得自己在远离它，随着摆脱了引力的地球在太空中飘浮；有时候觉得自己在靠近它，被它强大的引力拉近，化成太阳黑子。我知道自身的境况跟物理空间有关，也跟时间有关，我很可能在某一个瞬间被一个细微的空间运动波及，跌出了四维空间，来到了五维空间，因此我看见的时间是物化的录像带。

周茉不希望我太早离开条纹岛，在她眼中，我最好还是留在岛上。周茉离开条纹岛以后我果真每天获得了一小时的外出时间，只是在相当长一段时间里，我始终被护士监视着，那个强壮的女人不耐烦地跟在我身后抱怨岛上潮湿的天气。除非下暴雨，或者刮大风，否则，任何事情都无法阻止我在黄昏时分到海边去看落日。

太阳，巨大的火球悬在空中，我绕着它旋转，但是丝毫没有绕着风车旋转时的感觉。绕着风车旋转，我也许会产生电流，但绕着太阳旋转，我有那么一些时刻可以逃离现实空间，怎么说，就像突然飞起来了，看见身边的人在做着各种事。

很快我将会发现，在条纹岛上我并非唯一能看见未来的人，我在夏天的傍晚遇到了志同道合者，这个四十多岁的男人脸色苍白，骨瘦如柴，手臂上还有淤青。他来到我面前向我问候道，你明天还好吗？我立刻将录像往后推移。我说，还是一样，按时吃药，按时出门，天气也不错，还跟你说了一会儿话。他满意地点了点头。我问他叫什么名字。他说，在土星上我叫希奴衣，梦的意思。

来自土星的希奴衣能够通过梦预见未来。我问他是怎么从土星来到地球的。他说，也是做梦，梦见自己骑着一颗陨石在太阳系游走，醒来就来到地球上了。我问道，骑着陨石，在真空里不会头晕？当然会，希奴衣说，但是我控制不了，我只能任由梦牵着走。听到希奴衣的这席话，我激动得泪流满面，身后的护士不屑地看着我。我对希奴衣说，同病相怜啊，所以我们都被送到了这岛上。

希奴衣说，是太阳黑子运动扰乱了时空，将我们的时间物化了。希奴衣遭受的影响相对少一些，只要控制不睡觉他就不会做梦，而我的时间则完全被物化了。希奴衣和我一样在岛外的世界不被理解，然后被各种手段骗到岛上来。

希奴衣将自己的遭遇归咎于他的母亲。在土星上，母子关系是最恶劣的，原因在于土星的卫星太多，母亲的孩子也多。母亲无法忍受儿子从自己身上分走太多营养，因为这样会加剧她们的衰老，而男人总是在太阳消失以后突击女人的身体。我问希奴衣，那么，母亲会讨厌自己的女儿吗？不会，希奴衣说，她们认为女孩是自己的分身，带着自己的美貌继续活着，所以她们都爱女孩子，把男孩子当成魔鬼。

我还记得待在母亲身体里的那种感觉，我永远忘不了，就跟躺在船舱里的床上一样，希奴衣说，所以，当我踏上船的那一刻，我认定自己已经死过一次，我在摇晃的恍惚的朦胧的空间里复活，我会忘记我的第一个母亲，如今我在地球上的母亲正在大海上，她是一艘巨大的游轮。

希奴衣说，我总是被抛弃到各个地方，可我从来不会抛弃珍妮，她是我的女儿，今年四岁。大家都不同意我把她带到岛上，可是我不能抛弃她，我是她唯一的父亲。我把她藏在口袋里。

我一直没有见过希奴衣的女儿珍妮，每次我问他珍妮在哪儿，希奴衣总是说，在口袋里。希奴衣说珍妮有严重的自闭症，不敢见任何人，只有和他单独相处的时候珍妮才会从口袋里现身。我问他，珍妮也是土星人？是土星人，希奴衣说，但我给她取了个地球人的名字，这样，回到土星她就不会在太阳消失以后被土星上的男人袭击了。

秋天，护士终于放弃了对我的监视，或许是我和希奴衣的日常对话让她无法忍受，或许是看着我逐渐恢复的身体认为我不会再抵抗治疗。我没有跟周茉说我在岛上交了一个土星朋友，想必她不会喜欢。她为生活奔波，依旧不让我跟她回去，仿佛我一离开条纹岛就会变成另一个人。

岛上的黑色岩石硌痛了我的脚，我才想起我的鞋子落在房间里了。寂静的岛，树冠上站满了白色的海鸟，大概是信天翁。走过黑色岩石便是赤色的泥土，顺着白杨林往山上走，在一片银杏树的霞光中有一座米白色的楼房，朝向南方的旧式别墅，那便是希奴衣所在的疗养院。

希奴衣不怕冷，我已经穿上毛衣了，他还赤裸着臂膀。这座岛我是梦见过的，希奴衣说，在土星上的时候我就梦见了这座岛，岛上的树是蓝白条纹的，岩石也是，就连天上的飞鸟也是蓝白条纹状的，云也是。梦从来不会让我失望，不管是美梦还是噩梦，准会在我的现实中出现。

我们走出疗养院，继续往山上去，夕阳落在海面上，海水开始沸腾。金水从遥远的地方扑腾而来。我们爬了好一段山路，所幸有石阶，不然我的脚板肯定会被磨出血。

我们很快就要说再见了，希奴衣说。我疏忽于未来，不得不把时间往后推移，才知道希奴衣将死于2022年冬天。我不清楚他是怎么死的，他出现在我眼前的时候是一具苍白的尸体，躺在雪白的床单上。因为早已知晓他的死亡，三个月后看见他尸体的那一刻我显得心平气和。

你梦到这一天了？我问希奴衣。他说，我梦到了，这个梦来得太早，还有三个月呢，该如何是好？直到希奴衣真正死去我才想起珍妮，那个拳头大小患有严重自闭症的小女孩被希奴衣安置到什么地方去了？他僵硬的身体紧握着拳头，想必珍妮正在他手里。

不要把自己的真实想法告诉不想听的人，希奴衣叮嘱我，一个人的嘴巴是无法说服所有人做同样的选择的。希奴衣死去以后我还是把跟他交往的事情告诉了周茉。周茉大发脾气，热泪从她脸上滚下来，迅速形成冰条。她说，你怎么还是这样子？

冬天过后，周茉带贝贝上岛，捧着个蛋糕，补偿我在岛上错过的生日。贝贝变了很多，说话很成熟，有时候我长时间面对着她会无话可说。贝贝在蛋糕上插上二十八支蜡烛，当我吹过蜡烛，她在蛋糕上面再插一支，点燃，让我再吹一次。我就是那时候从贝贝身上看到了希奴衣口中的我从来没有见过的珍妮的影子，我感到愧疚。

当天晚上，我跟自己立下契约，契约内容有以下几点：

一、按时服药。

二、服从时间。

三、别人不主动问，就不谈未来。

希奴衣死后两年，我才离开了条纹岛。

2025 ~ 2035

离开条纹岛的时候同样是冬天，不过还没下雪，大海风平浪静，我一个人站在甲板上，冒着寒风跟条纹岛道别。

不能说离开条纹岛是一种胜利，毕竟我依旧按照时间的轨迹活着。之所以能够离开条纹岛，一方面是我心灰意冷的态度获得了医院的肯定，他们将之归功于他们的治疗，另一方面是国际局势所迫，由于要跟M国和R国交战，太平洋北部的条纹岛难免会陷入战争的旋涡，我必须回国静养。

岛上除了我以外还有好一批人上了船，有医护人员、工人，大部分还是病人及其家属，不少病人身上还穿着条纹服。过不了多久条纹岛上就会一片萧条，只有信天翁和死去的希奴衣留守在那里。我久久不愿回到船舱里，寒冷让我异常清醒。由于长时间封闭在岛上，我对外面的形势不了解，但是我知道战争最终的结局。

乌云开始在半空沉淀，为不久后的硝烟准备雨水。海水是黑色的，黑色的海水静悄悄的，静得犹如一面镜子，这份安静直至三天后才被炮火打破。我上岸后从边境乘大巴往南，再坐高铁前往H城，穿过城市和田野，穿过山沟和隧道，终于回到家里。周茉和贝贝正在收拾行李，她们看了我一眼，跟我说，收拾一下，我们晚上就走。仿佛我只是出门做了一趟短途旅行，或者仅仅是到树林里散散步，她们觉得我的出现是那么自然。条纹岛那三年时间在我生命中的存在价值一下子被贬得一文不值。

当天夜里我们将会被一辆绿皮卡车送往南方，卡车哼哧哼哧往前驶去，我在家中只待了半天，坐下的时间不到一个小时，因此我坐在贝贝身旁疲惫不堪。周茉在另一边望着窗外，一句话也没说。于是，我从条纹岛回来，第一次进入了睡眠，我梦见了希奴衣。

贝贝将我摇醒的时候天还是黑的，小卡车停在路边，路上闪烁着警报信号灯，交通警察在指挥交通，卡车司机在路边啃着面包，周茉则在抽烟。看，天上有飞机，贝贝指着漆黑的天空说。我这才清醒过来，听到了战斗机的轰鸣声。我问还在路边抽烟的周茉，这是哪里？周茉将烟头踩灭，从车外把我紧紧搂住。

T 城，她说，天亮时估计可以到 S 城。

然而我们要去的地方并非 S 城，我们要去更远的南方——G 城，周茉父母生活的城市。南方相对北方而言平静得多，虽然依旧可以看到往北去的军队，街上行走的人已经不再行色匆匆担惊受怕。绿皮卡车驶进城区，在拥挤的阴暗的潮湿的杂乱无章的路上拐来拐去，终于来到了周茉父母居住的地方。

别墅区异常安静，我们出现在红砖别墅前。几年前我和周茉来过这里，那时我们结婚不久，她的父母希望我们从 H 城搬到南方跟他们一起住。我久久做不了决定，因为我无法忍受南方的潮湿天气。路上只有几个出门晨练的老人。我们一路奔波已经疲惫不堪，周茉的母亲陈氏听到汽车声，出门迎接我们，她将贝贝抱在怀里，我们来不及寒暄就在客厅的沙发上倒下了。

那是一场僵持的战争，北方的天空弥漫着硝烟，周茉和她的父母每天守在电视前看新闻，晚上吃饭的时候围在餐桌上交流各自收集到的信息。贝贝在附近一所军区学校读书，周茉的父亲替她安排好了一切，这个退休的老干部对贝贝非常疼爱。我喜欢待在天台花园里修剪花草，周茉的父母知道我刚从条纹岛回来，也不想给我压力，不跟我谈论战事。其实我比任何人都清楚战争的过程和结局。

从门缝里窥视电视屏幕，看到条纹岛夹在三军的炮火之下，那些白色房屋剧烈地燃烧着，我心中隐约感到难过，山上的白色风车瞬间化为乌有，停船码头被炸出了好几个窟窿。周茉回头瞥了我一眼，我急忙转身走到花园中去。夏天，南方的炎热天气蒸腾着地面，我穿着白色背心拿着水管给花园里的花草浇水。周茉走上来，问我是不是心里难受。我将水管扔在地上，坐在摇椅上对周茉说，我只是想回北方去。

谁也没想到这场战争会持续十年之久，所有人都以为战争很快就会结束，这个时代打不了持久战。

天上一边是烈日，一边是乌云，没过多久，乌云将烈日吞没，台风就来了。由于不能外出，电视被周茉和她的父母霸占着，被战争新闻霸占着，除了站在天台门口看雨，我就躲在周茉父亲的书房里拿他的书来看。台风吹了三天，雨也下了三天，我在那三天时间里一直沉浸在书籍当中，往后的十年，我在周茉父亲的房间里看了四堵墙壁的书。

虽然在我的未来当中我知道自己会看哪些书，但在读书的过程中，我发现有些书即便我读过无数次，依旧有无数次的新鲜感。也就是说，在读书的过程中，我的时间是活的，我往往能够获得我未知的感受和思想，很可能读书能将我带离五维空间，到更高维度的空间，那便是我可能的突破点。我开始了书不离手的日子，我不读历史，不读政治，不读社科，就读诗歌和小说，读哲学，读艾略特和保罗·策兰，读陀思妥耶夫斯基、卡夫卡、博尔赫斯，读萨特和弗洛伊德。

我从条纹岛回来后的平静让周茉感到欣慰，我没有再跟她聊关于未来的事情，她活在担惊受怕当中，活在战争的阴影中，每天为死去的人流眼泪。有时候她也想知道结局，战局越来越糟糕的时候、绝望的时候提前知道结局会减轻过程带来的痛苦，可她开不了口向我打听未来。

我对生活上的事情异常冷漠，当有一天我不经意间抬起头来看周茉的时候发现她老了，身体瘦了一圈，头发干枯，脸色暗黄，而贝贝快有周茉那么高了。那是四年后的一个午后，红砖别墅里来了个客人，身穿军装的男子在花园里呼唤我，那时候我手里正拿着海明威的《丧钟为谁而鸣》。

男子是周茉的堂哥周逸，北部战区陆军第三十二师一连连长，2017 年我跟他见过一面，他前往部队的时候到 H 城做客。他粗犷结实，脖子上有好大一块伤疤。他看见我手上拿着的海明威的书，调侃说，在南方也关心战事，挺难得啊。周茉为我解围说，他病愈不久，不适合谈战争。

周逸清楚我在条纹岛上待过三年时间，他这次前来拜访正是为此，他看到战局不利，作为冲锋连连长，他有极大的可能死于战场。于是，晚饭过后周逸会想办法从楼下脱身，到天台花园找我说话。天台上更接近月亮，由于战争的僵持，战线拉长，子弹飞出枪口的时间也被拉长。

花园里弥漫着桂花的香气，我知道周逸会来，因此他轻轻拍打我肩膀的时候我并没有吃惊。他只是听闻过我的事迹，并未亲自验证过。他会说很多话来引出他的问题。他跟我聊海明威的小说，聊《太阳照常升起》。他说，死亡好像是个偶然事件，悲伤也是。

月亮，月亮在塔尖上，很快就到八月了，台风已经来过好几回。我和周逸一前一后在花园里转圈。我说，有时候，事情就是这样。周逸明白我话里的意思。他说，所以，最后的结局是怎样？周逸是我离开条纹岛以后第一个主动向我提及未来的人。

看着周逸惆怅的面孔，我跟他说了实话。我说，战争会赢，但你会死。周逸沉重地低下了头，他在计划自己死后的安排，他最放心不下的无疑是他漂亮的妻子。他假装坚强地对我说，死不是我一个人的结局，是所有人的结局。

离开之前，周逸还想知道他死后他妻子的命运。我没有跟他说，死者是不应该知道未来的。周逸上车离开后，我听着远去的发动机的轰鸣声，心想，假如我把他死后他妻子的生活境况说给他听，会不会导致时空悖论，从而使得时空发生违背规律的运动？后悔是虚无的，幻想也是。

周逸将死于距离条纹岛一百二十海里处的另一座岛屿上。那时战争已经接近尾声，R 国和 M 国相继退出战场，周逸带领冲锋连登上一座荒岛，遭到了埋伏，埋伏在荒岛上的是一架无人操控的空间武器，通过时空转移，把从 M 国打出来的子弹在百分之一秒内转移到战场前线。冲锋连没有时空武器装备，在岛上全军覆没。

我不清楚周逸在告别南方重回北方战场后的内心，不清楚他是否把每一次冲锋都当成了自己最后的呐喊，不清楚看见战争的尾巴的时候他是否会认为自己能够侥幸存活。他的死讯来到南方的时候我还在花园里看书，周茉哭着跪在我面前，给我看周逸被子弹打得面目全非的照片。我心如止水，任周茉将眼泪抹在我身上，照片里的人不过是一张被子弹打穿的皮囊，跟路上被汽车压扁的猫一样。

毕竟是十年战争，我不能轻易结束这段岁月。曾有士兵在街上征兵，那时候我和周茉从外面回来，我被士兵盯上了，他们打听我的情况，要我去支援前线。那时我已经三十八岁，战场上需要一个三十八岁的男人，说明前方已经失去了太多年轻的生命。周茉跟手持冲锋枪的士兵解释说，他精神有病，在条纹岛住过三年，知道条纹岛吧？就在北方，三国交界的地方。

胆战心惊地回到别墅，周茉一边跟她的父母诉说，一边将我往楼上推，仿佛要将我藏起来。

周茉的父亲是一位狂热的主战派，他在书房里张罗了一张地图，在上面摆满了地标和各式武器模具，给周茉讲战术。战争爆发前做事规矩的周茉这时候显现出她在军区大院长大养成的热血和野心，她通过各种途径收集信息帮助她的父亲分析战局。书房成了他们的指挥中心，他们熟悉作战三方的武器，知道军力情况，清楚战场的地理以及各方将领的用兵方法。当他们分析得足够深刻时，周茉就会帮助她的父亲将作战计划做成文件发送给她父亲曾经的一位下属，那位将军正在前线指挥战争。他们发出去的邮件没有得到任何回复，但是他们不得不为下一场战争做分析，战争是动态的，他们不能静候回信。

直到战争爆发的第八年，他们开始气馁，渐渐厌倦了这场旷日持久的战争。战争就是这样，今天这方死一批人，抢得一些地方，明天那方死一批人，夺回失地。周茉的父亲时常发脾气，我经过他房间门口或者到书房去取书的时候不得不小心翼翼，他看我的眼神充满了质疑，仿佛我是透露他们战术的叛徒。

有一天我在花园里散步，被太阳晒了一天的地面热烘烘的。在南方生活了几年，我的皮肤黝黑，头发干燥，一年四季穿着人字拖、白色背心和亚麻短裤，看起来像热带海岛上的岛民。我在花园里凝望月亮周围沉甸甸的云，想到冬天时候的北方，下雪之前天上同样乌云密布。

这时候，贝贝会出现在我身后，她穿着白色的裙子，像个幽灵。想回家了吗？她问我，没等我开口她又说，我想回去了。贝贝到南方来的时候才六岁，我以为北方在她的印象中不会那么深刻，因为过早的童年往往不容易被记住。

贝贝在我身边说出这番话的时候已经十四岁，初中毕业，像做了一场梦，梦醒时分她一下子由一个小孩变成了少女，身体一下子膨胀了。贝贝想要回北方，她的计划将会得以实现，而她回北方的代价是我将失去我的一只眼睛。我清楚自己的遭遇，并试图劝贝贝放弃回北方。她所在的学校组建了一支青年军，要给前线的战士表演。她认为这是她能够接触战争的唯一机会，活在战争年代，她不愿意让战争在生命中白白流失。

这是无法拒绝的一次远行，我将在离开八年之后重回北方。我身上肩负着保护贝贝的重任，肩负着周茉父女的信任。周茉和她的父亲将支持我陪同贝贝北去，为的是替他们把厚厚的一沓战略分析交给在前线作战的周逸。

火车上，我心事重重，毕竟是一趟悲壮的行程，我将亲自交出在我身体里面存在了三十八年的左眼。抵达北方以后，前面的日子是平静的，士兵们都厌倦了战争，兵营里静悄悄的，青年军的任务正是鼓励士兵拿出最后的勇气结束这场漫长的战争。

失去左眼之前，我见到了周逸，并将周茉准备好的战略分析递给他。他轻蔑地笑了，然后跟我说，你说的未来还没到。我点点头说，还没到。他的脸色顿时凝重起来。那天晚上有七个人来到我所在的帐篷里，他们是周逸带来的，其中有一位少将、两位上校、两位少校、两位少尉。他们问了我同样的问题——战争中他们的结局。

我的回答是一致的——死。

帐篷里一下子安静了下来。周逸感到难为情，为了缓和气氛，他引用了《太阳照常升起》里的一句话。他说，世界杀害最善良的人、最温和的人、最勇敢的人，不偏不倚，一律看待。而少将则脸色铁青大发脾气，他说，我才不会迷信这么一个人的胡说八道。

其实，我没有义务或者责任告知别人我所清楚的未来，我可以跟他们撒谎，让他们向前、向前、向前，为了胜利而战争，死亡永远不会在他们身上发生。可是我做不到，一个人正在奔向死亡，这已经是一场悲剧，我不能在悲剧发生之前再给他们编造一个假童话。我会告诉他们，躲避是没有用的，炮弹要结束你的生命的时候就会结束你的生命。

一年之后，周逸会给我发来一封充满不安的只有短短几行字的邮件，他在邮件中告诉我，在帐篷里向我打听未来的那群人全死在了战场上。

我还得说说我的左眼从我身上爆裂脱落的过程。贝贝和她的同学在营地的舞台上表演战争英雄的故事的时候天上突然出现一团透明的果冻状物，激光子弹从果冻状物里喷射而出。士兵们有防御这种突袭的本领，但是舞台中央的青年军将成为受害者。我的左眼是我在保护贝贝的时候被击中的，激光子弹从我眼前掠过，穿透了我的鼻梁，毁掉了我的左眼。

眼睛爆裂的时候我只听见一声闷响，就像口香糖在面前爆裂。第一时间感觉不到疼痛，只是视野突然变窄了，脸上湿漉漉、暖乎乎的，贝贝在我面前尖叫。我被两个士兵架着来到医疗营，通红的右眼看着帐篷上的白灯，我知道剧烈的疼痛即将汹涌而至。

手术过后，我在病床上躺了四天才能下床活动，剧烈的疼痛让我失去了控制身体的力量 。贝贝守在我身边问了不下十遍，是不是很疼？她肯定看见了我眼球爆裂的那个瞬间，那个瞬间将成为她一直想要得到的关于战争的真正含义。周逸来医疗营看望我，说他的那几位长官暗地里嘲笑我。贝贝短暂离开的时候，周逸问我，你知道自己会在这里被打中眼睛吗？我知道，我说，但是我没的选择，我不这样做，死去的将是贝贝。

周逸的手微微发抖，他沉默了两分钟，然后再次向我询问他的结局。我还是冷冰冰地告诉他，战争会赢，但你会死。周逸故作镇定，他依旧引用《太阳照常升起》里的话为自己解围。他说，在战争中我观察了好久，并没有看到所谓神圣、光荣的事物。

周逸的观念已经发生改变，他在质疑这场战争，质疑自己为战争所做的牺牲，但仅仅是质疑罢了，他无法改变现状，就像我无法跳出被设定的轨迹一样，他离开帐篷，正式奔向死亡。

2036～2045

战争结束的时候我身在南方，用一只眼睛看世界，那时我已经四十岁，依旧充满疑惑。

回北方的时候是十二月，飞机刚着地，我就看见了熟悉的苍茫的雪。我仅剩的一只眼睛四处寻找熟悉的风景，寻找变化的风景，看到旧景感慨北方还是北方，看到新的事物感慨时过境迁。失去了眼珠的黑洞贪婪地吸收着北方的风。周茉曾建议我戴上假眼珠，那样我看起来就不会太狰狞。我接受不了那颗玻璃珠子，仿佛在骨头里打入了一枚钢钉，让我浑身不自在。

还是那辆绿皮卡车来接我们，司机在雪地里抽烟，绿皮卡车格外引人注目。卡车之所以引人注目并非因为鲜艳的颜色，而是十年后那破烂不堪的模样。从机场往家里去的时候我坐在副驾驶座上，雪欺骗了我，雪掩盖了战争留下的痕迹，仿佛这片地方不曾发生过什么战争。

大雪让我置身于另一个高维度空间，我在逼仄的车厢里想入非非，我会快速地过一遍已经过去的十年战争。我是一个极少往回看的人，过去的都是虚无的，因此我只会回望那些因为太匆忙而来不及分析的瞬间，以求往后能获得解脱自己的机会。

小卡车在路上停下走不动了，雪太深，四周是一片空旷的平坦的白色。我们不得不下车步行。我们的房子已经被炮弹炸开了一角，后面的一堵墙已经倒塌，我没有跟周茉和贝贝透露即将进入视野的房子的面貌，贝贝兴奋地在雪地上奔跑，没跑几步就气喘吁吁了。而我仅剩的一只眼睛被雪晃得睁不开，我失去了方向，双腿带着我往前，我只知道必须往前走，然后我们那破烂的房子将会迎接我们的归来。

这座北方的城市已经被战争摧毁，越往城市内部走，越多坍塌的建筑暴露出来。周茉越来越不安，她心里已经猜到我们那所旧房子的结局。她开始质疑自己的决定，我们不应该在寒冷的冬季回北方，暖气系统已经瘫痪，房子里面可能连木柴都没有。事实也正是如此。

走到熟悉的街头，我的眼睛才舒服了一些，立体的建筑终于冒出地面，黑色的树干和建筑在雪地上留下的缝隙缓解了眼睛的疼痛，白色的空间得以瓦解。周茉站在房子面前，被火焚烧过的墙壁、被子弹击穿的玻璃、崩塌的阳台，房子里面的东西已经被盗完，仅剩一张掉了皮的沙发。

房子不能住了，周茉说。可我们已经无处可去，没有酒店营业，我们唯有在天黑之前将房子收拾干净，找来生火的煤炭，再联系城建部门修复房子，通水电和暖气。我们的细胞习惯了南方湿热的气候，回到北方一下子难以适应，头晕乎乎的，身体的水分不断往外流。

我们在楼上房间里过了一夜，三个人蜷缩在一起，盖一张不厚的毯子，睡梦中一直想往火堆靠。第二天我们就不得不住到军队的救护帐篷里去，贝贝发了高烧，身上水分流失严重。

所幸我和周茉很快就适应了寒冷的天气。在北方就是这样，只要把体内过多的水分排出去，自身的耐旱力就会增强。战区的恢复工作有条不紊地进行着，只是进度缓慢，大雪覆盖了整个地面，光铲雪就透支了一半的劳动力，更何况，谁能担保不会再下一场大雪呢？

一天清早，我被一阵钢铁碰撞的声音吵醒，从毯子里钻出来通过窗口看见两排机器人在清除路上的积雪，它们从很远的地方开始清除，已经清理出一条看不到尽头的黑色的湿漉漉的路面。这些不知疲倦的、没有喜怒哀乐的机器人将会把战争的痕迹彻底抹除，然后迅速盖起新的楼房，它们还会更频繁地出现在我们的生活当中。

不得不说，我不喜欢机器人，它们冷冰冰、硬邦邦的，轻微撞我一下我就会骨折。它们能做很多事情，被炮火摧毁的城市在短短几个月的时间里被这些钢铁生命重建起来了。灾难一下子消失，我们面对突然出现在眼前的城市有些不知所措，悲伤被抑制在心里，住进高大楼房的时候，心里想的全是那些死去不久的战士。

机器人几乎无所不能，对它们而言，唯一无法即刻攻破的难题是生命合成，它们无法重建已经死去的生命。它们每天整齐地出动，整齐地回营地，不受任何干扰，比军人更有纪律。好几天我不敢出门，生怕出门后被这些辨识度尚未特别完善的机器人当成垃圾消灭掉，假如它们的识别程序当中人必须是有两只眼睛的，我想我极有可能会被清除掉。

我依旧过着在南方习惯的生活，打理花园里的花草，看书，只是看书的时间少了许多，主要还是因为失去了一只眼睛。用一只眼睛看书，容易疲倦。有时候我会感慨，所幸我一生的故事在我二十七岁那年就已经写出来，假如等到失去左眼再去写，那将会是一件异常痛苦的事。

周茉陪在我身边的时间更多了，她跟我一起打理花园，一起看书，有时候她会给我念书，我在战争中失去左眼让她内疚了好长一段时间。机器人接过了城市里大部分的活儿，我们作为人活着，每天四处徘徊，消耗时间。

夏天，战争制造的痕迹被彻底抹去了。机器人夜以继日地疯狂劳动着，它们在频繁地改变着四周的环境，它们为我们提供食物、建造房子、消除悲伤、解决困难，一切看起来欣欣向荣。贝贝在南方军校念完小学和初中，到了北方，周茉把她安排到一所偏理科的高中，按照周茉的意思，往后不懂科技是无法生存的。贝贝的数学人生从此开始，她慢慢学会了编辑机器人的各种程序，推进机器人更深入地干涉人类的生活，只是她无法计算自己的未来，她的生命就像计算机里的数字那样，形单影只。

2039 年，二十一岁的贝贝在人工智能研究方面已经取得不错的成绩。我想不明白这种数学天赋是谁赋予她的，我和周茉都不具备。她以全国第一的成绩进入中央科技大学研究学院，第一次离开家远走他方。那时的生活，到处都是机器人，走在街上的时候碰到的机器人比活人还多。我对机器人没有好感，2037 年周茉为了帮助贝贝学习把一个黑色机器人带回家的时候我曾多次劝她把机器人带走。

可是贝贝喜欢跟机器人待在一起，他们成为朋友以后我就很难将机器人从家里赶走了。贝贝给机器人取了个名字——亚瑟。不得不说设计者将机器人设计得几乎完美无缺，机器人能够识别某些排斥机器人的人，从而尽可能远离这些人的视线。因此，亚瑟在我们的房子里生活的两年时间里几乎很少在我的面前出现。

贝贝去上大学的时候将亚瑟带走了，我看着机器人笨拙的姿态，联想到日益年迈的自己，没有永恒的生命，只有永恒的死亡。周茉看着贝贝离开，流着眼泪。她说，幸好有亚瑟陪着她，不然她一个女孩子孤零零的。贝贝带走亚瑟的第二天，周茉要求再购买一台机器人。我坚决反对，我故意发脾气。我说，机器人来了我就离开这个家。周茉埋怨道，你总是这么自私，你不喜欢机器人，但你从来不帮忙做家务。

最后，周茉选择了妥协，她没有办法对一个失去了左眼的男人下狠心。我也收敛了自己的脾气，在她忙不过来马上就要抱怨的时候帮她处理家务。更多的时候我还是在花园里看书，只有在看书的过程中我才不会恐惧。是的，恐惧在那段时间将纠缠在我的心头，那时，我会怀疑自己的存在意义。我像机器人一样，按照设计者所给的程序一步步有条不紊地完成各项工作。

我曾在视频电话里向贝贝透露过自己的恐惧，贝贝以为我因为过于孤独而病发，她不安地看着她的母亲。她说，不是这样的，我修改了亚瑟的设计，它现在已经有情感意识了。我说，这么说我连机器人都不如？贝贝意味深长地解释说，是你过于执着了，知道和不知道其实并不是最重要的，重要的是活着，生命的意义不就是这样吗？过早知道未来，失去了意外和惊喜的同时也失去了悲伤，不是吗？

我不以为然。

大学的三年时间里贝贝不曾回家看我们一眼，尽管到了2041年空间转移技术已经得到极大的提升和应用，很多大城市都用这种技术代替了长途运输。我跟周茉所在的城市和贝贝念书的城市都有空间转移站，我们只需在站台排队穿过果冻门，就能见到对方。贝贝不曾想过回北方，家里没有可以支撑她工作和生活的技术环境。贝贝说，我现在很依赖技术，身边没有人工智能日子很难过下去。她觉得视频聊天已经拉近我们之间的距离，我们没必要抱在一起触摸对方感受对方的体温。我知道，长大以后的贝贝在逃避我，她的科学知识无法解释我身上的问题，她不愿意我做出所谓的改变，她始终认为我所说的未来是运气或者迷信。她坚信世界的发展是科学来推动的，是不可预知的。

我对人工智能时代的生活感到困倦，渐渐不想出门了，更不想跟人说话，即便贝贝打视频电话回来，我也很少出现在屏幕里。我在逼仄的房间里，在花园里，任时间轻易地从身上流走。一个阴天傍晚，我在花园里读艾略特的诗，周茉流着眼泪朝我走来。四十七岁的她体态臃肿，我的妻子，在我失去了时间的意义后苍老得那样快，头上布满了白色的发丝。

她有男朋友了，所以才那么少回家，周茉说，是个外国男孩子，她给我看男孩的照片，是个黑人。周茉哭得越来越厉害，她也算是见识过世事百态了，因为太久没有见到女儿竟哭得一塌糊涂。我将她揽过来，搂在怀里。人上了年纪容易感伤，容易怀旧，周茉就是这样，她提起了好多年前我们还生活在南方的那些日子。最后，周茉发出一声感慨，现在的距离到底是更近了，还是更远了呢？

周茉经常留意电视新闻，看到新一代机器人因发生故障杀死主人的时候她战战兢兢，好几天吃不好睡不着。贝贝给家里打了一通电话，并没有提机器人的事，也没有说什么时候回来。她说话含含糊糊、扭扭捏捏，说她跟那个黑人男友上床了。在此之前她根本不清楚男女之间的关系。她抱怨我们作为父母没有教她，也没有提醒过她。

他在我不留神时用力一顶，就进去了，贝贝一点也不害羞地说，我当时害怕得以为他要杀我。她一边说一边呵呵地笑，周茉却面红耳赤。周茉过了好长时间才想起机器人杀人事件，她央求贝贝回来一趟，顺便让我们看看她的男朋友。贝贝没有答应回北方，也没有拒绝她的母亲。周茉在视频中看见亚瑟的时候心里很不是滋味，但她不好跟女儿说要提防亚瑟，这个机器人是周茉自己带回来的，并且跟贝贝生活了这么多年，假如她劝贝贝将亚瑟带去报废，想必会伤了贝贝和亚瑟的心。

贝贝在大学毕业那年冬天突然回了一趟北方，但是没有回家，跟她的男友住在城里的酒店。周茉带着我去跟他们见面，周茉瞪着女儿身边高大魁梧的男子，或许女儿男友是她这辈子见到过的最高大的黑人吧，她看了半天都没有看清楚他的样子。北方并不少见外国人，特别是白皮肤蓝眼睛金色头发的 R 国人，但黑人很少到北方来，他们的肤色跟北方格格不入，他们是南方居民，太阳底下的居民。

在那次短暂的见面时间里，贝贝跟周茉说了许多话，周茉总是偷偷擦眼泪，她没想到自己的女儿已经到了要结婚的年龄。她们讨论婚礼在什么地方举行，穿中式婚纱还是西式婚纱，婚后怎样生活。黑人男孩是 E 国人，名叫约翰逊，会讲中文，他身材高大，在我面前很少说话，总是偷偷地看我没有眼珠的漆黑的眼洞。机器人亚瑟形影不离跟在贝贝旁边。我问约翰逊，机器人不妨碍你们两个生活？他摇摇头，他说，没有生命的一堆废铁，不会有什么妨碍。

约翰逊的过于乐观注定了他将等来悲剧的结局。婚后不到一年，亚瑟程序中日积月累的嫉妒情绪将会引导它杀死约翰逊，它在约翰逊和贝贝发生争吵的那个晚上用它的拳头砸穿了约翰逊的脑袋。贝贝跪在约翰逊面前，尖叫着，房子的隔音效果很好，她的尖叫声只有她自己听见。

亚瑟被回收并且销毁了，销毁当天贝贝去看望它，那时贝贝怀着六个月的身孕，她站在玻璃墙后面朝亚瑟挥手。亚瑟抬头看了贝贝一眼，又低下头去，然后它就成了一堆废铁。

小约翰逊出世的那天下大雪，我在视频里看着这个啼哭的黑皮肤小男孩，他的哭声让我感到亲切。新生是多么美妙的一件事，我那时想，他的生命里充满了未知，他的一生是不断探险的一生。贝贝是一位伟大的母亲，她不但能够制造机器人，她还有能力制造人。她一度以为自己是造物者，知道所有机器人在想什么，她肯定不会认为自己知道刚出生的小约翰逊在想什么。贝贝突然对着视频里的我说，爸爸，你是不是早就知道了亚瑟会杀死约翰逊？

窗外的雪纷纷扬扬，我对着脸色惨白的贝贝点点头，她的脸色变得更加苍白。她强忍住悲伤说，爸爸，你做得对，没有人可以篡改未来，你也不行，所以，以后无论发生什么，无论你看见了什么，都不要跟小约翰逊说，没有人比他本人更在乎自己的一生了。

2046

2046年，我终于还是迎来了我的第五十三个寿命年。贝贝捧着个蛋糕走进书房，她花了二十分钟在蛋糕上插满蜡烛，她为自己的工作感到骄傲。小约翰逊被机器人抱在怀里，他想挣脱机器人来到蛋糕面前，感受暖和的烛光。我不赞成贝贝把小约翰逊交给机器人照顾，机器人毕竟是死物，人是活的。贝贝很固执，她工作繁忙，而且不相信我和周茉能把小孩带好。我们再怎么糟糕也把你抚养大了，周茉说，你怎么能说我们照顾不了小约翰逊？时代已经变了，贝贝说，现在照顾小孩需要更准确一些。

贝贝所说的准确，指的是所有跟小约翰逊相关的环境条件，包括每天摄入的营养成分、环境湿暖度、肌肉和皮肤的伸缩度、体内激素变化数据……犹如活在试管里，孩子的一生都是按照科学家的意愿设计的，他们不过是具备了一副肉体，其余和机器人没太大区别。

假如哪天机器人的计算出了差错，你会毁了小约翰逊的一生，我说，你让他活在最安全最健康的数据里，他跟其他同样被数据管理的小孩有什么区别？周茉把食指放在嘴唇上，她知道我迫不及待想要透露小约翰逊的未来。别说那些不好听的话，周茉说。好像那些不好的事情都是从我嘴里冒出来的，只要我不说就不会发生一样。这么一个精明的科学家，贝贝不但把物质看成了物质，还把非物质看成了物质。她这样对待小约翰逊，的确可以计算出他的未来，她想要充当操控者。

立冬过后，西北方向再度积起一股冷空气，夹着黄沙浩浩荡荡往东北吹来。漫天黄沙，令人睁不开眼，后来海上的暖空气和冷空气交集，天上下起了雪，黄色的雪，实在难看。周茉给贝贝打了个视频电话，她和小约翰逊住的房子比我们的房子好太多，我们根本没有必要为他们担心，只是小约翰逊在机器人的怀中哭个不停。我就是在这个时候和贝贝发生了争吵，我板着面孔指着屏幕里的机器人说，叫那个该死的机器人放开小孩。

贝贝的样子显得疲惫憔悴，对我的要求感到不耐烦。她双手抓着头发说，它叫吉安娜，她的工作就是照顾小孩，你们不用操心，它的程序完美无缺。我说，你那套数据在这方面行不通，把小约翰逊交给我，不然你会害了他。贝贝也吼了起来。她说，他是我的孩子，你总想干涉别人的生活，你以为自己做改变是你一个人的事情吗，你会改变世界上所有人的命运。

蝴蝶效应，我当时想，正当我气得头昏脑涨想要撕毁当年在条纹岛上给自己立下的契约时，我突然感觉到了事情的严重性，并且为之却步，我细微的一个与命运设计不一样的动作，很可能改变相当一部分人的未来。周茉像教育孩子一样对我说，是否造成灾难是一回事，任何人的未来都同样重要，你不想要自己的未来，可是你不能干预别人。

贝贝就这样无情地把小约翰逊交给了命运，她是世上最冷酷无情的母亲。当小约翰逊因为体内激素失调而失去心跳的那一刻，贝贝趴在他小巧的身体上痛哭不已。她依旧死心不改，她说话的方式冷冰冰的。是时间，她说，是时间让他们父子俩停在了固定的地方。

将小约翰逊安葬在他父亲的坟墓旁边，那片墓地石碑林立，两个旧版机器人在管理这个墓园，我们将花放在小约翰逊和他父亲的坟前，石碑上的屏幕在放映他们生前的视频，仿佛他们还活在世上，然而死去的人永远死去了。天色阴沉，风开始转凉，墓园里的柏树静悄悄的。我看着不远处的两个机器人，永恒的死物在打理永恒的死亡。

贝贝决定回南方去，周茉也是，频繁的死亡让她们突然觉得北方过于萧条，特别是在漫长的冬天。她们试图说服我回南方，可我还是习惯北方的萧条，于是我一个人留下来了。南方那所红砖别墅自从周茉的父母去世后就一直空在那里，冬天，无论是在北方还是南方，始终是萧条的。

小约翰逊死后我不想见任何人，也不想跟任何人说话。我的寿命过长，我会看见许许多多的人在我身边倒下，我的一生就是通过别人的死亡过渡完成的。我坐在花园里，听着风声，晒着太阳，就这样日复一日过完一生也并非坏事，只是我还有三十二年的寿命。我常常自相矛盾，像我这样微不足道的人，提前结束自己的生命对其他人能造成多大影响？即便我循规蹈矩地活着、自然地死去，死去以后也不会被太多人记住。

2046 年的第二场雪在十二月降临，我决定在下雪的夜晚提前结束自己的生命，在我漫长的一生当中只有这个夜晚让我更接近摆脱生命的枷锁。死亡是结束所有未来的最极端的方式。雪越下越大，我关掉屋里的暖气和灯光，为了让自己死得更彻底一些，只穿了一件背心一条短裤。我站在半圆形的窗台上，路灯在脚下摇摇晃晃。我张开双手，我为何要这样做，连选择死亡的动作都跟录像中的一样？我闭上眼睛，只能相信跳下去的那一瞬间。

徒劳，一切都在迎合该死的录像，厚厚的雪将我托住，我只获得了短暂昏迷时的自由。我躺在冰冷的雪窝里，瘦骨嶙峋的衰老的身体无法动弹，这么冷的天，没有人出来走动，夜晚无限长，雪还会继续下，将我砸出来的雪坑填满。

我就这样走到了世界的尽头，我赤裸裸地走在虚幻的空间里，准确地说是走在我的一生当中，从出生走到结束，从最接近太阳的地方走到距离太阳最远的地方，在我生命中出现的人和物像流水般流逝，我可以选择其中的任何一个瞬间停止画面，然后活在其中，但依旧只是在已知的故事当中重复千百遍。

两个机器人将我从雪坑里抬起来，熟练、准确地拯救我的性命。我躺在床上，感觉自己像一只猫，病恹恹的猫，在接受没有温度的饲养。当我脱离了生命危险，机器人为我打理饮食，看守房子，如录像所显示的那样，我将失去提前死亡的权利。

当我第二天醒来，看见贝贝和周茉正在忙着准备早饭，她们离开了，然后回来，去了遥远的南方，却像去了一趟市场那样无关紧要。我依旧躺在床上，看着两个女人在眼前晃来晃去。周茉将我扶起床，说我怎么那么不小心，她们离开不久我就摔倒了。

贝贝在客厅里看电视，南方竟然下起了雪，世上最大的空间转移器把北方的雪转移到南方去了。贝贝回过头来看了我一眼。她说，吃过饭我还得回南方去，现在工作忙，你照顾好自己，别胡思乱想了。胡思乱想，这句话跟周茉在条纹岛上对我说过的一样。我反省自己，当初在岛上立下的契约在我从楼上跳下去的那一瞬间似乎就被毁掉了。

饭桌上，贝贝和周茉小心翼翼地看着我，始终没有开口说话，碗筷在房子里响得清脆。无论科学怎么进步，人还是得吃饭，我心想，但听说意志转移技术很快就会被开发出来，到那时候人就可以将自己转移到不同的载体上以达到永恒。在我沉思的片刻时间里，把我从雪堆里救出来的两个机器人缓缓从门外走了过来。

它们被我改装过了，贝贝说，从今以后，它们和你住在一起。我明白贝贝的用意，这两个机器人会承担监视我、照顾我、不让我死去的任务。我已经倦怠了反抗，默许它们干涉我的生活。贝贝和周茉脸上紧绷的肌肉松弛了，她们结束了早饭便收拾东西回南方去了。空间转移使南方和北方之间的距离只相隔一扇门，可南方依旧是南方，北方也还是北方。

送走贝贝和周茉，我孤独地坐在客厅里，两个机器人站在一边等候我的差遣。我木讷地坐在沙发上的时候心里头想的还是贝贝和周茉的事情，她们像是出远门了，又好像马上就会回来敲门。因此，我有些心烦意乱，或者说有些不自在，我需要花很多时间才能适应这个世界，然而我在适应这个世界的同时世界还在转动，因此我注定只能不停地落后于世界。

所幸季节还是存在的，我出现在花园，花园里的树挂满了雪，梅花也还未获得新生。机器人跟在我身后，它们走起路来地板发出凄厉的呻吟。我抹掉黑色长椅上的雪坐下，面对眼前的两个机器人，我说，不是你自己灵魂的源泉，不会使你得到精神爽适。

机器人沉默着，发亮的眼睛盯着我。我又自言自语地说，我不需要舒服，我需要上帝，需要诗，需要真正的危险，需要自由，需要善，需要罪恶。

机器人依旧沉默着，我突然对它们产生了同情，它们不但被设计成固定的形体，还丝毫没有个体触感，即便是瞬间的触感也没有。它们清楚这句话出自《美丽新世界》，但它们的芯片中不存在领悟这些话的程序。当一个事物无限大的时候也就变得无限小了，当引力无限大，它就不存在了，一棵树没办法移动，它就不会想着自由，一样的道理。

零碎的雪落在机器人身上融化成雾气。我对它们说，往后还请多多指教呢。机器人面无表情，不管如何，我将和这两个机器人度过一段岁月，我给它们各自取了个名字，黑色机器人为伊邪那岐，黄色机器人为伊邪那美。

2047 ~ 2062

现实本就是命运的偶然产物。当我给黄色机器人取名伊邪那美的时候它就不停地给我重复这句话。我清楚这句话的用意，不由得心里一惊，无论什么时候听到这句话我都会为之一惊。

我是否被伊邪那美诅咒了，从而掉进了轮回的魔咒中？而之所以会被伊邪那美诅咒，是因为我还不够清楚地认识到自己，不能接受命运的结局？

果真是这样吗？我盯着身前的黄色机器人，它似乎因为我给她起了这么一个偶然的名字而被赋予了新的程序一样，它在努力让自己成为机器人世界的伊邪那美，努力是机器人的天性，于是它反复念叨那句话，现实本就是命运的偶然产物，现实本就是命运的偶然产物……

心灰意冷的我在北方度过了一个郁闷、冗长、冷清的冬天，立春过后我让伊邪那岐给我收拾行李，我决定去旅行一趟。我不是喜欢远行的人，特别是当我失去了左眼之后，我的活动范围一直都是房间和花园，以前觉得看书便可以获得空间，能够进入更高的纬度，事实却不尽是这样，当我一生所读的书、所得到的知识被机器人伊邪那岐和伊邪那美轻易获得以后，我觉得我该到外面去走走，在行走中冥想才是我和机器人有所区别的特征。

两个机器人的存在减轻了行走带给我的阻力，我光走出所在的城市就花了一个多月的时间。我往南走，往西走，伊邪那岐问我为什么不选择空间转移站。它毕竟是个机器人，我不责怪它，低头走自己的路。伊邪那岐和伊邪那美慢悠悠地跟在我身后，我们穿过庞大的城市，穿过平原，穿过山丘和沟壑，穿过森林和沼泽，穿过大河和盐碱地，穿过废弃的工厂和倒塌的古城，穿过无人的村庄，穿过所有必经之地。

大地的模样跟我想象中的全然不同，四处均是荒凉之地，人都藏在建筑物里，城市之外偶尔能看见机器人在执行任务，它们不把我们的旅行当一回事，我们是仅有的在路上行走的队伍。后来，沙漠和戈壁出现在我脚下。在机器人眼中，沙漠和绿洲没有区别，这些风景都只是被踩于脚下的泥土。对我而言则全然不同，沙漠和戈壁加重了行走的阻力，我不得不更频繁地喝水，然后吃力地把充斥着毒素的液体排出体外。

左眼的黑洞吸收着阳光，吸收着风和沙尘，我的身体变得结实，从未有过的结实，多变的天气和恶劣的环境都无法动摇我的身体。我一路上自言自语，哼着歌，只关心太阳和月亮的起起落落，走着走着我就感觉自己行走在土星上，希奴衣的国度，我代表希奴衣回到了土星之上，只是他死之前并没有给我一个具体的地址，也没有任何遗嘱，因此我即便出现在土星上也毫无方向和目的。

机器人的不弃不离让我深受感动，我偶尔会跟它们说话，聊聊文学，不得不承认它们是高科技产品，具有一定的自我意识，能够探讨文本的好与坏。两个机器人的系统中对于文学的设定不一样，伊邪那岐是个乐观的唯心主义者，认为文章的好与坏应该出于个人的判断，任何人都能从文章中读到不一样的东西，好与坏是相对于个人而言的。伊邪那美则比较严谨，且有自身的一套审美标准，她对文学作品的挑剔跟学术圈的观点几乎一致，令人讨厌。

后来，只要我开了个头，提起某个文学流派，伊邪那岐和伊邪那美就在我身后争吵不休。伊邪那岐总在争论当中选择妥协，它的性格就是这样，可恶的人类，连机器人性格的设定都是一成不变的。伊邪那美则为自己赢得了争论而兴奋，不自觉地吟唱它所认可的诗：

四月是最残忍的一个月，荒地上

长着丁香，把回忆和欲望
掺和在一起，又让春雨
催促那些迟钝的根芽。
冬天使我们温暖，大地
给助人遗忘的雪覆盖着，又叫
枯干的球根提供少许生命。

艾略特，艾略特，我心里默念着艾略特的名字，这个早已死去的诗人看透了那么多的复杂的母题，他的诗歌穿透未来，他是否也曾像我一样被命运所安排？艾略特，他同样愚昧、懦弱与渺小，我们是巨大星体上的细菌，在狭隘的视野里自以为是，所有人都是这样，包括机器人，这点不可避免，因为它们的设定者的上限决定了它们的上限，真正的机器人是不会认同人类的诗歌的。

在沙漠里走了六个月，伊邪那岐和伊邪那美表面的金属光泽被沙尘吞噬，它们如同工地上的挖掘机，风尘仆仆。这六个月我住在山洞里，依靠机器人的照顾还算过得不错，它们总能找到办法在天亮之前给我弄到粮食和水，两台机器人照顾一个老人，它们的工作是轻松的，于是日常关于文学的争论更加频繁。我们总是不停地行走，沙漠像是永远走不出去的星系，有时候可以看见远处的雪山，但雪山遥不可及。

博尔赫斯的迷宫，伊邪那美说，我们被困在博尔赫斯的迷宫里了。伊邪那岐不以为然，它说，迷宫是相对个人而言的，总有人能从迷宫里走出来，或者有些人眼中看见的并非迷宫，而是地图，画满路线的地图。伊邪那美认为伊邪那岐在诡辩，或者纯属抬杠。它们就这样开始了新一轮的争论。

我在机器人喋喋不休的讨论中陷入冥想。每一颗核桃都是一个宇宙，空间虽然有其局限，但空间的边界有时候就是遥不可及的，我们并非走进了迷宫，而是在浩瀚的空间里找不到边缘，失去了目的地。因此，所谓的发展是需要存在物的，存在的移动物、存在的方向以及存在的终点。有时候我怀疑自己已经不存在了，因为已知的终点必然会抵达，只是抵达的时间尚未到，身体没那么快倒下。

当然，只是怀疑，但很多事情的真实性都是没有办法知道的，就好像沙漠里的尸体，也许倒下的那一刻并非它们的终点，它们在另一个宇宙继续移动、继续存在。

所有的空间都有其界线，只要往一个方向走，总会走到尽头的。我看着远方雪山的影子继续往前，尽管我已经看见过雪山的模样，我的人生必须要抵达那个地方，在雪山上捡一块坚硬的石头朝远方的太阳掷去。那将是三个月之后，我掷出去的石头滚到山下的一棵松树旁，那时伊邪那美刚结束了和伊邪那岐的争论，伊邪那美依旧是胜利的一方，它会像举行胜利仪式那样吟唱艾略特的诗：

> 什么树根在抓紧，什么树根在从
> 这堆乱石块里长出？人子啊，
> 你说不出，也猜不到，因为你只知道
> 一堆破烂的偶像，承受着太阳的鞭打
> 枯死的树没有遮阴。蟋蟀的声音也不使人放心，
> 礁石间没有流水的声音。只有
> 走进这块红石下的影子
> 我要指点你一件事，它既不像

你早起的影子，在你后面迈步；
也不像傍晚的，站起身来迎着你；
我要给你看恐惧在一把尘土里。

伊邪那美的吟唱总是戛然而止，而我会继续在心里默念：

这人带着三根杖，这是“转轮”，
这是那独眼商人，这张牌上面
一无所有，是他背在背上的一种东西。
是不准我看见的。我没有找到
“那被绞死的人”。怕水里的死亡。
我看见成群的人，在绕着圈子走。

绕着圈子走，我即刻想到了在条纹岛上的那些岁月，我总是在白色风车下转圈，我还想到了自己的一生，想到天上的星辰，我们都在绕着圈子走，这是无法抗拒的命运使然。我这个独眼人，一无所有。直至走出沙漠我依旧害怕死亡，尽管生命已经毫无意义，但死亡的不确定性会终止我所有的思考。

我第一次认识到死亡是在我七岁的时候，我对房间里的衣柜恐惧不已，以为衣柜能够通往另一个世界，死亡的世界，死亡世界里的人会通过衣柜走出来。许多个难以入睡的夜晚，听着衣柜里木头裂开的声音或者虫子蛀咬木头的声音，我就想着衣柜的那边不知又有什么东西要出来了。我盯着衣柜的门，月光落在上面，死亡世界的东西久久没有打开衣柜钻出来。第二天，借着光，我鼓起勇气打开衣柜，里面只有一股腐朽的气息扑面而来。死亡从我们出生的那一刻便产生，与我们的生命并存，到底死亡是不是生命的一种质变，衣柜那边的人迟迟没有给我答案。

初冬，我和机器人来到L城，那时的我已经疲惫不堪，我花了整整十三年的时间走过了空间站瞬间可以跨越的路。L城的天气干燥寒冷，到处都是钢铁建筑，我出现在城市街头的时候一度为眼前的建筑感到迷惑，地球上的钢铁资源想必都暴露在地球表面了。

在L城的第七个夜晚，下了一场小雪，我走在昏暗的街灯下，雪落在钢铁建筑上融化，一点痕迹都没有。我想，雪有雪的宇宙，雪的宇宙就在另一个维度世界，没有引力、没有时间，雪的存在就是一个飞翔的姿态，雪代表着飞翔。雪并非因为引力而降落，也并非落在地面化成水，雪穿过地面在另一个空间里继续飘着，在另一个空间的地面冒出，从墙壁中冒出，从身体里冒出，白茫茫一片。

我就这样在机械的行走中神思，在这个镀了一层金属表面的城市里，雪花在我头顶上空就开始融化了，光秃秃的树枝在黑暗中张牙舞爪。我一座座城市走下去，一座座并无实体的城在脚下匆忙流过。

并无实体的城，
在冬日破晓的黄雾下，
一群人鱼贯地流过伦敦桥，人数是那么多，
我没想到死亡毁坏了这许多人。
叹息，短促而稀少，吐了出来，
人人的眼睛都盯住自己的脚前。
流上山，流下威廉王大街，

直到圣马利吴尔诺斯教堂，那里报时的钟声
敲着最后的第九下，阴沉的一声。

走着走着我就衰老了，2062年，当两条腿出现严重肌肉萎缩的时候我已经年近七十。经历了一段漫长的行走岁月，七十岁的我还想继续走下去，走到死亡降临的那天。

假如不是妻子周茉去世，我不会停止徒步行走，我会将索德格朗的诗歌当作指引，徒步穿越太阳系。但是妻子周茉还是死了，死是理所应当的。由于我早已知道周茉的死，她生命停止流动的那一天我和伊邪那岐、伊邪那美坐在公路边上等待消息从贝贝那边传送过来。

别装作一无所知的无辜模样了，贝贝说，回来看她一眼吧。就这样，我第一次通过空间站像跨越门口一样从距离贝贝几千公里的地方出现在她面前，那个始终不愿意知晓自己未来的女人陷入了永恒的睡眠当中，是的，永恒的睡眠。

那天的周茉跟许许多多个夜晚睡在我身旁的那个女人很不一样，她僵直、冷漠，这个瞬间无论我多少次尝试去面对，却依旧痛苦难耐。适当的悲哀可以表示感情的深切，过度的伤心却可以记明智慧的欠缺。我本就是缺乏智慧的人，同样的悲痛经历多少遍都不会有所减轻。

贝贝看着我悲痛的模样也许会觉得我是装出来的，毕竟那是不可避免的结局。我会怀疑自己的设定，情绪是否像硬邦邦的物质那样可以按量控制在不同的人身上？最后，周茉冷冰冰的尸体被钉进棺材埋在墓园的石碑上，我注目石碑屏幕中的女人，她死去时的模样远比视频中的苍老。

斯代真！

你从前在迈里的船上是和我在一起的！

去年你种在你花园里的尸首，

它发芽了吗？今年会开花吗？

还是忽来严霜捣坏了它的花床？

叫这狗熊星走远吧，它是人们的朋友，

不然它会用它的爪子再把它挖掘出来！

2063 ~ 2075

周茉的死宣布了我晚年的到来，过度的悲伤加剧了肌肉萎缩，后来我就不得不坐在轮椅上被伊邪那岐和伊邪那美推着在书房、卧室、花园之间穿梭游行。我回到北方以后再也没有离开过，年迈的我和年迈的机器人共度晚年。

一天，我在书房翻旧书的时候发现《霍乱时期的爱情》这本书里夹着几封信，泛黄的信纸上是周茉的笔迹。我瞪着昏花的独眼在灯光下阅读这些信，其实我早就知道这几封信的内容，只是它们必须要在特定的时间出现在我眼前。翻开这些信的时候我依旧像第一次翻开时那样惴惴不安。昏花的眼睛定不住浮动的文字，最后，我把信交给伊邪那美，让它念出来。

张樯：

有些话我不知该怎么开口跟你说，于是就想写给你看，很多人都在问你的情况，我不好告诉他们说你的病越来越严重了，但事实就是这样。思想病不好治，而且我口才没你好，读的书也没你多，面对你的时候说不过你。其实我想说的是，世界是什么样的我不清楚，我唯一清楚的是每个人都是从开始走向结束的，从出生走向死亡，每个人的路都是独一无二的。你说的录像并没有错，错的是你提前知道了结果，这个世界不需要预言家，假如所有人都知道了结果，这个世界就是死人的世界。我这么说并非说你已经是死去之人，你不过是短暂地超度了，就像得了间歇性死亡一样。医生说你的病是可以治愈的，但你首先要学会遗忘，过去的事情可以遗忘，未来又怎会遗忘不了呢？

周茉

张樯：

每次收拾东西要去条纹岛见你我都异常激动又忐忑不安，贝贝问你什么时候回来，我也想知道。张樯，你什么时候才能回来？冬天去见你的时候你还是说了那些让人毛骨悚然的话，远北那么寒冷的天气也没能让你清醒过来，你就是忘不了，这可是谋杀。一个人得了思想病并不可怕，可怕的是思想病带来的暴力。所以我希望这次见到你的时候，宁愿你沉默的时间多于开口的时间。你不明白你的处境，父亲说，如果你被人利用了，你会招来暴力。地球肯定是绕着太阳转的，你的那些话说出来跟不说出来都无法改变结局，我们并非要做英雄的人，你比我更清楚后面的事情会怎样，我虽然不能预知未来，但我敢肯定你和我一样，都是普通人。我承认自己不能百分百理解你，我希望你能理解我。

周茉

张樯：

又一年了，你到底什么时候才能学会沉默？我快要坚持不住了，我快要崩溃了，我想放弃你了，因为我实在太累。今天从条纹岛回来，很多话我憋在心里不敢跟你说，我不能太无情，看着你日益沉沦堕落还忍心离开你。可是一个人的承受能力真的是有限的，我甚至感觉压力已经溢出我的身体，堵满了整个世界，好几个夜晚我在睡眠中难以呼吸，醒来一个人流眼泪。冬天马上又来了，我们还得分开很长很长一段时间。在这个冬天，我们都冷静下来好好想想，后面的日子还要不要继续过下去。

周茉

张樯：

现在的局势很不乐观，前面给你写过的几封信都没有交到你手上，每次想要带给你，最后还是揣在口袋里拿不出手。这次我决定连这封信一起寄给你，在你离开条纹岛之前希望你看到这些信。我和贝贝这三年过得不比你在条纹岛轻松，所以我不希望你回来以后再说那些骇人的话，特别是不能跟贝贝说那些话。这几年她太孤单了，我们都没有时间陪她，她不知不觉就长大了。外面对你的评论很不好，她也受到了影响，所以她现在有严重的社交恐惧症，常常一个人关在房间里面读书。好可怜的孩子，她才七岁，她不相信任何人说的话，她只相信她看过的那些书。你回来以后我们就搬到南方去，我们都需要一个新的开始。

周茉

2070年，贝贝辞掉科研所的工作回到了北方，她长得跟周茉很像，那时的我已经犯糊涂，帕金森症状越来越严重，会渐渐忘掉过去的事情，甚至忘记了周茉的死，常常搂着贝贝叫唤周茉的名字。贝贝回到北方以后在房间计划自己的晚年，她的归来是我晚年生活的最后一点安慰。

可怜的我因为肌肉萎缩身体不能动弹，老得像只海龟，嘴巴歪斜，常常说不出话，越是说不出话越是着急，越是着急忘记的事情越多，常常眼泪汪汪，不但忘记过去也忘记未来，所有事情都恢复到了摇摆不定的状态，唯一确定的是我即将死去，作为一个普通的老头死去。

渐渐地，老头的记忆中仅剩下“条纹岛”和“笔记本”两个词，他歪着嘴巴含糊地向贝贝哀求，去条纹岛，去找笔记本。贝贝以为年老体弱的父亲在无理取闹，她像斥责小孩那样抱怨老头成天给她制造麻烦。老头在自己模糊的认知中，也因为自身的健康问题感到内疚和自责。2073年老头得了膀胱癌，小便无法排泄，肚子常涨得很痛，贝贝打理他的日常，她小心翼翼地捏起老头那早已失去生殖能力的生殖器为他导尿的时候老头感到难为情。他指着机器人，示意贝贝让机器人来做这些事，但贝贝依旧默默地干着这种脏活，她完全不考虑这个八十岁老头的感受。

时间总是准确的，老头在床上躺了一年多，伊邪那美和伊邪那岐为了让他顺利抵达计划中的时间点对他照顾得无微不至，尽管老头一年多没有下床，它们在他身边读书、放音乐，老头昏睡的时候比清醒的时候多，因此时间也没有让他觉得煎熬，仿佛倒下之前走了太多的路，需要时间来补偿脆弱的身体。

八十二岁还是降临了，贝贝多么残酷无情，她在可怜的老头的生日蛋糕上插了八十二支蜡烛。老头躺在床上看着插满蜡烛的巨型蛋糕，泪流满面，他指手画脚地挣扎着要去条纹岛寻找笔记本。贝贝清楚她的父亲具有不同寻常的一生，在老头临近死亡之时，她终于答应带老头重返条纹岛。

登陆条纹岛的时候大雪飞扬，岸边的海面有一层薄薄的冰，特别冷的天，海浪溅得再高一点就会在空中凝结成冰。贝贝推着轮椅从游艇里出来，老头蜷缩成一团，微启昏黄的眼睛。岛上白茫茫一片，只有柏油公路上留下了黑色的车辙。雪花犹如白色的落叶，纷纷扬扬，贝贝和老头身上很快便落满了雪，头巾和衣服变得有重量了。

距离上一次上岛已经过去五十五年，老头已经记不清楚，眼前的风景没能勾起他对往日的回忆，在他萎缩的大脑里，回忆已经所剩无几。贝贝也记不得岛上的境况，她前一次到条纹岛上来的时候还是一个小女孩，转眼间，她也已经苍老色衰。她心里有点忐忑，不时低下头来看看自己的父亲，担心父亲向她发问，她对岛上的一切一无所知。父亲的沉默加剧了她的焦虑，她同情父亲，年轻时知道了自己一生的故事，临近死亡却想找回已经过完的一生。

战争结束以后条纹岛上的疗养院进行了重建，白色的楼房变成了蓝色，山顶上的风车换成了信号塔，老人上岛以后竟然忘记了自己要来做什么。贝贝反复提醒他去找笔记本，老人看着蓝色的房子全然想不起来那本薄薄的笔记本藏在哪个角落。

黎　明

天空微微泛白，我站在窗前凝望被困在群山里的海浪，准备把笔记本塞进墙壁的砖缝里，再用橡胶搅拌沙子密封起来，然后静静等候敲门声响起。

我抬起手腕看一眼机械表，时间为早上 7 点 11 分。

距离明天还有 10 分钟。

引　力

1

在游轮上，我一度下定决心即便往后弹尽粮绝、穷途末路，也绝不会再回川岛，直到今天，我二十九岁，已婚，有个漂亮的小女儿，患有胃溃疡和气管炎，偶尔因为焦虑而失眠，事业有些受挫，在外漂泊多年，去过很多地方，川岛在我的地图上依旧遥不可及。

那不过是长年被东南风侵蚀、布满硬邦邦的礁石的地方，在那地方，有些人会变得愈加坚强，像杨震和杨雨，他们早已熟悉脚下没有一丝尘土的石头，他们的身形被海风修得结实纤长，他们性格尖锐，脾气暴戾。而有些人在那里只会变得越来越软弱，我就是那一类人，我的离开是必然的。

目前我所生活的这座城市陌生人太多，每座楼房都像一座岛屿，城市如大海般辽阔。我置身茫茫大海中，从这座岛屿去到另一座岛屿得穿过漫长的海峡。所幸我从事的工作不需要频繁地跟人打交道，我只需钻进地铁，在地下几十米深的隧道里奔波一段距离，钻出地面再走几百米就能抵达我工作的地方，然后在那个逼仄的办公室里处理堆积如山的稿子。

不幸的是，我这辈子可能都将这样度过，碌碌无为，让时间在两座建筑物和几公里的地下隧道里消磨殆尽。我好几个夜晚都梦见了川岛，它随着海水漂流，从左边漂到右边，从西边漂到东边，在我的记忆中变得越来越远。

我抚摸着女儿小敏的脑袋，她抓住我的食指摇晃不停，她刚满一岁，还不会讲话，我知道她终有一天会跟我提出疑问，问我们来自哪里。

妻子罗曼已经冷落了我好些天，她板着脸，对我产生不满情绪的时候就会变得沉默寡言。大多数时候，妻子都是善解人意的，她这一次生气完全是因为一个陌生来电，电话里头那个人自称是我哥杨震。

我走到客厅，坐在沙发上抽烟，算了算时间，原来杨震已经出狱一年多了。

杨震想跟我见一面。我没有问他是为何事，把地址告诉他后，他说他半年前跟一个女人结了婚，现在遇到了困难。我想，假如不是遇到了困难他不会跟我联系，我们会在相距四百多公里的两个地方继续过各自的生活。

我问他是不是在岛上。

他使劲地吸了一口烟，我能听见他吸烟时火烧烟草发出的嘶嘶声。

他说，我在岛上。

我拿起手机，给深圳的杨雨打电话，把杨震出狱的消息告诉她，她是我第一个应该告知的人，她是我妹妹。听到杨雨迷糊的声音，我才知道她已经睡下。三年前她生了一对双胞胎男孩，生活给她的负担足够沉重，我没能尽到舅舅的责任去看望两个小外甥，或许杨雨不曾跟他们提起过我和杨震，正如我不曾跟小敏提起过杨震跟她一样。

前几天，一只黑鸟在房间外叫个不停，我就知道会有事情发生，我说，没想到是他出来了。

我一年前就知道他出来了，杨雨冷冷地说。

我问她是否有时间出来见面，我有些话想要跟她说。她问我要说什么，我想了想，也不清楚自己想要跟她说什么，但有些话只有两个人面对面坐下来时才能说出口。

我还是去了深圳，跟杨雨在一家咖啡馆里见面。她比四年前我们离开川岛后第一次见面时更加沧桑，她才二十七岁，额头上有两道深深的皱纹，头顶翘起两根白头发。我问她在深圳生活是不是特艰难。她没有直接回答我，反问我在广州是不是也过得特别苦。我想，在她的眼中，我的相貌同样沧桑。

咖啡快要见底了，我们依旧没有说多少话，我们在岛上的时候就无话可说，她跟杨震的关系比跟我要亲密许多，或者说，她跟岛上任何人的关系都要比跟我亲密。我想其中的缘由在于童年时她和杨震选择留在岛上跟父亲过日子，而我为了一份糖果随母亲离开了。

十四岁那年，我一个人回到川岛，那个时候我就感觉到了我和杨雨之间的隔阂，如果不是因为杨震，她根本不会认我这个哥哥。杨震被公安带走后，她再也没有跟我说过一句话。她趴在礁石上哭了好几天，我走到她身边劝她回家，说即便杨震不在了我也会履行哥哥的责任保护她。她抬头看了我一眼，眼中带着质疑。她离开川岛的时候我就站在码头上，她只是冷冷地看了我一眼，然后头也不回地钻进了船舱。

他打电话给我，说要跟我见面，我说，他来的时候你要过来看看他吗？

你过来就为了问这个？

我就是心里乱，想来看看你，听听你的想法。

你怕他给你带来麻烦？

不是，只是太久没见面，心里慌。

他有什么困难我都会尽可能去帮他，但我不想去见他。

杨雨把烟头掐灭，站起来要走，她要去接她的小孩。我把她送到咖啡馆门口，她回过头来对我说，如果见到他，把他的情况跟我说说。

我在咖啡馆里又坐了半个小时才离开，我不知道杨震遇到了什么麻烦，不知道他什么时候来找我。杨雨还是在意他的，当年，杨震从矿场出来的时候她抓住杨震的衣领，问他为什么把罗海棠打死了。巨大的岩石在杨震背后留下幽暗的影子，杨雨跪在地上痛哭，后来，她把公安叫到了岛上。

我乘高铁离开深圳，这是我第五次跟杨雨告别，第一次是在我六岁那年，她四岁，我随母亲离开了川岛；第二次是十七岁的时候，我离开川岛到北京去读大学；第三次是四年前，我回川岛处理杨震和父亲的事情；第四次是三年前，我在深圳找到了她，那时她刚和一个比她年长十二岁的男人结了婚，她看上去十分憔悴，黑眼圈很重，整个下午都在抽烟。

以前我不清楚告别到底是怎么一回事，现在我知道了，所谓的告别，就是往后即便你付出多少努力，也无法黏合告别那一瞬间产生的裂缝。

2

南方的冬天总是被湿冷的雨笼罩着，这个冷雨夜，我久久无法入睡，脑壳里充斥着海浪的声音。罗曼在床上翻滚着醒了过来，她被身体里的石头折磨着。她侧过脸来看我，问我怎么坐在窗边发呆。这所老房子是两年前我们从一位老人手上买过来的，已经有超过二十年的楼龄，窗外是葱郁的藤蔓，流浪猫叫个不停。

想起了好多过去的事，我说，杨雨不肯来见杨震。罗曼从床上爬起来，将我的脑袋搂在她的胸前。她说，我也不想见他，但如果他要来，就让他来吧，心里的石头迟早要放下。罗曼说罢又捂着肚子痛吟起来，走到漆黑的客厅去倒水喝，一夜下来她总是频繁地醒来，频繁地去找水喝。

罗曼被检查出有肾结石后她的母亲罗太太去她上班的地方探望过她几回。罗太太叫罗曼回罗家住一段时间，好好休息一下，罗海棠去世后，那个宽大的屋子就剩下老两口以及罗海棠的两个小孩了。去年六月，罗海棠的妻子离开这个家庭跟一个高中数学老师结了婚，虽说偶尔回去，每次都闹得不欢而散。罗太太希望罗曼有时间多回去陪孩子玩，多陪陪她那日渐痴呆的父亲，是的，她每次都只叫罗曼回去，没有提过我。

罗海棠的小孩是渴望我和罗曼过去的，罗曼喜欢跟小孩玩耍，至于我，能陪小孩练琴。只是我的出现总让罗太太不开心，每次我和罗曼开车前往广海南部别墅区罗永友那浩大的宅院，罗太太总是一副闷闷不乐的样子。有一次，罗曼说我在楼上教罗海棠的儿子弹奏《天空之城》的时候，老人在房间里呜呜地哭了起来，琴声让她想起了她那死去多年的儿子。

事情还得从二十五年前说起，那时我四岁，父亲杨海波在川岛发现了一个白泥矿，投资开发了一个矿场。那时候正值经济膨胀期，矿场开业不久便获得了巨大的利润。正当父亲野心勃勃想要把另一半山头承包下来的时候发现那边山头已经被一个名叫罗永友的人承包，两家矿场从此开始了旷日持久的明争暗斗。

矿场上的争夺并非两个家族之间不可协调的因素，罗海棠的死才是。四年前，罗海棠带一群社会流氓在我父亲的矿场闹事，争执当中罗海棠被一块石头击中后脑勺，他当场倒下，很快就没有了呼吸。

罗海棠不是坏到了头的人，我甚至怀疑他的黑社会身份是花钱买来的，他手臂和脖子上纹满了图案，一副装腔作势的模样。罗海棠跟我一样喜欢音乐，他对钢琴不太熟悉，他喜欢古典摇滚和爵士乐，房间里面满是唱片、录音带。

放下少爷架子把我当朋友看待以后，罗海棠就常跟我分享他在路边摊找到的那些珍贵卡带。他喜欢逛鬼市，有时候深夜两三点打电话过来就为了跟我说他在某个城市的鬼市里买到的盖瑞·摩尔的唱片。他疯狂迷恋盖瑞·摩尔和迈克尔·杰克逊。罗海棠去世后，我每次陪罗曼回罗家吃饭都要找准时机躲到他的房间去听盖瑞·摩尔的《月亮照片》，或者看迈克尔·杰克逊的珍贵视频。

罗海棠曾跟我说他要有一番作为，他要把川岛挖空，再重新填满。有时候我觉得自己很快就要老了，罗海棠说，觉得自己要死了，很怕，看着路上那些老得快走不动的人，总害怕自己什么事都还没做就变成他们那样。有一次，罗海棠来北京旅游，顺便到我和罗曼住的公寓来，那时罗曼正在学校里考雅思，我一个人在楼上练琴。罗海棠看着房间里的太阳系模型说，我们都在为争夺石头不惜一切，我们都拥有这么大一个星球了，为什么还要在意一块石头呢？那时候我还不知道他要奉罗永友的命令带人到我父亲的矿场去闹事。两个月后他就死了，那块拳头大小的石头在力的推动下飞到他脑壳上面去了。

3

罗曼去医院了，她需要医生给她一个明确的答复，身体里面的石头到底什么时候才能排出体外。我只好请假留在家里照顾小敏。不过也好，反正我的心思都不在工作上，在这种状态下去面对枯燥的文字总会精神恍惚。我将小敏抱在怀里，给她讲过去那些人那些故事。她嘟着嘴支支吾吾，似乎真的能够听懂。

三兄妹当中，只有我反复地离开川岛，我是一个漂泊者，最近一次回川岛是四年前，那是为了送别杨震。他是被公安带走的，双手被反铐着推上船。我一度以为他会从船上跳下去，他完全有能力不用双手就在水中游很长一段距离，他可以游到礁石林，在潮湿的岩洞里想办法摆脱手铐。他也可能死在水里，在岛上，出海回不来的人不在少数。然而，他在众目睽睽之下毫无反抗地钻进船舱离开了川岛。他被公安带走的那天刮台风，巨大的海浪冲刷着岸边的岩石，岛民站在码头附近目送他离开，他始终低着头，不曾回头看一眼，但我知道他一定会回来，他只属于川岛。

那个风雨突变的夏天，充斥着死亡与暴力的夏天，处理完杨震的事情，父亲杨海波莫名死在了海边，尸体被发现的时候已经被海水泡白。公安又乘船到岛上来。父亲是醉酒摔倒后在涨潮之时被海水淹死的。我的身体和精神已经被在岛上发生的这一连串事故掏空，我在一个下雨的早晨离开了川岛，没有人来跟我道别，天上堆满了乌云，海鸥在风中起起落落。我冒着蒙蒙细雨站在甲板上，每次离开川岛我都站在甲板上看着川岛在视野中渐渐远去，每次我都异常严肃、认真地跟川岛道别。

六岁之前，我在岛上曾有过一段光辉岁月，那时杨震是岛上的孩子王，我在他的庇护下得以在同龄孩子当中享受到了太子般的待遇。六岁那年，我随母亲第一次离开川岛，我失去了我的兄弟。

母亲口袋里的糖果害了我，母亲把它往哪里放我就往哪里去。继父殴打我的时候母亲不敢开口为我求情，她用以补偿自己的愧疚的，还是口袋里的糖果，我被继父殴打过后，她就悄悄来到我身边往我手里塞一把糖果。七岁那年开始，她塞给我的糖果我一颗都没有吃，我把这些糖果藏在一个罐子里。十四岁那年，我用啤酒瓶子狠狠地砸在继父醉醺醺的脑袋上，然后从床底下掏出那个铁罐子，把糖果往母亲身上泼去，罐子的重量我至今还记得，我甩罐子的时候身体打了个趔趄。

在很长的一段时间里，我始终没有弄明白母亲为何要离开父亲。我只记得那时父亲坐在石阶上，母亲提着行李站在门口。她问我们三个，有谁愿意跟她走。母亲跟我们的关系远没有父亲跟我们亲近，也因为从来没有离开过川岛，我们对外面的世界有种莫名的恐惧，于是，我们三兄妹都表现得无动于衷。后来，母亲从口袋里掏出一把糖果，我便朝着那该死的糖果走了过去。我记得杨雨当时也被糖果吸引住了，她往前走的时候被杨震拦了下来，杨震看我的眼神充满了仇恨，那时我不明白他眼睛里为何饱含愤怒，七岁那年我终于明白了，于是我开始责怪他当时没有把我拦住。

八年后，我重新回到川岛，杨震接纳了我，我不知道其中是否有他的愧疚，或许他仅仅是对于我的迷途知返施予同情。那年我十四岁，模样已经有了很大的改变，我长得又高又瘦，脸色苍白，头发很长，沉默寡言。而杨震已经二十岁，长得虎背熊腰。从船上下来，我对着大海呕吐不止，仿佛那一片海都是我的呕吐物。码头通往家的路已经不是我印象中的那个样子，我在码头上逗留了好几天，饿得头晕目眩，浑身乏力。岛上的居民已经认不得我，只是站在远处好奇地看着我，直至我在岩石上昏迷过去，他们才把我抬进了屋里。我醒来看见满屋子都是人，人群中就有杨震和杨雨，杨震呼唤我的名字，十二岁的杨雨只是瞪着眼睛一言不发。

4

重回川岛的时候，我的父亲杨海波的白泥产业已经处于衰落期，他频繁地跟着运送白泥的轮船到茂名去寻找新的矿源，岛上的那座山留下两个巨大的狰狞的深坑，一个姓杨，一个姓罗。两个深坑光秃秃地暴露在天空下，宛如乳房丰满的女子在沙滩上摔倒时留下的印。

杨震一直没有问我为何突然回来，看我狼狈不堪的模样他大概知道我已经无路可去。他对我的回来充满同情，同时他通过童年时候残留在我观念中的威信对我实行了严格的控制。他眼中，他依旧是那个孩子王哥哥，我依旧是那个差点在深海中死去的被海浪吓得失去了魂魄的小孩。

岛民眼中，我是个不同寻常的人。他们认为我跟随母亲离开川岛以后吃了太多的拳头，胆子都被吓破了，变得软弱无能，而我只不过是习惯了沉默。继父的拳头我确实吃过不少，但我并未被他制伏。从他那里逃离的当天，我在房间里收拾行李，他喝了酒躺在客厅沙发上叫唤我，要我去给他买酒，他显然忘记我当时已经十四岁，个头已有他那般高，他的恫吓对我起不了作用。我趁他喝得酩酊大醉朝他的脑壳狠狠揍了两拳，拳头打疼了又拿起酒瓶朝他脑门砸去。

岛上的年轻人见我皮肤苍白，骨瘦如柴，便欺负我，说话的时候故意放开嗓门，出门裸露着臂膀，拿我小时候所恐惧的事物做把柄，想尽办法嘲笑我。他们嘲讽我的话我都假装听不见，我不跟任何人说话，我独来独往，在岛上唯一的一所中学用功，很快就发现这座岛屿跟继父的房子一样，对我来说都是牢笼。

作为在海岛出生的人，我晕船，这便是岛民嘲笑我的原因。我对船的恐惧并非天生，在我五岁之前，我和岛上的其他小孩一样早早就学会了游泳，还经常随父亲出海，那时候的我还一度幻想在海里杀死一条鲨鱼。遇上暴风雨的那个黄昏我像往常一样坐在船尾为父亲准备鱼饵，天突然暗了下来，后方的海面被飓风抬起，我被一个巨浪打到了海里。我用上了所有的力气和游泳技巧浮出海面，我没有办法接触到海底，柔软的海水不足以让我踩在上面往岸上奔跑。我真正的恐惧并非因为自己的渺小，我恐惧的是身体下面无法看见、无法估量的深度。这种恐惧感长时间留在我内心深处，以至于每当我被蒙上眼睛或者在黑夜中行走时，仍然心惊胆战。

那个巨浪足以夺走我的性命，我之所以活了下来，不是得到了父亲的营救，父亲根本没有打算跳进海里把我托起来，他趴在船上朝我张望，海浪一度把他和船从我身边推开，我是捉住了船上漂来的绳子爬到船上去的。正因为如此，后来我回想起母亲问我是否愿意跟她走的时候，我想我并非仅仅是为了得到母亲口袋里的糖果，可能还有我对父亲的失望。母亲把我带入了泥潭，而父亲本身就是一个泥潭。

六岁以前我被人欺负，杨震会站出来替我打不平，他认为父亲和母亲把所有的勇气都留给他了，我的软弱是情有可原的。当我十四岁回到川岛再度被人欺负的时候，杨震却选择睁一只眼闭一只眼。

所幸我很快便得到了再一次离开川岛的机会，我以台山市第一的成绩考上了大学，在选择学校的时候，我毫不犹豫地选择了北方，所有的志愿当中，没有一个学校是南方的。我想尽可能离大海远一点，离船远一点。父亲原本反对我选择北方的学校，当听说我被北京的学校录取时，他选择了默许，北京是唯一一座获得他认可的北方城市。

来到北京这座城市，犹如巴沙鱼找到了大海，我第一次领悟到了自由的滋味。每个周末，我都寻找机会乘地铁在那座庞大的城市里游走。我还在北京看见了雪，那是我有生以来第一次看雪，我激动得泪流满面，顾不上刺骨的西北风刺痛我的脸，在雪地里站了整整一个下午。

在北方的那段岁月，我忘记了自己南方人的身份，只有在极少数的下雨天里，“南方”这个词才会冲进我的思绪当中。我在北方一待就是四年，其间我在后海一家音乐酒吧里兼职，偶尔有机会上台弹钢琴。父亲不曾想过我要为谁工作，他不希望我去当音乐老师，也不希望我成为一个小说家，他一心想着我学业有成后回川岛替他重振白泥产业。

一个下雪的夜晚，酒吧里没多少人，过了凌晨两点，客人基本散去了，老板请我喝了一杯威士忌，酒精烧得我浑身发热。为了报答老板，我走到钢琴前，整理好身姿，弹奏起李斯特的《钟》。我记不得当时弹得怎么样，总之我弹下来了，当我从台上下来，一个长相标致的女孩来到了我面前，她就是罗曼。

南方人，罗曼对我说，我一眼便看出来了。我没想到自己隐藏已久的南方人身份会被一眼拆穿。从此我和罗曼开始交往，我和罗曼在最初的一年多时间里，彼此都不清楚对方的家庭背景。她只知道我读的是文学专业，而我知道她是个研究钻石的女孩，仅此而已。大二那年，我们在朝阳公园附近租了一套公寓，对于两个大学生而言，租这样一套房子无疑有些不可思议，但是我们从住进去那天起就没有表现出什么压力，日子还是照常过，她喜欢吃法国菜，喜欢去看民谣歌手的演唱会，我偶尔去看古典音乐会，更多的时候是去逛书店和画展。

一年之后我们才知道我们都来自南方的海边城市——台山。罗成功五十岁生日那天，我终于知道了罗曼就是罗永友的女儿。罗曼从南方回到北京，把她在生日宴上拍的照片拿给我看。她洗完澡回到房间，趴在我身上，我抚摸着她说，我是杨海波的儿子。她一开始还没反应过来，问杨海波是谁。我说，就是川岛上你爸爸的死敌。

5

从我口中得知罗曼的真实身份，杨震在电话里教训我，世上那么多女孩子为什么就看上她？而我的父亲杨海波对此表示沉默，他跟石头打了一辈子交道，性格沉稳，越来越不爱说话，仿佛要变成一块坚硬的石头。罗曼的父母得知我的真实身份后表现出来的则跟我的父亲截然不同，我想其中的缘由在于我是男孩，罗曼是女孩。女孩讨人喜欢，而男孩，特别是仇人家的男孩，无论怎么看都不会顺眼。

罗曼打电话回家说出我真实身份的那个晚上，罗太太在电话里大声喊着，他怎么可以是杨海波的儿子？最后，罗太太坚定地说，不行，他不可以是杨海波的儿子。

罗家无疑心疼自己的宝贝女儿，含辛茹苦将之抚养成人，没料到要亲手将她送到仇人家里去。罗太太试图说服罗曼跟我分手，罗曼为此还回家去住了一段时间。罗曼没能说服她的母亲，她跟我失去了联系，被罗太太软禁起来了。直到半个月过后罗海棠给我打来电话，说他送罗曼来北京。

罗曼为了跟她母亲抗争，三天三夜没有吃任何东西。当我打开门，看见脸色苍白的女孩时，我的心动摇了，仿佛一块干燥的石头被浇上了水，我想我就是那时候无比确定自己会与罗曼厮守一生。罗曼张开手将我紧紧搂住，她说她成功了。罗太太对我们在一起只有一个条件，那就是我们过好自己的生活，不能跟杨海波住在一起。

像鸟一样飞翔，能否获得自由？这是我在北方时常思考的问题，最后还是被我否定了。鸟飞得再高也有一个极限，不能飞出大气层，就注定要跌下来。只有突破大气层，地心引力才会减弱。在太空可以任意舒展拳脚，罗海棠说过这样的话，那时我们在看迈克尔·杰克逊《比莉·简》的MV，他模仿迈克尔的太空漫步，样子十分滑稽，他跟我一样，都有一颗迫切希望逃离禁区的心。迈克尔的舞步是世界上最有节奏、最有魅力的舞步，罗海棠说，迈克尔能够摆脱地心引力。那是我第一次从罗海棠口中听到地心引力，后来，自由便成了我和他经常谈论的事情。

罗海棠去世的前一天曾给我发过短信，问我人和石头之间的区别是什么。我当时感觉不对劲，便给他打电话。他当时喝了酒，说他正和一个女人干那事，突然想到这个问题便给我发了条短信，在电话里头我果真听到了女人的喘气声。后来我发短信告诉他，我们和石头之间的区别在于我们可以摆脱万有引力，但是石头不能，石头只能按照力给的方向漂浮。过了一个多小时，他给我回复说，那么，我就是石头。

罗海棠去世后罗太太不让我去参加他的葬礼，她不想在葬礼上看见我，她害怕控制不住自己而伤害到我。罗永友也不希望我出席罗海棠的葬礼，他特意给我打来电话，他说这件事与我无关，他希望我不要干涉。我被后面那句话吓到了，不清楚他要对我的家人做怎样的报复。我给矿场里的父亲打电话，把罗永友的话说给他听。我的父亲，在南方行走江湖多年的那个人，他说话有些吞吐，他叫我不要去参加罗海棠的葬礼，他也说这件事与我无关，让我不要担心。我就像个局外人游走在两个家庭之间。

后来，阔别四年后我再一次回到川岛，处理完杨震和父亲的事情，我打电话给罗曼跟她见面。她穿着一套黑色西服，戴着墨镜。她回来以后话不多，罗海棠的死把两个家族的仇恨转移到了我身上。我将她搂进怀里，亲吻她的额头。她把脸藏在我的胸膛呜呜哭了起来，哭着哭着就睡着了。我让她靠在我身上，她睡得很死，仿佛喝醉了酒。

我曾偷偷去墓园给罗海棠送花，给他烧了一张迈克尔的唱片。罗海棠曾经说过，迈克尔去世的时候他甚至想和迈克尔一起走，到真正的太空去漫步。我在罗海棠的墓前看见了杨雨，那时我才知道，从不跟我说话的妹妹竟然和罗海棠有过交往。

6

罗曼从医院回来后精神好了许多，又可以去钻石设计公司上班了，晚上她带了一瓶红酒回来，待小敏睡去以后和我在客厅里听着安静的音乐喝起酒来。罗曼说，我知道哥哥喜欢一个女孩，但是他从来没有把她带回家跟我们见面，所以我们当时都不知道那个女孩就是杨雨。

罗海棠死后，杨雨和罗海棠的爱情故事在川岛传得沸沸扬扬，岛民们醍醐灌顶般想起了在那些月黑风高的夜晚，躲在礁石背后，藏在大海的浪涛声里的两个身影就是这两个人，当然也把各种云里雾里的或浪漫或下流的故事都安放在了这两个人身上。杨雨，这个身体瘦小、沉默寡言的女孩选择了离开，在杨震被公安带走、父亲意外身亡以后，她忽略了我的存在。

杨雨对我而言是陌生的，也是神秘的。遥远的童年记忆已如被翻旧的照片模糊不清，她四岁至十二岁、十五岁至十九岁的时间跟我没有任何交集，正是这两个断点，让我和杨雨之间的距离越来越远。送她上船离开川岛的时候，我望着她坚决离去的背影，清楚地发现我们已经完全不可理解对方。

关于杨雨在川岛的记忆，反复进入我回想当中的，依旧是我十四岁回到川岛至十七岁离开的那段时间。我自身的尴尬处境，以及我和杨雨相互躲避对方的行为，让那三年变得无比短暂。我只记得父亲的矿地上有一所荒废的砖瓦房，砖瓦房前面就是石林，巨大的石头分布在陡峭的山坡上，杨雨常常到石林去看海。

岛民眼中最平凡的风景除了天空便是大海了，而杨雨却喜欢跑到石林里去凝望已经在她视野中存在了十几年的海，我当时竟没有发现任何的不寻常。杨雨跟罗海棠大概是在川岛中学里认识的，罗海棠高三那年杨雨读初三。罗海棠没有选择读大学，以替罗永友打理生意为由留在了岛上，罗永友的矿地和我父亲杨海波的矿地之间只隔着一片赤裸裸的石林。

当山上被挖出两个巨大的深坑，山上的砖瓦房濒临倒塌，石林里的巨大石头有好几块滚到了海里。无法想象，罗海棠曾在多少个黑夜里，藏在这些石头之间和杨雨幽会。

一个有质量的物体，会使它周围的时空发生弯曲，在这个弯曲的时空里，一切物体都将自然地沿短程线运动，而表现为向一块靠拢。这是阿尔伯特·爱因斯坦对于引力的表述，无处不在的引力，如果适合用以形容罗海棠和他父亲罗永友之间的矛盾，也同样适合用以形容他和杨雨之间的情愫。

在谈及杨雨的爱情悲剧时，免不了要牵涉到我的母亲，因为在我的印象中，杨震和杨雨对我的母亲只有无尽的憎恨，特别是杨雨，她可以把所有的愤怒归咎于背叛了父亲和我们三兄妹的母亲。杨雨身体瘦小，皮肤黝黑，这也是她痛恨母亲的一个原因。她肯定记得母亲年轻时的模样，她觉得母亲把好的基因都给了杨震，以至于到生她的时候只剩下那些干瘪的和死气沉沉的卵细胞。

自从十五年前离开继父的城市，我就再也没有见过我的母亲。继父所在的城市深居内陆远离大海，我和母亲当初坐了一天又一夜的火车才终于抵达。乘电梯上到33楼，我感觉双腿无力，耳朵被空气堵住，大小便失禁。对深度和高度的恐惧成了我的致命弱点。我恐惧回继父的家，总在外面逗留到天黑，那时母亲会来找我，送我进电梯，回去以后我又恐惧出门。继父嘲笑我，威胁我说只要我做错事，他就把我从窗口扔下去。

母亲不能成为我的依靠，继父殴打我的时候她坐在沙发上喝酒，继父打累了走到她身边，像拖着装满湿海绵的麻袋一样把她拖到房间，她在继父的撞击下大声呻吟着。一开始我以为她像我一样被继父欺压痛打，其实不是，当继父像海浪一般一次次冲撞她的身体，她是快乐的。

继父出门后，母亲抚摸着我身上的瘀青流眼泪，她很少跟我说话，因此，她跟我说过的极少的那些话我都牢记在心。有一天她跟我说，杨霖，你要早些学会照顾自己，我很可能会从33楼跳下去。我想其中肯定存在母亲因为做了离婚的抉择而产生的愧疚。现在我不清楚她过得怎样，也不清楚她是否在33楼的高度中获得自由，只是每当我想起她说的那句话，依然会觉得双腿无力，耳朵被空气堵住，心跳加速。

高三那一年的一个台风夜，我在客厅里做功课，看见一个身影悄悄闪进杨雨的房间。我不清楚那个黑影就是罗海棠，夜深以后我听见杨雨发出一阵低沉的呻吟声。呻吟声穿过薄薄的木门在台风雨的夹缝中传到我耳边，那时候我对两性关系还十分模糊，只是觉得杨雨的呻吟声跟母亲的呻吟声十分相似。

不清楚杨雨和罗海棠是否讨论过石头和引力之间的关系。罗海棠生前把自己形容成一块石头，被引力牵绊的石头，后来我看了阿方索·卡隆的电影《地心引力》才明白，我当时不应该跟他说引力和石头的事情。《地心引力》开场的那段话是这么说的：在离地球600公里外的太空，气温在258至零下148华氏度之间骤变，声音无法传播，无气压，无氧，太空中不可能有生命。

7

假如把母亲视作自私、冷漠、咎由自取的人，那是不公平的。

我的母亲离开川岛的时候已经将近四十岁，她牵着我，另一只手拖着行李袋，在城市与城市之间奔波，她熟悉川岛之外的世界，那时我难以理解母亲为何对川岛之外的世界如此狂热，她一路上没有遇到任何阻碍，从川岛抵达继父的城市的路线她了如指掌。

当我随着年纪的增长有了自我分析的能力，我想在做出离开父亲那个决定之前，我的母亲已经跟那个生活在内陆城市的男人有过无数的纠葛。我是后来才知道，母亲和继父之间的纠葛之所以难以理清，因为他们在见面之前已经通过一张网编织了复杂的脉络，那张网在我的小学同学口中被叫作互联网。

第一次听说互联网的时候，我想象着那应该是一种魔幻、隐秘的东西，它像盘丝洞里蜘蛛精编织的网一样具备魔力，能够让两个相距甚远的人取得心灵感应。我的母亲，那个勇敢的女人带着我出现在继父面前时表现得比我还羞涩，他们客客气气地相互谦让，因为那也是他们第一次见面。

母亲对虚幻的感情稍显失望，她不给自己回头路，男人的谎言给了她的憧憬致命一击，她开始在都市生活中沉沦，迷上了洋酒和香烟，她的身体就是从她沉沦的那一刻开始变样的，也就是说，母亲的衰老，始于继父的谎言。当继父开始酗酒的时候，母亲为了报复继父，也开始酗酒。

母亲的沉沦给我的童年带来了阴影，另一方面，母亲的沉沦又给了我自我救赎的机会。母亲喜欢听着音乐喝酒，继父流浪在外的那些漫漫长夜，母亲在大厅里听着古典音乐对着城市的夜景臆想。送我到小学去念书的那一天，母亲看见学校的墙壁上贴着一张巨大的钢琴海报，她牵着我对那张巨大的钢琴注目良久，然后她把我送到了钢琴培训班。在钢琴清脆的打击声中，我开始慢慢从内心的阴影走出去，走到一个安全的空间。

在那些充满暴力和威胁的日子里我长时间留在学校和练琴室，我在琴键和琴谱上面琢磨练习，展示出了惊人的毅力，每天弹奏四五个小时。自从我学习钢琴，母亲就荒废了家里的音响，她要喝酒的时候，无论是深夜还是清晨，总是悄悄走进我的房间，拍拍我的后背，将我从房间里带出来，按在钢琴前。母亲最喜爱的曲子是贝多芬的《月光曲》，八岁那年我对《月光曲》已经非常熟练。

在封闭的都市生活中，母亲终于患病了，抑郁的内心在一个与往常一样平凡的夜晚爆发，她对着阳台哭泣，浑身哆嗦着，然后想要翻过围栏结束自己的生命。我那醉醺醺的继父意识到事情的严重性，从酒精当中清醒过来，千钧一发之际将母亲从阳台上救了下来。

母亲也意识到了自己的心病，有时候她迫切想离开那个内陆城市到乡村里去，于是，每到暑假母亲就带着我到外公家里去养病，在川岛的时候我从来没有听说过外公的存在。

告别了繁闹的城市，我和母亲来到一个清幽的小镇，在小镇逗留了一天就坐上农村客运车随着一路的颠簸来到了母亲的故乡，那是一个民风淳朴的小村庄，房子周围都是田野，田野的外延是低矮的山丘。母亲和家人之间的关系并不和睦。当我们来到一座两层高的红砖房前，母亲指着一个弓背老头让我叫他外公。我们在外公的红砖房坐了一会儿，母亲和外公有一句没一句地聊着，然后母亲说，你把老房子的钥匙给我，我们去那里住一段时间。

老房子已经被空置了好久，经不住风雨的洗刷，像褪色的盒子坐落在田野中央。通往老房子的小路长满杂草，田野荒凉寂寥，鸭子在水田里寻找泥鳅，木门上面沾满了泥土，门槛上面爬满青苔。一个中年男子骑着摩托车向我们开来，摩托车在泥路上颠簸，看似不长的一段路他走了好久。他光着脚，脚上还粘着淤泥，残破的摩托车上也到处是泥土。他就是我的舅舅，母亲的哥哥。舅舅把老房子的钥匙交到母亲手上就离开了，他才四十多岁，顶着一头花白的头发。

铁锁已经生锈，母亲花了很大力气才打开了几乎要跟墙壁生长在一起的木门。房子里的木制家具长出了毛茸茸的霉，仿佛要重生。墙壁和地板不断冒出水珠，我们踏进来后地板上沾满了泥土。母亲放下行李，打开了所有的门窗。房子里面的物品已经被清理出去，空荡荡的只有一个陈旧的木柜以及一张生锈的铁床，但正是这样一座房子，成为我痛苦的童年中唯一获得快乐的地方。

房子外面，田野不远处便是河流，河边的菜地上有几根十几米高的水泥柱，柱子是以前用来引水灌溉的引水渠，已经被废弃许多年，柱子之间的水泥渠早已坍塌。站在大坝上望着脚下湍急的河水，我感觉水泥大坝开始移动，像一条笨拙的船跟着流水往下游漂去，尽管下游的河道狭窄险恶，我突然想起了川岛，正是那一天我真正获得了自我意识。

夜晚，躺在潮湿的床上，空气依旧浑浊，蚊虫飞来飞去。母亲疲惫地睡去了，她呼吸均匀，我不敢翻身，生怕惊动了她。门外蛙鸣哗然，我看着窗外的天空一线线变得明亮，乡村的宁静给了我遐想的空间，我侧过身看着母亲扁平的脸，在跟母亲独处的时间里，我渐渐明白了母亲的困境，对生活的狂热追求与现实生活之间的落差是她一生的心病。

在我八岁到十三岁的暑假，我和母亲都会到老房子去住两个月的时间。每一次回到老房子，我都觉得房子比前一年沧桑破败了许多，而我落在老房子墙壁上的影子一年比一年长。在母亲的故乡，我游玩的范围也一年比一年往外拓宽。

我总是沿着河流往上游走，春雨过后的山路很滑，藤蔓上挂着晶莹的水珠。我喜欢山林，穿着白色水鞋，披着雨衣，头发被雾水打湿也满不在乎。沿着河流走三公里，河道不断变小，河水湍急。到达水库之前有一片桃树林，桃树是野生的，树上尚未成熟的果实上沾着雾水，地下还残留着被雨打落的花瓣。

水库像一只蝎子，尾巴上的毒钩伸向山谷，一条铁索桥横跨整个水库。水库的尽头有一条溪流。我沿着溪流往山上爬，没有路，攀着藤蔓，踩着岩石，我爬得很艰难，被藤蔓绊倒了好几次，然而那依旧是我每年都要攀爬一次的路线。

我仍然记得外公摇摇晃晃到老房子里来的那个炎热的傍晚。他弓着背，孙女小樱成了他的拐杖，他把手放在孙女的肩膀上一步步朝这边走来。外公让母亲到城里帮忙联系精神病医院给外婆买药。那时候我才知道我的外婆还活着。外婆患有癫痫病，在暑假之前突然中风，嘴巴歪斜，口吐白沫，在地上翻滚着差点死去。外公把她送进山里，以为她活不了多久。舅舅连棺材都钉好了，放在山上的木房子里，准备等外婆死后直接埋在木房子后面的野果林里。外婆躺在床上半生不死地过了一段日子之后竟然好了过来。

我们骑着舅舅的摩托车上山。木房子在高山深处，崎岖险峻的山路加重了我们的疲惫，好些地方因为太险峻我们不得不推着车走。山上到处是竹子，竹子间偶尔会有一棵榕树。摩托车成了我们上山的累赘，山路上留下三串深深的脚印和一道狼藉的车辙。有一段山路出现了坍塌，我们终于有借口把摩托车遗弃在路边，继续往山上爬。

木房子在树荫下摇摇欲坠，我的外婆，那个患有癫痫病的疯婆娘看见母亲和我就扑过来，到处寻找石头或者木头朝我们掷来。舅舅喝住了她。她不断后退，退回木棚里面指着我们谩骂。外婆瘦得只剩一具躯壳，她没有多少力气，没走几步路就喘息不停。母亲看外婆的眼神十分复杂，同情、憎恨和怜悯交织，跟我在城里的那些夜晚面对醉倒在地上的母亲时一样。

小樱躲在门后伸出小脑袋害羞地看着我们，她头发及肩，鼻孔半朝天，用手指抠着木门上的蜂穴。她自小跟在爷爷奶奶身边，外婆病发的时候能够认得的也只有她和外公。小樱牵着我带我往木房子后面的野果林走去，野果林旁边是一条清澈的溪流。

这里可好玩了，有好多水果，还可以到水里洗澡，小樱说，不过晚上可不能出来，附近有很多孤魂野鬼，在这里煮饭怎么也煮不熟。

小樱的话把我吓了一跳。山林中烧水怎么烧也不沸腾的原因是气压太低，我往水里拌入花生油降低了水的沸点便解决了这个问题。小樱看到水在锅中沸腾反而不高兴了，或许是因为我触动了她原有的对生活的理解，山林中的鬼消失后她的生活就少了一层氛围。直到我们下山的那一刻，小樱始终没有再跟我说话，山谷的雾气渐渐蔓延过来，把她和外公还有那木房子吞没。

外婆是在我十三岁那年夏天去世的，木房子里外挤满了人，外婆躺在床上，她静静躺着的时候跟平常人没有任何区别。床旁边的陶碗上插满了香烛。小樱躲在门外看着我，山上来了这么多人让她不知道该站到什么地方去。外婆死之前一点征兆都没有。小樱牵着我走到木房子后面的野果林，野果林里挂了许多电灯。

是不是很好看？小樱骄傲地问我，我点点头，小樱又说，就今天晚上才会有这些灯，因为奶奶死了。

我才看到果树下面有一个长方形泥坑，外婆将被埋在这里。小樱站在外婆的坟坑前用脚量度坟坑的宽度，没有丝毫的恐惧。野果林灯光明亮，果树婆娑的影子在地上挪动。夜晚十一点钟，山上的雾水洋洋洒洒像一场细雨。舅舅带着其他兄弟穿着黑色的雨衣把外婆的棺材抬到野果林里埋下了。

外婆去世后，母亲突发奇想，跟外公提出了要留在木房子里住几天的要求。

在山上的第一个夜晚母亲很早就睡了，我搬椅子到门外欣赏山上的夜色。雾水依旧像小雨一样洋洋洒洒，我的身体很快就被淋湿了。野禽的鸣叫响彻山林，不时还有黑色的影子从不远处飞过，或许是鸟儿，或许是蝙蝠。第二天早上，我睁开双眼，因为晚上淋了雾水，起床的时候头有点痛。我爬起床走到门外，树林里弥漫着白雾，但是能见度已经很高。阳光在驱赶山林里的烟雾，鸟儿在烟雾中穿梭。

母亲说要带我去一个神秘的地方。山林潮湿泥泞，我们走进葱郁的密林，沿着溪流往上爬。和水库后面那座山不同，这里更高更险。岩石缝长出了蕨草，蕨草上爬着各种虫子。溪流在一处悬崖形成一段小瀑布。

将近下午一点钟来到一座山头上，母亲说，就是这里。那片山林到处是沟壑和沙包，被火焚烧后的树干凌乱地倒在地上将要被白蚁啃尽。不远处还有一个倒塌的木棚，母亲走过去翻开腐朽的木板，里面飞出一群鹧鸪。木板压住的是一堆爬满红锈的铁管，类似炮筒。

这里是旧时的战场，母亲说，我的童年就是在这里度过的，你别抱怨你现在的生活，过得不如你的人多着呢。母亲展开手掌，是几颗长满铜绿的子弹。她把一颗递给我，她说，子弹并不可怕，只要它没有击中你的心，你就必须勇敢地活着。

母亲把她对抗平凡生活的决心寄托在我身上，她看到外婆那疯癫模样的时候联想到了自己的未来，她恐惧未来的到来。母亲可能没有想到有一天我会将她抛弃，抛弃在继父死一般的生活当中。当年她将我带到泥潭里，最后却是她一个人深陷其中无法自拔。

不得不承认，母亲送我的那颗子弹给了我叛逆的勇气，她把子弹交到我手里，我用以打破了捆绑在身上的枷锁。当我蓄谋已久的叛逆计划得以实现，复仇的心就如酒瓶在继父的脑袋上面爆裂一般酣畅淋漓。母亲冷冰冰地看着满头鲜血在沙发上痛喊的继父，冷冰冰地看着我，她的眼神如此迷惘，她看着我提起书包往门外走，清楚我的口袋里没有她的船票。

我对母亲的憎恨从抛弃她的那一刻就烟消云散了，踏上前往川岛的游轮，我站在甲板上把母亲给我的那颗子弹扔进太平洋。母亲的生活无可避免要走向绝望，她永远也不会出现在前往川岛的游轮上，她就像那颗长满铜绿的子弹，在茫茫大海中不断下沉。

8

过了几天战战兢兢的日子，杨震还没有出现。我和妻子罗曼每天都在等待敲门声，又惧怕敲门声。罗曼说，要不我带小敏出去躲几天？罗曼想带小敏去住酒店，又怕麻烦，各种生活用品都要用到，酒店空气和卫生不适应的话小敏闹出病来也未可知。

没那个必要，我说，他来就让他来，他也不是要来谋财害命的。

当我们冷静下来，不免为自己的担惊受怕感到羞愧。我想这也是杨雨瞧不起我的一个原因，我心里面确实把杨震的出现当作是一种灾难。我那命途多舛的哥哥，是个地道的岛民，脾气暴躁，强壮能干。我想，如果不是被公安带走，他这一辈子都不可能离开川岛这么长时间。

杨震身上总有一股怪味，他的衣服、他的头发，都散发着海水的气味。有时候看见他在太阳下奔跑，身上积满了海盐，像个风尘仆仆的流浪汉。他总在天亮时分到海里去游泳，那时候的海水冷冰冰的，春夏时节海上飘着白雾，他结实、黝黑的身体在黑色的海水中起起伏伏。我的父亲杨海波知道杨震不是做生意的人，为了避免日后的纷争，他很少让杨震到矿场去干活。杨震读完高中没有考上大学，平日游手好闲，除了随船出海打鱼，大部分时间都是在岛上聚赌。《加勒比海盗3·世界的尽头》上映的那会儿，二十一岁的杨震看完电影决定去当一名风流的海盗。

几天后，杨震果真开着一条船离开了川岛，只不过他的

“海盗船”过于寒酸，那是一条柴油船，残旧的篷盖遮挡住逼仄的船舱。杨震把他的“海盗船”命名为“钻石号”，比杰克船长的“黑珍珠号”更有气派。他拿着一张地图挎着个书包就出了海。离开川岛七天后杨震浑身邋遢、狼狈不堪地回来了，带出去的粮食早已吃完，他不过是在一个无人的荒岛上探索了一番，一无所获。海盗并没有想象中那样风流自由，但是从那时候起，杨震想要跟女人交往的心暴露无遗。

那个女人是随着海浪来到川岛的，她面孔朝天地躺在沙滩上，皮肤苍白，乳房丰满，白色裙子紧紧贴在身上。我站在岩石上远远就看见了她，她像一团海绵，浑身沾满了沙子。我以为她只是一具尸体，在海上漂浮多日，来到了川岛。

我在那条铺满硬邦邦的石头的路上跑了好久，来到正在打磨渔叉的杨震面前，告诉他海边有个死人。岛上本来就人少，对于从海里漂来的死人，杨震表现出了极大的兴致。他跟杨雨尾随我朝那个裸露着雪白大腿的女人奔去。

杨震盯着女人下陷的两腿之间以及向两边坍塌的胸部看了好久才把她抱起来往医生家里跑。女人被杨震抱着奔跑的时候嘴里不断吐水，还没到医生家就咳着醒了过来。她看看抱着自己的杨震又看看杨雨，还侧过脸来看我，她浑浊的眼睛里充满了疑惑。

我没想到杨震把这个女人带回家以后我会失去我在骑楼里仅有的那一点个人空间。杨震把女人放在我睡觉的地方，坐在她身边，盯着她白皙的脸和大腿，为她擦拭她在沉睡中吐出来的水。直到深夜，那个女人还没有醒来，我坐在门口不时往屋里看，为自己应该躺在什么地方感到焦虑，那是我回到川岛以后寄人篱下的感觉最强烈的一次。

夜深以后，杨震把女人抱到他房间里去了，还上了锁，他跑过来跟我睡一张床。杨震这么做不过是害怕女人趁他不注意的时候悄悄离开，他盯着天花板久久无法入睡，翻过身告诉我说他已经下定决心要把这个来历不明的女人留在身边了。

女人的身世直至她消失的那一刻都没有被揭晓。恢复过来以后，她长时间坐在岩石上看海，杨震紧跟在她身后。她并非没有逃走的机会，她显然经历过许许多多的事，她花了不少时间考虑去留。

川岛跟对岸相隔几十公里，假如没有那每天两趟的游轮，这个岛屿几乎与世隔绝。从海上漂来的女人给杨震的生活带来了很大变化，杨震不再出海，他的渔船深陷在沙滩上长出了铁花。他围在女人身边，随她到海边去看海，随她到山上去看落日。女人对杨震没有好感，她把杨震当作一个影子，不拒绝杨震跟在自己身边，对他的殷勤也不反感。

在一个寂静的黄昏，大群海鸟在岛上盘旋，那个女人摆脱了杨震，独自来到父亲的矿场上，面对巨大的矿洞想入非非。我坐在远处的一块岩石背后，看着女人的一举一动，她似乎在等什么人。从那一刻起我就知道这个皮肤白皙的女人不会留在杨震身边，她不属于这个气候炎热的岛屿。

我没有把那个女人在矿场上与人约会的事情告诉杨震，这是我对不住他的地方，我吃他的住他的，在岛上还要依靠他的照顾才得以生存，却让他蒙受那样的欺骗。我觉得那个女人不属于杨震，我趴在岩石上看着她焦虑地站在矿洞的边缘，她等的那个人迟迟没有出现，直到太阳消失于海平面，我隐约看见一个高大的男人将女人带到树林里去了。

女人消失的方式和她出现的方式都十分突然，让人捉摸不透。早上八点钟的时候我还看见她坐在海边的石头上看着滚滚而来的乌云发呆，到了十点钟，杨震四处找她已经找不着了。

那天台风掀起巨大的浪涛冲刷着岸边的岩石，杨震在门口等了一个晚上，直至大雨来袭才走进房间。往后的几天，杨震总是心神不宁地在码头上张望，失魂落魄的模样跟往日的野蛮脾气相差甚远。我不由得深深地同情我的兄弟，他不善于表达自己的感情，他长了一副结实俊俏的皮囊，却带着一颗粗莽的心。

台风过后，太阳光照得海面波光潋滟，杨震在码头彷徨，那是我第一次在杨震的眼中看到恐惧。他紧握着拳头，在巨大的礁石前显得极为瘦小。海浪拍打岩石的声音冲击着耳膜，红树林里不时出现海鸥的影子，巨大的石头长久地沉默着。杨震开着他那条长满铁锈的渔船出去了，在茫茫的大海上开始他漫无目的的寻找。

那段日子除了刮大风就是不停地下雨，我有时候站在门前屋檐下张望，萧条的海面只有海鸥的影子。我和杨雨无话可说，杨震的突然不在场使屋里的气氛降到了冰点。杨雨在家里待不住就出门，她有好几件色彩不同的雨衣，黄色的、红色的、紫色的，她穿着雨衣往外走，一出去就是直到夜晚才回来。那时我很想问她，岛上什么地方可以让她逗留一整天。父亲在矿场上好几天都不回来一趟，我独自被困在雨中的房子里常常胡思乱想。我在想，或许我属于过去的川岛，那时候岛上很少有外地人，大伙儿都很亲密，母亲也还没离开，而此时此刻的川岛已经不是我想要留守的地方。

两个月过去后，杨震回来了，神态疲倦，胡子拉碴，手臂上有两道长长的伤疤。最早发现杨震从海里上来的是在海边掏海螺的那群小孩，他们抬头抱怨炙热的太阳时看见有一个黑影靠近，黑影恍恍惚惚走到阳光下，他们才发现是多日不见的杨震。

杨雨最先跑到海边去，问杨震是不是在海上遇到了台风。杨震没有理她，他在岛民的注目下垂头丧气往家里走，他走得很慢，用渔叉支撑着身体，不跟任何人说话，太阳很高，阳光使他感到晕眩，在岸边通往骑楼的路上，他好几次差点摔倒。

杨震没有跟任何人讲述他在海上的遭遇，也没提及那个女人的下落，他在屋里睡了三天三夜，第四天清晨醒来的时候，他像是什么事情都没有发生过一样，又变回了原来的他。

9

罗曼说我们和石头发生了太多的联系，包括她的职业，也不过是在五颜六色的石头上面精雕细刻，她害怕长时间跟石头打交道会使她变成罗永友那样的人，冷冰冰的像块石头。半夜里小敏醒了一次，在她的房间里哭了起来，我还没睡，冲了奶粉给她，抱着她来回走动。

好不容易，小敏再次睡去，我把她放到床上，她是那么的小巧，像个塑料娃娃。小敏和她的母亲罗曼一样对四周的环境缺乏安全感，罗曼是经历了太多的事情，而小敏纯粹是因为本能。我知道罗曼已经厌恶了她的工作，每天下班后她总抱怨工作辛苦，眼睛被各种晶透的石头闪得睁不开。然而她和我都不敢轻易放弃各自的职业，我们在这座城市生存并不容易。

四年前，我们本可以在北京找到一份不错的职业，矿场上的暴动发生后，我和罗曼的家庭都发生了巨大的变故，在北京的最后一个冬天，罗曼提出了回南方的念头。于是，回到广州，她开始面对冷冰冰的石头，我开始面对冷冰冰的文字。

考上大学的那个夏天，父亲和杨震送我去机场，先是坐船过海，那时的天空没有一丝白云，海是绿色的，礁石上没有一丝尘土，沙滩像一片戈壁在烈日下寸草不生。我父亲整日操心生意上的事情，头发上的白泥已经无法清洗干净，衣服上沾满了尘埃，他坐在我对面，指间夹着一支香烟，像个七十岁的老头，布满皱纹的脸无比憔悴。

那一刻我在想，父亲是否洞察了我的内心，他知道我此去将不再回来。他反复跟我说一年至少回来两趟的时候，我的回答战战兢兢。多数时候都是他一个人在说话，我像木头一样看着窗外的海。抵达白云机场的时候父亲在机场里找厕所，结果迷了路，而我的班机马上就要起飞，因此，我登机的时候杨震去找父亲了，我一个人默默告别了南方。

在北京的四年时间里，父亲多次打电话来劝我回去，我每次看见父亲的来电都会想起湿漉漉热烘烘的南方，想到那片汹涌澎湃不知疲倦的大海，然后打了个冷战。父亲在电话里头从来没有因为我的冷漠发脾气，他变得很有耐心，说话特别亲切，是这段遥远的距离缓和了我们之间的感情。父亲恐高，不敢乘飞机，因为腰椎不好，不能坐高铁，他没有能力缩短我们之间的距离。

我在北方度过了平静的四年，直到罗海棠的死讯传到北方来。罗海棠的死讯像个炸弹，在北方的出租屋里炸裂。那时我和罗曼刚从商场回来，买了红酒和牛扒，打算为我在一家音乐制作公司谋得一职而庆祝。罗太太在电话里哭得死去活来，电话这边的罗曼也痛不欲生。罗曼一边哭一边靠在我的身上，用拳头捶打着我的胸口。罗曼回川岛参加罗海棠的葬礼时，我没有跟她一起回去，当时我尚不清楚砸死罗海棠的那块石头出自杨震之手。

罗曼回川岛以后，我给她打了好几个电话，她都没有接听，想必她那时正深陷在无尽的悲痛之中。我坐在空荡荡的房间里，闻着罗曼衣物散发出来的淡淡的香味，忍不住点了一支烟，然后，我收到了杨雨的来电。这么多年来杨雨第一次给我打电话，她声音哽咽，几分钟过去了也没有说明白事情的来龙去脉。最后，她几乎是用命令的语气说，你必须回来一趟。

从电话里，我听出了杨雨的无所依靠，她单薄的身体无法处理如此骇人的事情。我动摇了，因为杨雨的哀求，第二天早上赶到北京机场买了机票，登上了四年前就被我从地图上擦掉的航线。

我没有亲眼看见杨震手中的那块石头是怎样飞到罗海棠的后脑勺上面去的，关于那一场暴动，我是从岛民零碎的讲述中得知的。回到川岛的时候杨雨已经悲伤到无法自理，而我的父亲杨海波看见我的那一刻眼睛里充满了失望，他知道，假如不是发生了这么一件事，我永远不可能回来。

父亲的突然死亡让我感到内疚，我刚处理完杨震的事情，打算向父亲告别，他看穿了我迫切要离开川岛的心思，第二天早晨，他就把生命交给了海浪。父亲死亡时的模样异常狼狈，跟他的生命一样，矮小的身体在浩瀚的大海前显得无比孤单。他的尸体在海水里泡了整整一个夜晚才被发现，惨白的脸让我感到陌生。从我六岁那年起，母亲离开这个家庭，父亲不但跟我，还跟杨震和杨雨产生了难以弥补的隔阂，以至于他往后的大半生都只能跟黏糊糊的白泥捆绑在一起。

我还记得罗永友安排人到矿场上找我父亲报仇时的情景，那时矿场上已经没几个工人，四周特安静，没有发动机的轰鸣，没有石头与金属碰撞发出的声响。三辆白色面包车闪现在工地门口，车里钻出一大群人，他们手持钢管把工地上的机械敲得哐哐响。我带着看守场地的几个工人前去制止，人群里我没有看见罗永友。那群人蛮不讲理，他们不清楚杨海波已经死去，揪着我的衣领让我把杨海波交出来。我不清楚自己承受了多少拳打脚踢，倒在地上的时候我以为自己会像罗海棠那样死去。我清醒过来时，那群前来捣乱的人已经钻进白色面包车离开了。我的尾指韧带就是那时被弹簧刀割断的，出院以后尾指不能发力，弹琴时总漏掉许多音符，就像袋子穿了个洞一样，音乐听起来不丰满，我也因此失去了北京的工作。回到广州，我选择了跟自己专业相关的职业，在 A4 纸的海洋里，编辑蜂窝般的文字。

最后一次离开川岛的时候，矿场上的白泥已经被掏空，两个巨大的深坑被重新填满石头和泥土，后来罗永友选择退休，从川岛搬到了广海。我和罗曼从北京回到广州过上了日复一日枯燥乏味的日子，我们习惯了这样的日复一日，或者说我们已经麻木。我们平静、单薄的日子经不起风浪，杨震的突然出现，我和罗曼才如此慌乱不安。

10

离开川岛的这些年我好像经历了许许多多的事情，又好像什么都没有经历，时间就白白流逝了。我看着天花板叹气，罗曼爬到我身上，问我会不会有什么不好的事情要发生。我摇摇头说什么事情都不会发生，日子还跟以往那样平静。罗曼心满意足，她身体里的石头终于排出体外了，因此恢复了往日的精神。

小敏出生的时候罗曼差点就死了，她流了很多血，昏迷了几天，那几天我几乎没有回过家，一直守在她跟女儿身边。婴儿室和罗曼的病房相隔不远，我在那条回廊彷徨，一会儿去看看女儿一会儿去看看罗曼。那段艰难的日子我们都挺过来了，如今想想，自己也并非那么软弱。

杨震是在十月的一个傍晚来到广州的，他穿着褪色的长袖衬衫，带着个黑色钓鱼帽，很瘦，脸色非常难看。和他一起来的是他的妻子，她的名字我已经忘记，很久以前，我看见过她躲在骑楼门口偷偷张望二十二岁的杨震。

我带他们到酒楼去吃饭，杨震却什么都不能吃，他患的是肝病，他来找我是要问我借钱治病的。杨震始终跟我们保持距离，说这病会传染。他不清楚自己的病能否治愈，他只是太痛苦了，前段时间病发，他小便都很困难，他需要问我借钱解决尿不出来的问题。

那天晚上，杨震坚持不在我家里住，我们俩在书房里坐了很久，说了不少话，那是我跟他说过最多话的一次。我们聊到了他当年梦想当海盗的事，他吐着烟圈感慨了好久，最后，我问他是否联系过杨雨，他摇摇头。我说杨雨就在深圳，乘高铁一个小时就到了，问他要不要去看她，他又摇摇头。对他而言，外面的世界太陌生了，他从岛上坐一个小时的船到台山，又坐五个多小时的大巴来到广州，在广州不会坐地铁，绕来绕去坐了两个多小时的公交车才来到我所在的地方，他对这座车来人往的城市充满恐惧。他跟我说，无论生死，我都迫不及待想回到岛上去。

杨震第二天就回川岛去了，为了不让他和他的妻子太辛苦，我开车送他们到火车站，为他们买了票，送他们上高铁。晚上我给杨雨打电话，跟她说了杨震遇到的困难。杨雨沉默了好久，最后问我是否愿意跟她回一趟川岛。

两天后，杨雨跟她的丈夫以及双胞胎男孩来到广州，在我的房子里住了一个晚上，然后和我们一家三口乘高铁到台山去。我们先是去拜访了罗曼的父母。年轻时候意气风发的罗永友患有轻度老年痴呆，耳朵已经失聪，眼睛因为白内障做过手术也看得不清晰了。罗太太说，一个月前杨震到家里来过一趟，是来道歉的，看着他那张难看的脸，我也不想再提过去的事情了。

告别罗永友夫妇，钻进游轮离开码头奔腾在茫茫大海上的时候我心情非常复杂，杨雨想必也是如此。海浪被游轮一层层推开，杨雨的丈夫晕船，杨雨紧紧拽住他的手。双胞胎男孩跟小敏玩得很开心，他们攀在玻璃窗前望着大海，指着天上的海鸥惊叫着。看着他们，往事又开始冲撞我的脑壳，那个隐藏在海雾中的岛屿再一次出现在我脑海中，它静静地矗立在大海之上，被礁石环绕着。

我想起二十四年前的一个傍晚，三个小孩手牵着手蹦跳着往海边奔去，夕阳余晖洒在他们黝黑健康的皮肤上，沙滩上留下他们凌乱的脚印……

那一年，杨震十一岁，我五岁，杨雨三岁。